톨스토이 인생소설

신과 사람

톨스토이 편저 / 남창현 이경숙 김정오

도서출판 한글

책머리에

흙은 어떠한 역사나 어떠한 환경 속에서도 흙이듯 진리 또한 어느 시대 누구에게나 진리이다. 그렇듯 진리로 씌어진 명작은 시대나 장소를 가리지 않고 그 진가를 평가받는다.

톨스토이(Tolstoy, Lev Nikolaevich;1828-1910)는 러시아에서 태어나 82세를 누리며 《전쟁과 평화》《안나 카레니나》《부활》《참회록》 등 불후의 명작을 남기고 간 대문호이다. 그는 작가이며 사상가로 《세바스토포리(Sevastopoli)》로 문단에 데뷔한 뒤 사회 구조의 불합리함을 통감하고 이에 도전하다가 기독교인이 되었고 예술의 의의도 종교에의 한 과정이라고 정의하였다. 만년에는 일체의 권위와 가정을 버리고 방랑하다가 어느 역에서 객사하였다. 실사적(實寫的)인 수법으로 다양한 표현력과 깊은 심리해부 및 장면의 묘사에 탁월한 점이 그의 특색이다.

특히 그가 남긴 《인생독본》은 그의 광범위한 독서 편력과 지적 세계가 어떠한가를 짐작케 한다. 《인생독본》 가운데는 직접 자기가 인생문제에 대하여 깊이 사색한 끝에 남긴 작품과 그가 선정한 명작들이 황금 왕관에 박힌 다이아몬드처럼 끼여 있다.

독자 입장에서 보면 명언으로 편집된 책 속에서 소설만 따로 읽는다는 것이 쉬운 일이 아니라 생각되어 그 안에 있는 작품 중 백미만 선별하여 한 책으로 묶어 보았다.

고전을 멀리하는 풍조는 있지만 명작은 어느 시대나 그 가치가 빛나는 것이기에 감히 현대 젊은이들 앞에 내놓는다.

목차

1

톨스토이 명작

신과 사람

1

1870년대 러시아의 일이다. 혁명주의자들과 정부가 싸움을 계속하고 그 싸움이 절정에 달했을 때였다.

남방 어느 지방의 총독은 건장한 독일인이었다. 내려뜨린 수염과 냉엄한 눈초리에 무뚝뚝한 표정을 하고 있었다. 군복을 입고 백십자 기장을 목에 걸친 그는 어느 날 저녁 책상에 앉아 있었다. 초록색 뚜껑을 씌운 촛대 네 개에 불을 켜고 비서가 두고 간 서류를 대강 훑어보고 서명하고 있었다. '전령 총장 아무개'라고 긴 꽃 모양 글자로 한 장씩 서명하고 있었다.

서류 중에는 반정부 음모에 관계 있는 노보로스크 대학의 졸업생 아나토리 스웨트로구브에게 사형을 선고한 명령서가 있었다. 총독은 기묘하게 상을 찌푸리면서 그것에 서명했다. 노령인 데다 너무 잘 씻기 때문에 주름잡힌 하얗고 깨끗한 손가락으로 서류의 끝을 재치 있게 맞추어서 곁으로 밀어 놓았다.

다음 서류는 군대의 식량 수송비 지불에 관한 것이었다. 그는 그것을 자세히 읽고 계산이 틀리지 않았는가를 조사하고 있다가 불현듯 스웨트로구브의 사건에 관하여 부관과 주고받던 이야기가 생각났다. 총독은 스웨트로구브의 소지품 속에서 다이너마이트가 발견되었다고 하여 그것이 곧 그의 범죄 의사를 증명하는데 충분한 것은 아니라는 의견을 가지고 있었다. 그와 반대로 부관은 다이너마이트 이외에도 스웨트로구브가 일당의 괴수임을 분명히 증명하는 것이 많이 있다고 주장했다. 그것을 상기하고서 총독은 생각에 잠겼다. 마분지 같은 딱 딱한 가슴에 붙은 웃옷 아래에서 그의 심장은 불규칙하게 뛰기 시작 했다. 그리고 그의 기쁨과 만족의 상징인 십자 기장이 가슴 위에서 움 직일 만큼 큰 한숨을 내뿜었다. 아직 늦지 않아! 비서관을 부르자. 취 소할 수 없다면 명령의 연기만이라도 안 될 일이 없었다.

부를까, 부르지 말까? 그의 심장은 모질게 뛰기 시작했다. 그는 초 인종을 눌렀다. 곧 사환이 조심스런 발걸음으로 들어왔다.

"이반 마트웨비치는 가버렸는가? 아직도 있는가?"

"예, 각하, 아직 사무실에 계십니다."

총독의 심장은 고동을 그치기도 하다가는 급히 세게 뛰기도 했다. 그는 4,5일 전에 자기의 심장을 진찰하고 나서 하던 의사의 주의가 생각났다.

그 의사는 이렇게 말했던 것이다.

'심장이 중하다고 생각하시면 곧 일을 그만두고 휴양을 취하는 것 이 무엇보다 필요합니다. 흥분하시는 일이 가장 해롭습니다. 어떤 일 이 있더라도 절대로 그것을 잊지 말아야 합니다.'

"불러올까요?"

"아니, 부를 것까진 없다."

그렇지, 하고 그는 혼자 중얼거렸다.

'주저하는 것은 무엇보다 사람의 마음을 혼란하게 하는 거야. 이미 서명해 버린 거야. 그러면 그만이야. 잠자리에 들거든 자라고 하지 않 는가!'

그는 마음에 드는 격언을 되풀이했다.

'게다가 나와는 관계없는 일이야. 나는 황제의 뜻의 대리자야. 그런 따위를 생각할 필요는 없어.' 하고 그는 덧붙여 말했다. 그리고 자기의 마음에도 없는 잔혹성을 끌어내려 하듯이 눈썹을 찌푸려댔다.

그리고 그는 최근 황제를 알현했던 때의 일을 생각해 보았다. 황제는 엄격한 표정을 짓고 유리알 같은 눈을 그에게 돌리면서 말씀하셨다.

"짐은 그대를 신뢰하네. 전쟁에서 충성을 다해 싸우던 것같이 혁명당과의 투쟁에서도 훌륭한 결단성을 가지고 해주게, 속거나 위험에 넘어가지 않도록. 그럼 부탁하네!"

하고 말씀하시고 나서 황제는 그를 껴안고 어깨에 입을 맞추어 주셨다. 총독은 그 일과 그때 자기가 대답한 답사를 상기해 보았다.

"신의 단 하나의 소망은 폐하와 국가를 위하여 신의 생명을 바치는 것입니다."

그리고 그는 그 당시 황제에 대한 헌신적인 정력 속에 느끼던 복종적인 기분을 생각해 보았다. 그러고 나서 잠깐이나마 마음을 어지럽게 한 생각을 몰아내 버렸다. 그는 나머지 서류에 서명하고 나서 또 초인종을 눌렀다.

"홍차 준비는 되었나?"

"예, 되어 있습니다, 각하."

"그래? 좋아!"

총독은 깊이 숨을 한번 내쉬었다. 그리고 심장 근처를 만져보면서 무거운 걸음으로 커다란 텅 빈 홀로 들어갔다. 그리고 깨끗이 닦은 모자이크 모양의 마룻바닥을 지나서 이야기 소리가 들려오는 응접실로 들어갔다. 응접실에는 총독 부인의 손님이 와 있었다. 지사와 그의 부인, 그리고 미혼의 공주 한 분(그녀는 매우 애국자이다) 그밖에 총독의 집에 남아 있는 단 하나의 딸과 그녀의 약혼자인 근위사단의 장교

하고.

　총독 부인은 얇은 입술과 쌀쌀한 표정을 띠고 있는 홀쭉한 여자로 낮은 테이블에 마주앉아 있었다. 그 위에는 알코올 램프에 얹어놓은 은제 주전자와 차 도구가 늘어져 있었다. 아주 티를 내는 슬픈 목소리로 그녀는 젊게 차린 건강하게 보이는 지사 부인에게 남편의 건강이 걱정된다고 수다를 떨고 있었다.

　"매일같이 여러 가지로 새로운 정보가 들어오고 끔찍스런 음모나 그 밖의 다른 보고가 들어오는 걸요…… 그런데 그것을 모두 우리 집 주인이 처리해야만 한답니다."

　"아, 그런 말씀은 그만 두세요."

　하고 공주가 말을 계속했다.

　"그 지긋지긋한 일당 놈들의 생각을 하면 이가 갈립니다."

　"참 몸서리치는 일이에요. 당신네들은 아마 곧이 듣지 않으시겠지만 우리 주인은 하루에 열두 시간이나 일을 하는 걸요. 그렇게 약한 심장을 가지고 말씀이에요. 저는 정말 걱정입니다만 만약……"

　남편이 들어오는 것을 보자 그녀는 이야기를 계속했다.

　"참 여러분들은 한번 들으러 오셔야 해요. 발빈은 아주 훌륭한 테너 가수랍니다."

　하고 그녀는 지사 부인에게 부러운 듯이 웃음을 던지면서 여태까지 그 이야기를 하고 있었다는 듯이 요새 온 가수의 이야기를 했다. 아름답고 튼튼한 체격을 가진 총독의 딸은 약혼자와 함께 응접실 구석에 있는 병풍 뒤에 있었다. 그들은 일어서서 아버지 쪽으로 걸어갔다.

　"야, 너희들은 오늘 처음 보는구나!"

　하고 총독이 그렇게 말하고 딸에게 키스했다. 그리고는 청년과 악수했다. 손님들과 인사를 주고받고 나서 총독은 작은 테이블 앞에 앉아서 지시하고 최근 소식을 이야기하기 시작했다.

"안 돼요. 정치에 관한 이야기는 하지 마세요, 의사가 하지 말라고 하는데요."

하고 총독 부인은 지사의 이야기를 가로채서 말했다.

"아이, 고뾰프 씨가 오셨네! 무슨 재미난 이야기를 해주실 거요,"

"안녕하서요 고뾰프!"

재치가 있고 익살꾼으로 이름난 고뾰프는 얘기한 대로 요사이 일어난 기담을 이야기해서 모두를 웃겼다.

2

"아니야, 그런 일은 있을 수 없어요. 그런 일이 있을라구? 놓아주서요."

하고 스웨트구브의 모친은 외치면서 자기를 붙잡으려고 하는 교장과 아들의 친구와 의사의 손에서 빠져나려고 몸부림치고 있었다.

스웨트로구브의 어머니는 희끗희끗해진 곱슬머리에다 눈언저리에는 잔주름이 잡혔으나 아직은 과히 나이 많지 않은 인상 좋은 부인이었다. 스웨트로구브의 친구로서 교원 노릇을 하고 있는 사나이가 사형 선고의 결재가 난 줄 알고 찾아와서 그녀에게 아무리 놀라운 통지가 오더라도 침착하게 있으라고 말했던 것이다. 그런데 그가 말을 꺼냈을 때 말투가 어물어물하는 것으로부터 그녀는 자기가 걱정하던 일이 기어코 왔구나 하고 눈치챘던 것이었다.

이것은 그 거리에서 일류 가는 호텔의 한 방에서 일어난 일이었다.

"왜 이렇게 붙잡는 거요, 놓아주서요!"

하고 그녀는 옛 친구인 의사의 손에서 빠져나오려고 몸부림치면서 외쳤다. 의사는 한 손으로는 그녀의 팔꿈치를 잡고 다른 손으로는 긴 의자 앞의 타원형 테이블에 쓰러진 작은 물 약병을 바로 세웠다. 그녀는 오히려 자기가 붙잡혀 있는 것을 다행으로 알고 있었다. 왜냐하면 무슨 일을 저지를지 모른다고 생각하니 자기 자신이 무서워졌기 때문이다.

"진정하시오. 자, 이 빠래리안을 조금 잡수시오."

하고 의사는 포도주용 컵에다 약간 미지근한 물약을 따라주었다. 그녀는 갑자기 조심스럽게 몸을 꺾어 겹친 듯이 머리를 편편한 가슴 위에 내려뜨렸다. 그리고 눈을 감고 안락의자에 몸을 파묻었다.

그녀는 아들이 석 달 전에 슬픈 얼굴로 작별 인사를 하던 일을 생각하고 있었다. 그리고 또 비로드 점퍼를 입고 조그마한 맨발을 내놓고 긴 곱슬머리 금발을 하고 있던 여덟 살 난 소년 시절의 아들의 모습을 생각하고 있었다.

"그 애에게, 귀여운 그 애에게……그놈들이 무슨 짓을 하겠다는 거야?"

그녀는 일어서서 테이블을 저쪽으로 밀고 의사의 손을 뿌리쳤다. 그러나 문까지 가다가 다시 안락의자에 주저앉았다.

"이래도 신이 계시단 말인가? 대체 어떻게 생긴 놈의 신일까? 그런 짓을 용서해 주다니! 그 따위 하나님은 차라리 없는 것이 낫지 않아?"

이렇게 말하면서 그녀는 울부짖고 신경질적으로 웃기도 하고 큰 소리로 외치기도 했다.

"목을 졸라 죽인다지! 모든 것을, 일생을 희생시킨 사람을 자기의 전 재산을 남을 위하여, 국민을 위하여 바친 사람을, 이것저것 모두 내던진 사람을 목매어 죽이다니!"

이렇게 말하는 그녀는 자식의 자기 희생의 미덕을 이전에는 대견스럽게 생각했던 것이다.

"그 애를 목을 매달아 죽이다니! 그 애를! 그래도 신이 있단 말인가?"

그녀는 울부짖었다.

"자, 여보, 제발 이 약을 조금 드시오."

"아무 것도 먹고 싶지 않아요, 아아!"

그녀는 절망적으로 외치고 흐느껴 울었다.

밤이 되자 그녀는 말할 수도, 울 수도 없을 만큼 지쳐 버렸다. 그리고는 그저 꼼짝도 않고 앉아 실성한 표정으로 허공만 바라보고 있었다. 의사가 아편주사를 놓았기 때문에 그녀는 잠이 들었다.

그 잠에는 꿈이 없었다. 그러나 의식이 다시 돌아오자 아까보다도 훨씬 무서워졌다. 가장 무서운 것은 인간이 그렇게까지 악독하게 될 수 있는가 하는 것이었다. 그 면도질을 곱게 한 무서운 장군들과 헌병뿐만 아니라 모든 인간이 모두. 그러면서도 하녀는 예사로운 표정으로 방 청소를 하러 오고, 곁방에 있는 지인들은 이런 때도 서로 즐거운 듯이 이야기하고 아무 일도 없었다는 듯이 웃어대고 있지 않는가!

3

스웨트로구브는 한달 남짓하게 독방에 갇혀 있었다. 그리고 그 동안에 그는 깊은 경험을 얻었다.

어릴 때부터 스웨트로구브는 본능적으로 자기가 부자로서의 특권을 가지고 있는 것을 불합리하다고 생각해 왔다. 그리고 이 감정을 떨쳐 버리려고 애써 보았으나 다른 사람들의 가난을 보든지 또 어떤 때는 자기만 특별히 행복하고 기쁨에 넘쳐 있다고 생각해서 농부나 늙은 사람들이나 부녀, 아이들과 자기를 비교해 보고는 부끄럽게 생각했다. 그들은 태어나고 자라나서는 자신은 별로 고맙다고 생각지도 않고 향락하고 있는 쾌락마저도 저들은 맛보지 못할 뿐더러, 끊임없이 노동과 가난에 시달리다가는 죽어가지 않는가? 대학을 졸업하자 그는 자기가 나쁜 일을 하고 있다는 생각에서 벗어나려고 자기의 소유지에 모범학교, 소비조합, 그리고 가난한 사람과 늙은이를 위하여 구제소를 만들기도 했다. 그러나 묘한 일은 그런 일을 하고 있으면서도 그는 이전에 거리에서 친구들과 술을 마시거나 떠들어대거나 또는 승마에 돈을 쓰거나 하던 때에 느끼던 것 이상의 부끄러움을 느끼는 것이었다. 지금에 자신이 하고자 하는 일이 옳은 일인가를 생각했다. 오히려 무엇인지 도덕에 어긋나는 부끄러움이 존재하고 있다고 그는 생각했다.

그 같은 환멸을 느끼면서 그는 키에프로 갔다. 거기에서 대학 시절에 가장 친하게 지내던 친구 하나를 만났다. 그 사나이는 그러고 나서 3년 후 키에프 요새의 참호 속에서 처형되었다.

그는 천재적이며 감수성 많은 열광아였다. 그리고 스웨트로구브에게 민중을 계발하고, 그들에게 권리의 관념을 깨닫게 하고, 지주나 정부의 권력으로부터 자유롭기 위해 단체를 만들려는 목적으로 어떤 결사에 들어가도록 권했다. 그 친구와 그의 또 다른 친구와 사귀게 되자 스웨트로구브는 지금까지 막연히 생각해 오던 일을 분명하게 알게 되었다. 무엇을 할 것인가?

그는 시골로 다시 돌아왔다. 거기에서도 그들 새로운 친구들과의 관계를 지속하면서 아주 새로운 생활로 들어갔다. 그는 교장이 되었다. 그리고는 성인들을 모아서 책이나 팜플렛을 읽어주었다. 농부들에게 그들의 위치를 가르쳐주었다. 그밖에는 정부에서 금지하고 있는 책을 출판하기도 했다. 이런 것은 모두 자기 돈으로 했던 것이다. 모친에게서도 조금도 도움을 받지 않았다. 그리고 다른 동네에도 그와 마찬가지로 중심이 되는 기관을 만들도록 힘썼다.

이 새로운 활동을 하는데 수웨트로구브는 생각도 못했던 두 가지 장애에 부딪쳤다. 그 하나는 민중 대부분이 그의 사업에 냉담할 뿐더러 오히려 멸시하는 일이었다.(극히 드물게 이해하고 공명하는 사람도 있기는 하였으나 대부분은 의심쩍게 여기는 자들이었다) 다른 하나의 장애는 정부에서 왔다. 그가 세운 학교는 금지되고 경찰이 그의 집과 친구의 집을 수색해서 책과 서류를 압수했다.

스웨트로그브는 첫째 장애, 즉 사람들의 무관심에는 과히 염려하지 않았다. 그는 다른 하나의 장애에 너무도 속을 썩이고 있었다. 까닭없이 사람을 바보로 취급하고 있는 정부의 박해에 다른 지방에 있던 친구들도 마찬가지로 압박 받고 있으므로 정부에 대한 분노의 감정이 차차 높아져 갔다. 그리고 많은 결사가 정부에 반항할 계획을 세우게 되었다.

이 새로운 기도의 수령은 메제넷츠키라는 사나이였다. 그는 불굴의 의지와 확고한 주관을 가지고 있어서 모두에게 알려져 있었다. 그는 모든 것을 혁명을 위해 바쳤다.

스웨트로구브는 그의 이론에 아주 감화되어서 한때는 농부를 위하여 힘쓰던 정력을 테러리스트 운동에 투신하였다. 그 일은 위험했다. 그러나 스웨트로구브를 매혹했던 것이 확실히 그 위험이라는 사실이었다. 그는 중얼거렸다.

"승리하느냐 순사(殉死)하느냐, 비록 순사하더라도 그것은 장애의 목적을 달성하기 위한 승리이다"라고. 그리고 그의 마음속에 타오른 불은 그의 7년간의 혁명시기에 함께 활동하던 사람들과 서로 사랑하고 존경함으로써 용기를 얻어 더욱 더 커져 갔다.

그는 그 목적을 위하여 온 재산(아버지에게서 물려받은 것)을 포기해 버렸다. 그러나 그는 그까짓 것은 아무렇지도 않았다. 또 그 일 속에서 겪은 고통이나 궁핍도 아무렇지도 않게 생각했다. 그러나 오직 한 가지 일이 그를 괴롭혔다. 그것은 그 일에 종사함으로 어머니와 그리고 어머니를 사랑하고 또 그도 사랑하던 후견인인 젊은 부인에게 그가 주는 슬픔이었다.

그런데 그가 싫어하는 같은 테러 단원의 사나이가 경찰의 눈이 불안하다면서 그에게 다이너마이트 몇 개를 감춰 달라고 부탁했다. 스웨트로구브는 그 사나이가 싫었으나 두 말 않고 승낙했던 것이다. 그러자 그 이튿날 경관이 가택수색을 와서 다이너마이트를 발견했다. 무엇 때문에, 그리고 어디에서라고 하는 모든 심문에 그는 한 마디도 대답하지 않았다.

그렇게 해서 그가 각오하고 있던 수난이 시작되었다. 이전부터 그는 많은 친구들이 사형도 받고, 투옥도 되고, 추방되고 하였을 때, 또 많은 부녀자들이 괴로움을 당하고 있었을 때, 그는 자기도 그러한 경우를 당하고 싶다고 생각했던 것이다. 그래서 체포되어 심문을 받을 때에 그는 아주 자랑스러웠고 사실 기쁜 마음마저 들었다.

이 기쁨의 감정은 옷을 벗기고 몸을 수색 당하고 감방에 들어갈 때에도, 또 철문에 자물쇠가 채워질 때까지도 남아 있었다.

그러나 독벌레들이 우글거리고 먼지가 풀썩풀썩 나는 침침한 감방 속에서 옆 감방의 죄수가 노크하고서는 기분 나쁘고 슬픈 소식을 전해 주거나, 또 때로는 동지의 죄를 끄집어내려는 냉혹한 자들의 심문을 받을 때 이외에는 언제나 지루하고 고독한 가운데서 하루가 가고 이틀 사흘이 가서 1주일이 지나고 2주일이 지나서, 그리고 또 1주일이 자나가니 그의 기력은 체력과 함께 차차 쇠약해졌다. 그는 아주 울적해서 견딜 수 없는 상태에서 아무래도 좋으니 빨리 끝장이 났으면 하고 생각하게 되었다. 그의 고뇌는 스스로의 인내력에 대한 의심이 생겼으므로 한층 더해졌다.

두 달째 되자 그는 석방되기 위하여 사실을 아주 고백해 버릴까 하는 생각에 사로잡혔다. 그는 자기의 의지가 박약한 것을 알고 몸서리쳤다. 그리고 벌써 자기 마음에는 예전의 힘이 없어졌음을 알고서는 자신을 미워하고 꾸짖었다. 그러나 괴로움은 더욱 더했다.

무엇보다 두려운 일은 감옥 속에 오랫동안 있노라니 자유의 몸이었을 때 너무도 한가하게 지내온 자신의 젊음의 힘과 기쁨을 뉘우치는 기분이었다. 그런 생각이 지금은 그의 마음을 사로잡았다. 지금까지 선하게 생각해 오던 일의 손실을 후회하고, 또 때로는 지금까지의 모든 일조차도 의심하게 되었다. 자유스럽게 어디 시골에나 또는 외국에 가서 사랑하는 사람들과 함께 살면 얼마나 즐거울 것인가? 그 여인과 결혼해서 함께 빛나는 순수한 기쁨에 가득 찬 생애를 보낼 수 있었으면—.

4

금고된 지 두 달째 되는 어느 날 형무관이 정례 순시 때에 갈색 표지에 금빛의 ✝자가 박혀 있는 조그만 책을 스웨트구브에게 주었다. 그리고는 지사 부인이 죄수들에게 주도록 몇 권의 신약성서를 두고 간 것이라고 말했다. 스웨트로그브는 고맙다고 인사하고 미소를 지으면서 그 책을 벽에 붙여놓은 테이블 위에 놓았다.

형무관이 가버리자 스웨트로그브는 이웃 감방의 사나이에게 신호

했다. 그리고는 형무관이 별로 새로운 소식을 가져오지는 않았으나 성경책을 주고 갔다고 말했다. 그 사나이의 대답도 같은 이야기였다.

스웨트로구브는 누기가 차서 서로 맞붙은 페이지를 한 장씩 펼쳐가며 읽었다. 그는 지금까지 성경을 보통 책처럼 취급하거나 잘 읽어본 일이 없었다. 성경에 대하여 아는 것이라곤 학생시절에 신학 교수가 무엇인가 자세하게 떠들어대던 것, 교회에서 목사나 부목사가 마치 시를 읊듯이 읽어대던 것뿐이었다.

"제1장 아브라함의 아들, 다윗의 아들, 예수 그리스도의 계보라. 아브라함이 이삭을 낳고, 이삭은 야곱을 낳고, 야곱은 유다를 낳고……." 하고 그는 읽어내려 갔다.

"젤바벨이 아비우테를 낳고……" 하면서 그는 계속해 읽었다. 아무 것도 아닌 것이 써 있었다. 기묘하고 헷갈리고 어리석은 말만 적혀 있었다. 감옥 속이 아니면 그는 단 한 페이지도 읽지 않았을 것이다. 그러나 그는 계속해 읽어나갔다. 그저 심심풀이로 낭독한다는 기분으로. 아이가 처녀 몸에서 태어났다는 것, 그리고 그 태어난 아이는 '하나님이 우리와 함께 계시다' 하는 뜻으로 임마누엘이라고 불렸다는 것이 기록되어 있는 제1장을 읽었다.

'그런 예언자가 도대체 어디서 왔나?'

하고 생각하면서 그는 계속해 읽었다. 이동하는 별의 이야기를 쓴 제2장, 메뚜기를 먹으면서 살았다는 요한의 이야기가 적혀 있는 제3장, 그리고 사탄이 예수더러 성전 꼭대기에서 뛰어내리라고 했다는 것이 기록되어 있는 제4장을 읽었다. 그것은 모두가 너무도 우스운 이야기들이었다. 매우 심심했음에도 그는 책을 덮어버리고 어느 때나 저녁때가 되면 하는 식으로 셔츠의 벼룩 잡기를 시작했다. 문득 그때 그는 5학년 때 시험에서 팔복(八福) 중에서 하나를 잊어버려서 얼굴

이 붉은 곱슬머리의 목사에게 야단맞고 나쁜 점수를 받은 일이 생각
났다. 그것이 어느 복인지 생각이 나지 않음으로 계속해서 읽어나갔
다.

"의를 위하여 핍박을 받는 자는 복이 있나니 천국이 저희 것임이라"
라고 하는 데를 읽었다. 그리고 '이것은 나에게도 관계가 있는 건지도
몰라' 하고 생각했다.

"나로 인하여 너희를 욕하고 핍박하고 거짓으로 너희를 거스려 모
든 악한 말을 할 때 너희에게 복이 있나니……기뻐하고 즐거워하
라……너희 전의 선지자들도 이와 같이 핍박 받았느니라. 너희는 세
상의 소금이니 소금이 그 맛을 잃으면 무엇으로 짜게 하리요, 그렇게
되면 밖에 버려져 사람에게 밟힐 뿐이라."

'이건 아주 나를 두고 하는 말이야.'

하고 그는 생각했다. 그리고는 계속해서 읽었다. 제5장을 읽고 나
서 한숨을 들이켰다.

"노하지 말라, 간음하지 말라, 악한 자를 대적치 말라, 너희의 원수
를 사랑하라."

'그렇다, 이렇게 해서 모두가 살아갈 수 있다면'

하고 그는 생각했다.

'혁명이니 뭐니 다 소용없는데.'

읽어나가노라니 그러한 구절의 뜻을 깊이 깨달을 수 있었다. 읽으
면 읽을수록 이 책 속에는 특별한 의미가 있다는 생각이 깊이 느껴졌
다. 어떤 것은 곧 깊이 마음에 감명되었고, 또 어떤 것은 여태껏 한번
도 들은 적이 없었으나 아주 이전부터 알고 있었던 것같이 생각되는
것도 있었다.

"이와 같이 예수는 그 사도들에게 말씀하셨느니라, 누구든지 나를

따르려거든 자기의 십자가를 지고 나를 따르라."

"생명을 얻고자 하는 자는 잃을 것이며 나를 위하여 생명을 버리는 자는 얻나니."

"사람이 온 천하를 얻고도 영혼을 잃으면 무슨 소용이 있으랴."

'그렇지, 그렇지 꼭 그대로다.' 하고 그는 눈물이 글썽해서 외쳤다.

'이것이야 말로 바로 내가 생각했던 것이다. 이거야말로 내가 영혼을 바쳐 구해야 할 것이야! 이것이야말로 기쁨이다. 이것이 바로 생명이다.'

'나는 여러 사람들의 행복을 위하여 여러 가지 일을 해왔다'고 그는 생각했다.

'그러나 그것은 남의 행복을 위한 것이 아니었다. 나는 나탸샤와 드리트리 세모로프의 의견이 옳은 것이라고 생각하면서 해온 것이다. 그러니까 의혹이 생기고 불안하다. 나는 내 자신의 영혼이 명령한 것을 했을 때만, 자신의 몸을 던지려 할 때만 평화를 느꼈다. 자신의 전부를……'

그후 스웨트로구브는 성경을 읽으며 그 안에 써 있는 뜻을 생각해 보면서 유익한 시간을 보냈다. 그러는 중에 그의 마음속에는 자신을 현재의 상태로부터 정신적인 향상을 도모하려는 의욕이 생겨났다. 이전에는 경험도 못했던 사상이 솟아나기 시작했다. 왜 모든 인간이 이 책의 말씀대로 살지 않는가 하고 그는 생각했다.

'이와 같이 살면 그 사람뿐만 아니라 모두에게 좋을 텐데. 그렇게 살면 슬픔도 가난도 없고 행복할 수 있을 것인데 이 감옥살이가 끝나고 내가 다시 자유스럽게 된다면' 하고 그는 생각했다.

'나는 언제 석방될는지도 몰라, 혹은 더 많은 노력을 해야 될지도 몰라. 그러나 마찬가지야, 어디에 있든지 간에 이 책에 써 있는 대로

살 수 있는 거야, 나는 그대로 살아야지, 될 수 있는 일이다. 그리고
또 필요한 일이기도 하다. 그대로 살지 않는 것은 어리석은 짓이야.'

5

얼마 지나지 않아서 어느 날 그가 기쁘고 유쾌한 기분으로 있노라
니 교도관이 시간 외에 그의 감방에 들어와서 기분이 어떻고 무엇이
든 원하는 것이 없느냐고 물었다. 스웨트로구브는 놀랐다. 그러나 그
것이 무엇을 의미하는 것인지 깨닫지 못했다. 그리고는 거절당하려니
하면서 담배를 청했다. 그러나 교도관은 곧 보내 주마고 했다. 그리고
정말 간수가 담배 한 갑과 성냥을 가져왔다.
'누가 잘 봐달라고 부탁이라도 했는 게지'
하고 속으로 생각했다. 그리고 담배에 불을 붙여서 이 갑작스러운
대우의 의미를 궁리해 보면서 감방 안을 왔다 갔다 했다.
이튿날 그는 법정에 끌려나갔다. 거기에는 여러 번 나간 일이 있었
으나 그날 따라 아무 심문도 없었다. 그리고는 재판관 한 사람이 그를
보지도 않고 일어서자 다른 재판관들도 따라 일어섰다. 그는 손에 문
서 한 장을 쥐고 부자연스럽게 큰소리로 게다가 마디 없는 소리로 읽
기 시작했다.
스웨트로구브는 그것에 귀를 기울이면서 재판관들의 얼굴을 보고
있었다. 그들은 모두 그의 얼굴을 보지 않으려고 시선을 피하고 있는
것 같았다. 그리고 그저 긴장된 어두운 기분으로 동료의 목소리를 듣
고 있었다. 그 문서에는 이렇게 적혀 있었다.
〈아나트리 스웨트로구브는 가까이 혹은 먼 장래에 현 정부를 전복할 목
적으로 혁명운동을 한 죄로 모든 권리를 박탈하며 교수형에 처함〉

스웨트로구브는 귀를 기울이고 있다가 재판장이 낭독한 말의 구체적인 의미를 알 수 없었다. 그는 '가까이 혹은 먼 장래에'라는 묘한 만을 들었다. 그리고 사형에 처해질 사람으로부터 박탈할 권리가 있다는 것이 가당치 않다고 생각했다. 낭독한 말의 참뜻을 조금도 납득할 수 없었다.

퇴장 명령을 받고 헌병에 인도되어 밖으로 나왔을 때에야 그는 비로소 자기가 사형선고를 받았다는 것을 분명히 깨달았다.

'무언가 잘못되었다. 오해다…… 영문을 모르겠다……설마'

하고 감옥으로 돌아오며 그는 중얼거렸다. 그는 자기의 죽음을 상상할 수 없을 만큼 자아 의식과 삶의 의욕을 느끼고 있었다.

감옥에 도착한 스웨트로구브는 침대에 누워 눈을 감았다. 그리고 자기를 기다리고 있는 것을 확실히 알려 했으나 알 수 없었다. 아무래도 자기 존재가 세상에서 없어진다는 것은 생각할 수 없었다. 다른 사람이 자기를 죽이려 한다는 것도 이해할 수 없었다.

'나를 말이다. 젊고 친절하고 온화하고 그렇게 많은 사람들로부터 사랑을 받고 있는 나를 말이다'

하고 그는 생각했다. 그리고 어머니의 사랑, 나타샤의 사랑, 친구들의 사랑을 생각했다.

'그러한 내가 죽는다? 목을 졸라 매단다? 누가 그런 일을 하는 거나? 내가 없어지면 어떻게 된다는 말인가? 설마 그런 일이?'

교도관이 들어 왔다. 스웨트로그브는 처음에는 몰랐다.

"누구요? 무얼 하러 왔소?"

하고 누군지 몰라서 스웨트로구브는 묻다가,

"아! 당신이오, 지금 몇 시나 됐나요?"

하고 물었다.

"몰라."

교도관이 냉담하게 대답했다. 그리고 잠시 서 있다가 갑자기 교활하고 부드러운 목소리로 말했다.

"목사님이 오시겠다고 하네, 각오가 돼 있나 묻고자…… 자네를 만나보고 싶다는데……"

"만날 필요 없소, 나는 아무 말도 안 하겠으니 저리 가 주시오."

스웨트리구브는 외쳤다.

"그래? 유언해 둘 말이 없는가? 그건 허가된 건데."

하고 교도관이 말했다.

"아아 그렇지! 쓸 걸 좀 주시오, 유서를 써 두게."

교도관은 나갔다.

'틀림없이 내일 아침 죽는구나'

하고 스웨트리구브는 생각했다.

'아무렇지도 않은 일이야, 내일 아침이면 나는 살아 있지 않다. 아니야, 그런 일은 있을 수 없어! 이건 틀림없이 꿈이야.'

그러나 간수가 왔다. 오랫동안 낯익은 간수였다. 펜 두 자루와 잉크, 편지지, 그리고 푸른 봉투 몇 장을 가지고 와서는 테이블 앞의 걸상 위에 놓았다. 이것은 모두 현실이고 꿈이 아니었다.

"생각해서는 안 된다. 생각해서는. 그렇지 우선 어머님 전에 쓰자!"

하고 스웨트로그브는 중얼거렸다. 그리고는 곧 테이블에 앉아 쓰기 시작했다.

'나의 사랑하는 어머님'이라고 쓰고 그는 울기 시작했다.

"용서해 주십시오, 제가 어머님께 끼쳐 드린 모든 서러움을 용서해 주십시오, 제가 잘못 했을는지도 모르겠습니다. 그러나 그 길밖에는 할 도리가 없었답니다. 어머님에게 부탁드릴 저의 단 하나의 소원은

‘용서하여 주십시오’라는 것입니다.”

‘나는 벌써 이런 말은 몇 번이고 했는 걸’ 하고 그는 생각했다.

‘어때 그게 무슨 상관 있나! 다시 고쳐 쓸 시간이 없어.’

“저의 일을 비탄해 마십시오.” 하고 그는 계속해 썼다.

“조금 먼저 가든 늦게 가든 마찬가지 아닙니까? 저는 두려워하지 않습니다. 또 제가 한 일도 후회하지 않습니다. 저에게는 다른 일은 할 수 없었으니까요. 제발 용서해 주십시오. 그리고 또 다른 사람들도 나무라지 마십시오. 나와 함께 일을 꾸몄던 사람들도, 그리고 또 저를 사형에 처한 사람들도, 그 누구나 다 그렇게 하지 않고서는 달리 도리가 없었습니다. 용서해 주십시오. 그들은 자기들이 무엇을 하고 있는 건지 모르고 있습니다. 저는 지금 제가 생각하고 있는 것들을 되풀이하여 여쭐 용기가 없습니다. 그러나 저의 영혼 속에서 저에게 용기를 주고 위로해 줍니다. 안녕히 계십시오, 어머님의 늙으신 주름지고 그리운 손에 입맞춥니다.”

눈물이 두 눈에서 번갈아 떨어져서 종이 위에 배어들었다.

“저는 울고 있습니다. 그러나 슬픔이나 괴로움 때문이 아닙니다. 저의 생애의 가장 엄숙한 때를 맞이하여 겸허한 기분이 되고 있기 때문입니다. 또 하나는 어머님을 사랑하고 있기 때문입니다. 저의 동지들을 나무라지 마십시오 부디 사랑해 주십시오. 특히 브로호로프를 사랑해 주십시오. 저의 사형은 그 때문에 일어났다는 이유로 그를 미워하지 마십시오. 모든 다른 사람들이 꾸짖고 미워하는 인간을 사랑한다는 것은 정말 기쁜 일입니다. 그러한 사랑, 인간이 원수를 사랑한다는 것은 참으로 기쁨입니다. 나타샤에게 말씀드려 주십시오. 그녀의 사랑은 저의 위안이 되고 기쁨이 되고 있다는 것을. 저는 그것을 여태까지는 잘 알지 못하였으나 저의 영혼의 깊은 곳에서는 그것을 느끼고 있었습니다. 그녀가 저를 사랑한다고 생각하니 마음이 든든합니다. 이것으로 드릴 말씀은 모두 올렸습니다. 안녕히 계십시오. 부디."

그는 편지를 접어서 봉투 속에 넣었다. 그리고는 침대 위에 앉아서 손을 무릎 위에 얹고 눈물을 머금었다.

그는 죽지 않으면 안 된다는 것을 아직도 믿을 수 없었다. 그리고 자기가 자고 있는 것이 아니냐고 몇 번이고 되풀이하여 자문하고 잠이라면 깨어나고 싶어 눈을 떠보려고 헛된 짓도 해 보았다.

그 생각은 또 다른 것을 생각케 했다. 이 세상 삶이란 모두 꿈일는지 모른다. 그리고 눈을 뜬다는 것이 곧 죽음인지도 모른다는 생각이 들었다. 만약 그렇다면 이 세상의 삶의 의식이라는 것은 인간이 그 무엇 하나도 기억하고 있지 못하는 전세의 삶의 꿈에서 잠이 깨는 것에 지나지 않는다. 그러므로 이 세상의 삶은 시작이 아니라 하나의 새로운 형식에 지나지 않는다. 그러므로 내가 죽더라도 그것은 또 다른 새로운 형식으로 들어감에 지나지 않는 것이다. 이 생각은 그의 마음을 기쁘게 했다. 그리고 이 생각으로 마음을 놓으려고 하였을 때— 그는 이 생각이 그 무엇보다 죽음을 맞게 되는 공포를 없애주는 것 같다고 느꼈다. 마침내 피로를 느꼈다. 이제 머리가 듣지 않았다. 그는 눈을 감고 잠깐 동안 아무 것도 생각하지 않았다.

그는 편지를 다시 읽어보았다. 글 중에 브로호로프라는 이름이 있음을 알아차렸다. 그러자 곧 이 편지를 뜯어보면(꼭 뜯어 볼 것이다) 그렇게 되면 브로호로프의 신세를 망쳐 버리게 된다는 생각이 떠올랐다.

"아아! 큰일 날 뻔했군!"

하고 그는 외쳤다. 그리고 그 편지를 갈기갈기 찢어서 난로불에 태워 버렸다.

그는 그 편지를 쓰고 있을 때는 마음속으로 절망했었으나 이제는 평화로운 마음으로 기쁨을 느끼고 있었다. 그는 새로 종이 한 장을 가져다가 천천히 쓰기 시작했다. 생각이 잇달아 머릿속에 떠올랐다.

"내가 사랑하는 그리운 어머님께" 하고 그는 썼다. 그의 눈은 다시 눈물로 젖었다. 쓴 것을 읽어보려고 옷소매로 눈물을 닦았다.

"왜 저는 저 자신을 몰랐을까요? 왜 마음속에 언제나 간직하고 있었던 어머님에 대한 모든 사랑과 감사를 깨닫지 못했을까요? 이제서야 저는 그것을 깨달았습니다. 지금 그것을 느꼈습니다. 그리고 어머님과 저 사이의 사소한 다툼이나 제가 어머님께 보여드렸던 냉정한 말을 생각하면 괴로워집니다. 부끄러워집니다. 왜 그때 그러한 말씀을 드렸는지 저도 잘 모르겠습니다. 용서해 주십시오, 그리고 좋은 점만을(만약 제게 그런 점이 있다면) 생각해 주십시오."

"죽음은 이제 조금도 두렵지 않습니다. 사실을 말씀드리자면 저는 죽음이 무엇인지 모르겠습니다. 믿을 수 없습니다. 만약 죽음, 즉 소멸이라는 것이 있다면 인간이 30년 혹은 30초 빨리 죽거나 늦게 죽은들 그것이 무슨 의미가 있습니까? 누구나 마찬가지 아니겠습니까? "

'그러나 나는 왜 이렇게 철학 비슷한 이야기를 하는 거냐?' 하고 그는 생각했다.

'아까 썼던 것을 써야지…… 맨 끝에 썼던 중요한 일을, 그렇지!'

"저의 친구를 나무라지 마십시오. 사랑해 주십시오. 그 중에서도 자신도 모르는 사이에 저를 죽음 속으로 끌어넣은 자를 사랑해 주십시오. 저를 대신하여 나타샤에게 키스해 주십시오. 그리고 나는 언제까지라도 그녀를 사랑한다고 전해 주십시오."

'그리고 또 무엇이었던가!'

하고 그는 본래로 돌아가려고 중얼거렸다.

'아무 것도 없어! 아니야, 없을 리 없다. 그렇다면 무엇이었지?'

불현듯이 살아 있는 인간에게는 그러한 의문에 대한 대답이 없다. 있을 리 없다는 것을 분명하게 깨달았다.

'그렇다면 왜 그것을 자문했던가?……왜? 그렇지, 왜? 물어서는 안 된다. 살아야 한다…… 내가 살고 있듯이, 이 편지 속에 썼듯이, 즉 우리들은 누구나 할 것 없이 예전부터 어느 때라도 죽어야만 할 운명이었지. 그러면서도 아직도 살아 있다. 우리는 훌륭히 기뻐하며 살 수 있다. 그리고 그것은 이런 때…… 사랑할 때에, 그렇지 사랑할 때에 말이다. 지금 나는 편지를 쓰고 있다. 사랑하고 있다. 그리고 행복하다. 그렇게 우리는 살아 있다. 어디로 가든지 언제 가든지 그렇게 살아 갈 수 있다. 자유의 몸이든 감옥에 갇혀 있건, 그리고 또 오늘도 내일도 그 최후의 날이라도.'

교도관은 편지를 받아들었다. 그리고는 전해 주마 약속하고 가려 하자 스웨트로구브가 그를 불렀다.

"당신은 친절한 분입니다. 한데 왜 이러한 참혹한 일을 하십니까?"

하고 교도관의 옷소매를 만지면서 조용히 말했다. 교도관은 어색하고 슬프게 웃어 보였다. 그리고는 시선을 땅으로 떨어뜨리면서 말했다.

"그래도 인간은 어떻게 해서든지 살아야만 하니까요."

"이런 일은 안 하는 것이 좋습니다. 산 사람 입에 거미줄 치겠습니까? 게다가 당신은 이렇게 친절한 분인데, 아마 제가……"

교도관은 갑자기 울음이 터질 것 같았으나 겨우 참고 뒤를 돌아보고는 문을 쾅 닫고 나가 버렸다. 교도관의 감동된 모습이 한층 더 스웨트로그브의 마음을 움직였다. 그는 기쁨의 눈물을 참고 감방 안을 왔다 갔다 했다. 이제는 무섭지 않았다. 그리고 그저 이 세상보다 높은 곳으로 자기의 몸이 끌려올라 가듯 엄숙한 느낌을 느끼고 있었다.

저 의문, 이전에는 풀 수 없었던 사후에는 어떻게 되느냐 하는 의문이 이제는 풀린 것 같다. 게다가 인간이 생각해 낸 까다로운 대답에 의하여가 아니라 마음속에 있는 참된 삶의 의식에 의하여.

그는 복음서에 있는 말을 생각해 보았다.

'내가 진실로 진실로 너희에게 이르노니 한 알의 밀이 땅에 떨어져 죽지 아니하면 한 알 그대로 있고 죽으면 많은 열매를 맺느니라.'

'나는 지금 그처럼 땅에 떨어지려 하는 것이다. 그렇지 진실로 진실로' 하고 그는 생각했다.

'한숨 자 볼까!' 하고 그는 중얼거렸다.

'나중에 피곤하지 않게.'

그는 침대에 드러누워 눈을 감았다. 곧 잠이 들어버렸다.

그는 꿈을 꾸었다. 아름다운 머리칼을 한 소녀와 함께 새까맣게 익은 벗지가 가득 달린 커다란 가지에 걸터앉아 큼직한 놋그릇에 벗지 열매를 따서 담고 있었다. 열매가 그릇에 잘못 담겨 땅에 떨어졌다. 그러자 이상한 짐승(흡사 고양이 비슷한)이 그것을 올렸다 받았다 공치기를 한다. 그것을 보고 소녀가 호리듯이 웃어대면서 야단이므로 스웨트로구브도 즐겁게 무슨 영문인지는 몰랐으나 정신 없이 웃었다. 그러자 별안간에 놋그릇이 소녀의 손에서 미끄러져 떨어졌다. 스웨트로그브는 그것을 잡으려고 했으나 늦었다. 놋그릇은 나뭇가지에 부딪쳐 맑은 울림소리를 내면서 떨어졌다. 그는 웃어대면서 자꾸만 울리고 있는 쟁반소리를 걱정하면서 눈을 떴다.

그 울림소리는 복도에서 쇠 빗장을 여는 소리였다. 복도에서는 발자국 소리와 소총이 찰칵거리는 소리가 들렸다. 그는 불현듯이 모든 상황을 깨달았다.

'아아, 한 번만 더 잤으면 좋겠어!'

하고 생각했다. 그러나 이미 그럴 시간이 없었다. 발자국 소리는 문간까지 왔다. 자물쇠를 만지는가 싶더니 열쇠 소리와 함께 문이 삐걱 소리를 내면서 열렸다. 헌병 장교 한 사람과 호위병이 들어왔다.

'죽는가! 아아, 그것이! 가자, 좋아, 다 좋다.'

하고 스웨트로구브는 생각했다. 그리고 그 전날 그가 느꼈던 엄숙한 감정이 되살아남을 느꼈다.

6

스웨트로구브와 같은 감옥에 종파 분립론자의 늙은 농부가 갇혀 있었다. 그는 목사들을 믿을 수 없어서 신앙의 진실을 찾고 있었다. 그는 니콘 이후의 교회뿐만 아니라 뾰돌 대제시대 이후의 정부조차도 모두 반 그리스도라고 간주하며 부정했다. 정부의 권력을 담배왕국이라고 부르고 자기 의견을 대담하게 토로하여 승려와 정부의 벼슬아치들을 욕했다.

그 때문에 취조를 받아 금고처분을 받고 저 감옥에서 이 감옥으로 이송되었다. 다시는 자유의 몸이 될 수는 없고 일생 동안 감옥에 있지 않으면 안 된다는 것이다. 간수들이 우습게 여기는 일이나 동료들의 조롱이나 그네들의 마음속에 있는 신에 대한 모독 등—그런 것은 그에게는 벌써 상관없는 일이었다. 그러한 일은 아직 자유의 몸이었을 당시에도 수없이 목격했던 일이다. 그는 모두 인간이 참된 신앙을 잃고 어미 개를 떠난 눈먼 강아지처럼 길을 잃고 있기 때문이라고 생각했다.

그러나 그는 어딘가에 참된 신앙이 있음을 믿고 있었다. 마음속에 그것을 느끼고 있기에 아직도 희망을 버리지 않았다. 그는 가는 곳마다 찾았다. 그는 그것을 요한계시록에서 찾아보려고 했다.

"의롭지 못한 자 의롭지 못한 대로 두고, 천한 자 천한 대로 두고, 성스러운 자 성스러운 대로 두어라."

"내가 속히 오리라. 그리고 반드시 보상이 있도다. 행함에 따라서 이것을 갚을지어다."

그는 이 신비의 책을 읽어가며 언제까지도 '저마다 행함에 따라 이것을 갚을지어다'라고 하는 것뿐만 아니라 인간에게 신이 보여줄 진리를 '네 뒤에 오시는 이'를 기다리고 있었던 것이다.

스웨트리구브가 처형되던 날 아침 그는 북소리가 들렸으므로 창으로 기어올라 창살 틈으로 내다보았다. 마차 한 대가 끌려나오고 물결치는 듯한 곱슬머리에 번쩍이는 눈동자의 청년이 미소를 띠고 감옥에서 나와 마차에 탔다. 그의 작고 하얀 손이 가슴에 책 한 권을 꼭 대고 있었다. 이 열렬한 신자는 그것이 복음서라는 것을 알았다. 그 청년은 창마다에서 내미는 죄수들에게 고개를 끄덕여 보였다. 그리고 미소를 띠고 그와도 목례를 주고받았다. 마차가 움직이기 시작했다. 마차는 호위병에게 둘러싸인 빛나는 그 청년을 싣고 교도소 밖으로 나갔다. 그리고 들판을 소리내면서 달려갔다.

그 열성적인 신자는 창에서 내려와 침대에 앉아 생각에 잠겼다.

'그 청년은 진리를 찾아낸 것이다.'

하고 그는 생각했다.

'그런 그를 반 그리스도 종놈들이 그가 진리를 누구에게도 말하지 못하도록 목을 졸라 죽이려는군!'

7

을씨년스런 가을 아침이었다. 태양은 아직 보이지 않고 서늘한 바람이 바닷가에서 불어 왔다. 새벽 공기, 크고 작은 집들, 거리, 들판 그리고 자기를 바라보는 사람들—그런 것들이 스웨트로그브의 마음을 흔들어 놓았다. 마부와 등지고 마차 의자에 앉아서 무심한 얼굴로 자기를 호위하는 병사의 얼굴이며 지나치는 거리의 사람들을 보고 있었다.

아직 일렀다. 거리는 쓸쓸하고 노동자들만 다니고 있었다. 앞치마를 걸친 석회로 그을린 벽돌공, 미장이들이 힘차게 걸어 올라가던 걸음을 멈추고 마차를 되돌아보았다. 그들 중의 한 사람이 무어라 하고는 다른 사람에게 손을 흔들어 보이자 모두들 되돌아서서 또 작업장으로 걸어가는 것이었다. 덜컹덜컹 소리를 내면서 철근을 달구지에 싣고 온 마부들은 다루기 까다로운 자기네들 말을 한쪽 가에 붙이고 마차에 길을 피해주면서 놀란 듯한 호기심에 찬 눈으로 그를 쳐다보았다. 그 중 하나는 모자를 벗더니 †자를 그었다. 흰 모자에 행주치마를 걸친 식모가 바구니를 들고 대문으로 나왔다.

그러나 마차를 보더니 부랴부랴 뒤뜰로 들어가 버렸다. 그리고는 또 다른 여자 하나를 데리고 나와서는 둘 다 숨도 크게 못 쉬고 눈을 크게 뜨고 마차가 멀어져 보이지 않을 때까지 바라보았다. 수염을 기르고 머리가 희끗희끗한 누더기 옷을 입은 사나이가 딱딱한 손짓으로 어느 집 문지기에게 무엇인지 마땅치 못하다는 듯이 중얼거리면서 스웨트로구브 쪽을 손가락질했다. 두 소년이 뛰어왔다. 그리고는 앞을 보지 않고 마차 쪽으로 고개를 돌리면서 한쪽 가를 걸었다. 나이 많은 소년은 빠른 걸음으로 걷고 있었다. 나이가 적은 소년은 모자를 쓰지 않았다. 그리고 나이 많은 소년 뒤를 따라가면서 놀란 얼굴로 마차를 쳐다보았다. 그러다가는 걸려 넘어질 뻔하다가 겨우 일어섰다.

스웨트로구브는 그 소년과 눈이 마주치자 고개를 끄덕여 보였다. 마차에 끌려가는 무서운 사람이 자기에게 그렇게 했으므로 그 소년은 놀라서 눈과 입을 커다랗게 벌리고 무어라고 큰소리를 지르려고 했다. 그때 스웨트로그브는 손으로 키스를 던지고 진심으로 웃어 보였다. 그랬더니 소년은 갑자기 감동되었는지 기쁜 듯이 순진한 웃음을 돌려보내는 것이었다.

끌려가면서 그는 지금부터 자기를 기다리고 있는 일을 곰곰이 생각해 보았으나 스웨트로구브의 평화스럽고 엄숙한 마음은 조금도 헝클어지지 않았다.

그러나 마침내 교수대가 있는 곳에 와서 마차에서 내려 우뚝 서 있는 十자가나 그 뒤에서 바람에 흔들리고 있는 밧줄을 볼 때에는, 말하자면 마음에 받은 육체적인 고통이라고나 할까, 그러한 것을 느꼈다. 그는 기분이 나빠졌다. 그러나 그것은 잠깐 동안이었다. 그는 교수대 주위에 소총을 손에 들고 늘어선 병사들의 어두운 행렬과 그 앞에 장교가 움직이고 있음을 보았다.

마차에서 내리자 갑자기 북소리가 울리기 시작했으므로 그는 놀랐다. 스웨트로구브는 병사들 행렬 위에 신사 숙녀들이 탄 마차가 서 있음을 보았다. 그들은 구경하러 온 것이었다. 그런 것을 보고 그는 처음에는 놀라움을 느꼈으나 곧 그들을 불쌍하게 여겼다. 왜냐하면 그들은 이전의 자기와 같이 자기가 현재 깨달은 것을 알지 못하기 때문이었다.

'그러나 그들도 알게 될 때가 올 거야, 나는 죽으나 진리는 살아 있다. 그들은 그 진리를 알게 될 것이다. 나 혼자만이 아니라 모든 인간

이 행복하게 될 때가 오리라. 반드시 오리라.'

장교 한 사람에게 인도되어 그는 교수대 위로 올랐다. 북소리가 그치자 그 장교는 부자연스러운 목소리를 북소리가 그친 텅 빈 허공 속으로 유달리 약하게 울리며 이왕에 재판관이 그에게 낭독해 주던 난폭한 사형선고를 읽었다. 죽이려고 하는 자에게서 권리를 박탈한다느니, 가까이 혹은 먼 장래라고 하는 기묘한 문구가 있는 선언서를.

'왜? 왜 이런 짓을 하는 것일까?'

하고 스웨트로그브는 생각했다.

'아직도 모르다니 가엾은 일이다. 나는 지금 그것을 그들에게 설명할 수는 없다. 그러나 곧 알게 된다. 누구에게도 알게 될 것이다.'

길고 숱이 듬성한 머리에 보랏빛 가운을 입은 기름이 반지르르한 목사가 검은 비로도 소매에서 내민 희고 가냘픈 굽은 손에 은제 十자가를 들고 스웨트로구브 쪽으로 다가왔다.

"자비로운 하나님이시여……"

라고 그는 말을 시작하고 왼손에서 오른손으로 十자가를 옮겨 쥐고 그것을 스웨트로구브의 앞으로 받혀 들었다. 그는 뒤로 물러서서 외면하고 돌아보았다. 그는 목사가 지금 이러한 지경에 처해서도 여전히 자비로운 운운하며 거짓을 말함으로 목사에게 큰소리로 호되게 욕하고 싶었으나 복음서의 '그들은 자기가 한 바를 모르더라.' 하는 말씀이 생각나서 꾹 참았다. 그리고는 조용히 작은 소리로 말했다.

"용서하시오. 저는 그런 것이 필요 없습니다. 미안하지만…… 정말 필요 없습니다. 어쨌든 고맙습니다."

그는 목사에게 손을 내밀었다. 목사는 十자가를 왼손에 바꿔 쥐고 스웨트로구브와 악수했다. 그리고는 될 수 있는 대로 그를 보지 않으려고 하면서 교수대를 내려갔다.

북소리가 또 울렸다. 모든 소리를 지우면서—. 목사가 내려가고 나서 중키에 둥그스레한 어깨를 하고 몸집이 딱 벌어진 러시아의 직공들에게 특유한 웃옷 위에 외투를 입은 사나이가 올라왔다. 그리고 교수대를 흔들어대며 빠른 걸음으로 스웨트로구브 곁으로 다가왔다. 그 사나이는 날카롭게 스웨트로구브를 힐끔 한번 보고 나서는 모진 술과 땀으로 몹쓸 냄새가 나는 욕심 많게 생긴 두툼한 손으로 그의 두 팔의 어깨 관절을 잡고 위로 비틀어 올렸다. 그리고 꼭 묶어 버렸다. 그의 손을 결박짓고 나서 무엇인지 생각하듯 잠깐 서 있었다. 그리고는 스웨트로구브로부터 시선을 자기가 교수대 위에 가져다 놓은 것으로 옮겼다. 그리고는 十자가 기둥에서 내려 드리운 밧줄을 쳐다보았다. 할 일의 순서를 다 생각하고 나서는 그는 밧줄 곁으로 가서 무엇인지 부스럭거리고 있었다. 그리고 나서 스웨트로구브를 밧줄 가까이의 교수대 끝으로 내밀었다.

스웨트로구브는 이전에 사형 선고서가 낭독되었을 때 그것이 자기에게 무슨 의미가 있는 건지 몰랐으나 그와 마찬가지로 지금도 자기에게 다가오고 있는 순간의 참된 뜻을 알 수 없었다. 그리고 그는 재빨리 교묘하고 조심스레 자기의 몸서리치는 일을 마쳐 버리려는 사형 집행인을 놀란 눈으로 보고 있었다.

사형 집행인의 얼굴은 러시아 노동자의 가장 흔한 형태로 잔인한 점은 조금도 없고 열심히 자기가 할 어려운 일을 될 수 있는 대로 실수 없이 다 하려고 하는 인간의 얼굴이었다.

"조금 앞으로 나가……"

하고 끝 쪽으로 내밀면서 쉰 목소리로 사형 집행인이 말했다. 스웨트로구브는 움직였다. 그리고

"주여! 구해 주시옵소서, 자비를 베푸소서!"

하고 중얼거렸다. 스웨트로구브는 하나님을 믿지 않았다. 그리고 하나님을 믿는 자들을 곧잘 비웃기도 했었다. 지금도 그는 하나님을 믿지 않았다. 말로 표현할 수는 없었고 또 사상 속에서도 하나님을 파악할 수 없었으므로 믿지 않았던 것이다.

그러나 지금 이 순간에 그가 부른 '주'라는 이름으로 나타내는 것은, 그는 하나님을 느꼈던 것이다. 그가 아는 한에서는 가장 진실한 그 무엇이었다. 그 부름은 불가피한 것이며 그리고 중요한 것임을 그는 알았다. 왜냐하면 지금 그 이름을 부름에서 용기가 생기고 마음을 가라앉힐 수 있었기 때문이다. 그는 교수대 한 끝으로 다가갔다. 그리고는 무심코 병사의 행렬과 화려하게 차린 구경꾼들을 바라보았다. 그래서 그는 또 생각해 보았다.

'왜? 왜 이런 짓을 하는 것일까?'

그는 그들과 자기 자신이 가엾어서 두 눈에 눈물이 고였다.

"자네는 내가 불쌍하지 않나?"

하고 그는 사형 집행인의 눈치 빠른 눈을 보고 물었다. 사형 집행인은 잠깐 머뭇거렸으나 그의 얼굴 표정은 곧 굳어졌다.

"자, 말하면 안 돼!"

하고 더듬거리면서 재빨리 그의 외투와 포대를 놓아 둔 곳에 주저앉았다. 그리고는 두 손을 재빨리 움직여서 뒤에서 스웨트로구브를 잡고 포대 속에 그의 머리를 밀어 넣었다. 그리고는 날쌔게 허리까지 푹 씌웠다.

"주여! 당신의 손에 저의 영혼을 맡깁니다!"

하고 복음서의 말씀이 생각나서 스웨트로구브는 말했다.

그의 영혼은 죽음에 반항하지 않았으나 그의 굳세고 젊은 육체가 죽음을 받아들이지 않았다.

— 죽음에 복종하지 않고 그것과 싸우려고 했다.

몸을 자유롭게 하려고 외치고 싶었다. 그러나 그때 그는 경련과 발디딜 곳이 없어진 것과 숨이 가쁘고 동물적인 공포와 머릿속이 찡하게 울리는 음향과 그리고 모든 것의 적멸(寂滅)을 느꼈다.

스웨트로구브의 신체는 밧줄에 매달려 내려뜨려졌다. 그리고 어깨가 두어 번 아래위로 꿈틀거렸다.

사형 집행인은 2분쯤 기다리고 나서 얼굴을 찡그리고 손을 시체의 어깨 위에 얹었다. 그리고 끌어내렸다. 시체는 다시는 움직이지 않았다. 그저 머리를 부자연스럽게 내려뜨리고 죄수용 양말을 신은 뻣뻣한 발이 흔들거리는 포대 속의 인형만이 흔들리고 있었다.

사형 집행인은 교수대에서 내려와 지휘관에게 시체는 이제 교수대에서 끌러서 매장해도 좋다고 말했다. 한 시간 내에 시체는 교수대에서 내려져 사람들이 싫어하는 공동묘지로 운반되었다.

사형 집행인은 할 일을 다했다. 그러나 그것은 쉬운 일이 아니었다. 스웨트로구브가 말하던 '나를 불쌍하게 여기지 않느냐?'라고 하던 말이 그의 마음에서 떠나지 않았다. 그리고 그는 사람을 죽인다는 것이 그릇된 행위임을 깨달았다. 그는 지금까지 대수롭지 않게 여기고 있던 일을 그만두었다. 그리고 그 주에는 집행 요금으로 받은 돈으로 그냥 술을 마셔버리고 모자라서 나들이옷마저 술값으로 잡혀 먹었다. 그리고 얼마 안 가서 체포되어 금고형을 받았다. 그 다음에는 감옥에서 병원으로 이송되는 신세가 되고 말았다.

8

테러단의 지도자의 한 사람으로 스웨트로구브를 이 운동권으로 끌어넣었던 이그나체 에제넷츠키는 체포된 지방으로부터 센드 페텔스 부르크로 이송되었다. 그가 수감된 감옥에는 스웨트로구브가 사형대로 가는 것을 보고 있던 그 늙은 신자가 감금되어 있었다. 그는 얼마 안 되어 시베리아로 이송될 예정이었다. 그는 참된 신앙의 문제, 어떻게 하여 어디서 그것을 얻을 수 있느냐 하는 것을 언제나 생각해 보곤 하였다.

같은 감옥에 그 청년의 친구로서 그 청년과 신앙을 같이 하는 청년이 있다는 이야기를 듣고 노 신자는 기뻐했다. 그래서 간수장에게 그를 만나게 해달라고 부탁했다.

메제넷츠키는 감옥 규칙이 엄중했음에도 불구하고 그의 동지들과 끊임없이 연락을 취하고 있었다. 열차를 폭파시키려고 파묻어 놓은 지뢰에 관한 보고를 날마다 기다리고 있었다. 문득 잊어버리고 전하지 못했던 일이 생각나서 동지들에게 그것을 전할 방법을 생각하고 있었다. 간수장이 그의 감방에 와서 나지막한 소리로 같은 죄수의 한 사람이 만나 보고 싶어한다고 말했을 때 그는 동지에게 연락한 끄나풀이 되지나 않을까 하고 기뻐했다.

"누구입니까?"

"농부야."

"무슨 일인가요?"

"무엇인가 신앙 문제로 이야기하고 싶대."

메제넷츠키는 빙그레 웃었다.

"데려와 주십시오."

하고 말했다.

'이 신앙가도 반정부이군! 무슨 쓸모가 있겠지,'

하고 그는 생각했다.

간수가 나가 버렸다. 그리고 얼마 안 돼 문을 열고 머리칼이 텁수룩하고 수염이 희끗희끗하게 나고 부드러우나 지친 눈을 한 쪼그라든 듯한 작은 노인을 안으로 들여보냈다.

"무슨 용무가 있습니까?"

하고 메제넷츠키가 물었다. 노인은 힐끔 그를 쳐다보고는 급히 시선을 아래로 떨어뜨렸다. 그리고는 작고 악세며 깡마른 손을 내밀었다.

"무슨 용무가 있습니까?"

하고 메네넷츠키는 다시 물어보았다.

"이야기를 좀 할 것이 있어서……"

"무엇인데요?"

"신앙에 관해서……"

"어떠한 신앙 말씀입니까?"

"듣자니 당신은 반 그리스도의 종놈들이 오뎃사에서 교수형으로 죽인 청년과 같은 신자라지요?"

"어떤 청년입니까?"

"작년 가을 오뎃사에서 처형된 청년 말씀입니다."

"스웨트로구브 말씀이군요!"

"그래요, 그 사람입니다. 그는 당신 친구지요?"

노인의 부드러운 눈은 말할 때마다 날카롭게 메제넷츠키의 얼굴빛을 살피듯이 보았다. 그리고는 또 금방 마루를 내려다보았다.

"예, 친한 처지였습니다."

"같은 신앙을 가지고 계십니까?"

"물론이지요"

하고 메제닛츠키는 웃으면서 대답했다.

"바로 그것입니다. 내가 말하고자 하는 것은……"

"대체 무슨 말씀이세요?"

"당신네들의 신앙을 자세히 듣고 싶습니다."

"우리의 신앙……그럼 앉으시오."

메제넷츠키는 어깨를 으쓱해 보이며 말했다.

"우리의 신앙은 이러한 것입니다. 우리의 삶이 인민을 학대하는 자의 손안에 빼앗겨 있다는 것을 믿습니다. 그래서 놈들이 착취하는 인민을 구제하기 위하여 우리는 목숨을 아끼지 않고 놈들과 싸워야 한다고 생각합니다."

하고 메제넷츠키는 버릇이 되어 외국어 '착취-explot'라는 말을 썼다.─ 그래서 곧 '학대한다'라고 고쳐 말했다.

"그래서 놈들을 멸망시켜야 합니다. 놈들은 사람을 죽여요. 그러니 그들도 죽어 마땅합니다. 스스로 반성하지 않을 동안은 말이지."

노 신앙인은 마루를 내려다보며 한숨만 쉬었다.

"우리의 신앙은 생명을 아끼지 않고 압제 정부를 전복시키는 데 있습니다. 그리하여 자유스러운 대외 정부를 세우는 데 있습니다."

노인은 깊은 한숨을 쉬고 일어섰다. 그리고는 웃옷의 구김살을 펴고서 무릎을 꿇고 이마를 마룻바닥에 맞대면서 메제넷츠키의 발목 앞에 엎드렸다.

"왜, 이러십니까?"

"제발 이 늙은 것을 속이지 마시오. 당신의 신앙이 무엇인지를 가르쳐 주십시오"

하고 노인은 일어서지도 않고 머리도 들지 않은 채 말했다.

"말씀 드렸습니다. 일어나십시오. 그렇게 하고서는 말씀드릴 수가 없지 않습니까?"

노인은 일어섰다.

"그것이 그 젊은 양반의 신앙이었던가요?"

하고 메제넷츠키의 눈앞에 일어서서 말했다. 쉴새없이 부드러운 눈으로 그를 바라보기도 하며 또 아래로 떨어뜨리기도 했다.

"그것이 그 사나이의 신앙이었습니다. 그래서 교수형을 받았습니다. 그래서 나도 같은 이유로 엄중한 금고형을 받으러 가게 되었습니다."

노인은 허리보다 낮게 머리를 숙이고는 나가버렸다.

'아니야! 그런 것이 그 청년의 신앙이 아니었어!'

하고 노인은 생각했다.

'그는 참된 신앙을 알고 있었어. 이 사나이는 같은 신앙을 가지고 있다고 자랑하면서도 그것을 털어놓고 말해 주지 않는다.……좋아, 그렇다면 내가 혼자서 찾아내야지.'

가다가 도중에서 한번 온 길을 물으라(러시아의 속담)고 했으니까 라고 노인은 생각했다. 그리고 또 계시록을 펼치고 읽던 성경을 손에 들고 안경을 쓰고 창가에 앉아 읽기 시작했다.

9

그리고 나서 7년이라는 세월이 흘렀다. 메제넷츠키는 페데로파우로스키 요새에서 복역을 마치고 고역으로 이동되었다.

그는 7년 동안 여러 가지 고통을 겪었다. 그러나 그의 의지는 변하지 않았고 그의 정력도 감소되지 않았다. 요새에 금고되기 전에 심문을 받았을 때 취조관에게 거만하고 침착한 태도로 대하였으므로 검사나 판사들은 놀랐다. 마음속으로는 자기가 금고되어 시작했던 사업이 중단된 것을 고민하고 있기는 했으나 그런 기색을 표면에 나타내지는 않았다. 다른 사람들과 함께 있게 되면 맹렬히 멸시해 주고 싶은 생각이 무럭무럭 일어났다. 심문 받아도 입을 열지 않고 그저 자기에게 배반하는 자들이나 헌병장교나 검사들을 욕할 때만 입을 열었다.

으레 하는 식으로 "바른대로 자백하고 죄를 가볍게 받는 편이 좋을걸." 하고 권유받았을 때도 그는 불손한 태도로 비웃으면서 잠깐 침묵했다가 이렇게 말했다.

"만약 당신네들이 이익이나 공갈로 나의 동지를 배반케 하고자 한다면 그것은 너무나 나를 몰라보는 것이다. 당신네들이 취조하는 이런 큰 일을 꾸미는데 내가 만일의 경우에 대한 준비를 하지 않을 리가 있겠소? 당신네들이 아무리 애쓰고 공갈하거나 협박해도 소용없는 일이오. 할 수 있는 대로 하고 싶은 대로 무엇이든 마음대로 하시오. 나는 아무 말도 안 할 테니까."

그렇게 해서 그는 법관들이 난처해하는 모양을 보는 것이 유쾌했다. 그러나 페데로파우스키 요새에 끌려와서 높은 곳에 그을음이 긴 검은 유리가 달린 유리창이 하나밖에 없는 작은 감방에 갇혔을 때 그는 틀림없이 2,3개월이 아니라, 5,6년은 살 것으로 짐작하고 새삼스레 무서움에 싸였다. 어찌할 도리가 없는 죽음과 같은 침묵이 무서웠고 그 혼자만 아니라 두터운 벽 저쪽에도 다른 죄인이 갇혀서 — 죄의 선고를 받고 10년 20년 감금되어 마침내는 자살하고 사형되고 정신이 들고 폐병으로 쇠약해져 죽어 가는 것이라 생각하니 몸서리치는 것이었다. 거기에는 여자도 남자도 또 친구도 있다…….

'세월이 흘러서 나도 미쳐서 목을 매어 죽을지 아무도 알 수 없는 일이지.'

그렇게 생각하니 그의 마음속에는 모든 인간에 대한 증오가 일어났다. 그 중에서도 그를 이곳에 금고하도록 판결을 내린 자들에 대하여 증오의 마음은 그 대상을 요구했다. 그리고 그것을 밖으로 표시할 동작과 행위를 요구했다. 그러나 거기에는 죽은 듯한 침묵과 말없이 오가는 사람들의 발자국 소리밖에 없었다.

문을 열고 닫는 소리, 일정한 시간에 가져다주는 식사, 말없이 왔다가는 사람들, 어둠침침한 유리창으로 스며드는 아침해와 어둠, 내내 똑같은 침묵, 똑같은 발자국 소리, 똑같은 울림. 그렇게 오늘도 어제도…… 증오는 뱉어낼 구멍이 없어서 그의 마음은 더욱 더 거칠어 갔다.

그는 문을 두들기고 말을 걸어 보았으나 아무런 대답도 없었다. 두들기면 언제나 똑같은 조용한 발자국 소리와 사람의 목소리만 불러낼 뿐이었다. 그리고 그것이 감방의 어둠과 함께 그의 마음을 위협할 따름이었다.

그에게는 그나마 휴식이 되고 기운을 회복시켜 주는 시간은 잠자는 동안뿐이었다. 그리고 눈을 뜨면 그저 무서움에 사로잡힐 뿐이었다. 꿈속에서 그는 언제나 자유스럽던 자신을 보았다. 혁명 생활과는 모순되는 일조차도 마음이 쏠렸다. 바이올린 비슷한 이상한 것을 가지고 장난도 하고, 귀부인의 환심을 사려고 애태우기도 하고, 보트 놀이도 하고, 사냥도 가고, 또 때로는 이상한 과학상의 발견도 했기 때문에 어느 외국의 대학으로부터 박사 학위를 받아 그 축하연 식장에서 감사 연설을 한 때도 있었다. 그러한 꿈들은 현실의 세계가 단조롭고 지루한데 반하여 마치 정말로 있었던 것같이 생생하고 현실과 분간할 수 없을 정도였다.

그러나 꿈에는 언제나 괴로움이 있었다. 그것은 자기가 하거나 바라거나 하는 일이 거의 달성되려고 할 무렵에 대개 눈에 뜨이고 마는 것이었다. 그렇게 되면 난데없이 심장이 몹시 뛰고, 모든 기쁨이 사라져 버리는 것이었다. 그리고 뒤에 남은 것은 만족되지 못한 괴로운 소원과 작은 남포에 비치는 얼룩진 벽뿐이었다. 그리고 깔고 있던 울퉁불퉁한 짚으로 된 자리가 한쪽 옆으로 밀려 있는 것이었다.

잠자는 동안이 제일 좋은 때였다. 그러나 감금이 길게 끌어지자 그는 점점 이 휴식마저도 취하지 못하게 되었다. 최대의 행복으로 그는 잠을 청했다. 그러나 지금은 잠을 청하면 할수록 그의 눈은 더욱 말똥말똥해지는 것이었다. 잠을 몰아치려고 하거든 그저 《나는 잠들기 시작했는가?》라고 하기만 하면 되는 것이었다.

비좁은 감방 속을 굴러도 뛰어도 그의 마음은 후련해지지 않았다. 그것은 쓸데없이 더욱 피로하고 신경을 날카롭게 할 따름이었다. 머리가 무거워져서 눈을 감으면 어두운 얼룩진 배경 속에 머리가 헝클어진 것, 대머리 벗어진 것, 입을 딱 벌린 것, 입이 비뚤어진 것, 따위로 소름이 끼치는 얼굴들이 나타났다. 어느 얼굴이나 다 무섭고 또 모두 무시무시하고 험상궂게 상을 찌푸리고 있었다. 마침내 눈을 뜨고 있어도 그러한 얼굴들이 나타나게 되었다. 얼굴뿐이 아니라 온 몸이 나타나서 지껄이고 춤추기 시작했다. 그는 무서워서 벌떡 뛰어 일어나서 벽에 머리를 부딪치고 외쳤다. 그러자 문에 붙은 작은 쪽문이 열리고 침착한 목소리로 천천히 말하는 것이 들려왔다.

"떠들면 안 돼!"

"교도관을 불러다오!"

하고 메졔넷츠기는 고함쳤다. 해답도 없이 쪽문이 닫혔다. 그와 같은 절망은 오직 한 가지 일을 가져왔다. 그것은 죽음이라는 것이었다.

어느 땐가 역시 그러한 상태에 빠져 있었을 때 그는 자살하려고 결심했다. 감방에는 바람구멍이 하나 있었다. 거기에 올가미를 걸고 침대 위에 올라서면 목매어 죽을 수가 있었다. 그러나 끈이 없어서 홑이불을 갈기갈기 찢어서 만들었으나 모자랐다. 그래서 그는 굶어 죽으려고 했다. 이틀 동안이나 아무 것도 먹지 않았다. 그러나 사흘째에는 아주 몸이 쇠약해 버렸다. 그리고 인사불성이 되고 말았다. 간수가 식사를 가져왔을 때 그는 눈을 뜬 채 마룻바닥에 쓰러져 의식을 잃고 말았다.

의사가 와서 그를 침대 위에 얹혀 놓고 소량의 람술과 아편 주사를 놓았다. 그러자 그는 잠이 들었다. 이튿날 그가 눈을 떴을 때 그는 손을 저으며 자기 위에 엎드려 진찰하고 있는 의사를 보자 오랫동안 자취를 감추었던 그 증오의 감정이 갑자기 북받쳐 올라왔다.

"이런 데서 일하면서도 부끄럽지 않아!"

그는 의사에게 말했다. 의사는 고개를 숙인 채 그의 맥박에 귀를 기울이고 있었다.

"여기서 일하는 것이 부끄럽지 않으냐고 물었는데 왜 당신은 나를 치료하느라고 야단인가? 그것은 도리어 또 나를 괴롭히기 위한 것이 아닌가? 매 때리는 곳으로 끌고 나가서 연거푸 곤장을 맞게 하는 것과 다름 없다구."

"제발 반듯하게 누워 계십시오,"

의사는 얼굴을 본 척도 않고 냉정하게 말하며 호주머니에서 청진기를 끄집어냈다.

"어느 땐가 의사란 놈이 나머지 곤장 5천 대를 마치려고 상처를 고쳐 주었겠다. 나갓! 개자식 같으니……"

갑자기 그는 외치고 침대에서 발을 내밀었다.

"나갓! 네깐놈 없어도 죽을 수 있어!"

"못씁니다. 무례한 짓을 하면 벌을 받습니다."

"꺼져 버려! 개 같은 자식!"

메제넷츠키가 어찌도 사납게 구는지 의사는 허둥지둥 나가 버렸다.

10

약효가 있었던지 위기가 지났던지 그렇지 않으면 치료한 의사에 대한 분노 때문인지 어쨌든 그는 그때부터 제 정신이 들어 아주 새로운 생활에 들어갔다.

"언제까지 나를 여기 집어넣어 둘 수도 없을 것이고 또 가두어 두지도 않겠지."

하고 그는 말했다.

"때가 오면 자유로운 몸이 되겠지. 어쩌면 정부의 태도가 바뀔 수도 있겠지. 동지들이 일을 계속하고 있으니까. 무사히 출옥해 또 일을 하기 위하여서는 목숨을 아껴야지."

그리고 그는 오랫동안 그러한 목적에 적합한 가장 좋은 생활 방법을 생각했다. 그렇게 해서 그가 결정한 것은 이러한 일이었다. ― 아홉 시에 잠자리에 든다. 그리고는 잠이 오든 안 오든 간에 아침 다섯 시까지 누워 있을 것. 그리고 일어나서 얼굴을 씻고 옷을 입고 체조를 하고 그리고 나서 소위 그의 과업을 시작할 것. 그는 상상 속에서 센트·페텔스불크를 소요한다. 네우스키로부터 나데지데인스카야로 간다. 그리고 도중에서 만나는 것을 모두 마음속에 그려본다. 가게·간판·집들·경관·마차 그리고 걸어가는 사람들, 나데지데인스카야에서는 친구이며 동지들의 집으로 간다. 거기에서, 모여든 동지들과 장래의 계획을 상담한다. 토론이 벌어진다. 메제넷츠키는 자기가 할 말, 남이 할 말을 혼자서 떠들어댔다. 어느 땐가는 너무도 큰 소리로 떠들었으므로 간수가 와서 쪽문을 열고 주의를 주었으나 메졔녯츠키는 들은 척도 안 하고 센트·페텔스불크에서의 하루의 공상에 잠겼다.

 —친구들 집에서 두어 시간을 보내고 나서 집에 돌아와 밥을 먹는다. 처음에는 공상이었던 것이 마침내는 실제 그에게 갖다 준 밥을 먹는다. 그는 언제나 조금 나쁘다고 느낄 정도로 먹었다. 그리고는 집에 남아서 역사나 수학을, 때때로 일요일에는 문학도 공부한다. 그의 역사 공부법은 우선 특별한 시대나 국가를 택하고 다음에는 사건이나 연대를 생각해 내는 식이었다. 수학 연습에서는 계산도 하고 기하학의 문제도 풀어 보았다.(이것도 그가 좋아하는 과목이다) 일요일에는 푸쉬킨, 고골리, 셰익스피어 등을 생각해 보고 조금 마음을 안정시킨다.

 저녁이 되면 남자 친구나 여자 친구들과 공상 속에 함께 산보하기도 하고 즐겁고 위트가 많고 때로는 진지한 회화를 주고받기도 한다. 그러한 것은 모두 이전에 실제 있었던가 또는 금방 생각해 낸 일들이었다. 그렇게 해서 그것은 밤까지 계속된다. 잠자리에 들기 전에 그는 운동으로 감방 안을 2천 보씩 걷는다. 그리고 나서 침대에 드러누워 여느 때처럼 잠이 든다.

 이튿날도 마찬가지였다. 어느 땐가는 북쪽으로 여행을 떠나서 사람들을 선동하고 반란을 일으키기도 했다. 그리고 사람들과 함께 지주를 추방하고 그 소유지를 농부들에게 분배해 주었다. 그러나 그는 이러한 일을 단번에 생각해 낸 것이 아니라 순서를 따라서 세밀하게 상상했던 것이다.

 공상 속에서는 혁명군이 도처에서 승리를 거두어 정부의 권력은 약화되고 할 수 없이 입법 의회를 소집하게 되었다. 귀족을 비롯한 인민의 모든 압제자들은 자취를 감추어 버리고 공화 정체가 수립되었다.

메제닛츠키 자신이 대통령으로 선출되었다. 때로는 너무도 빨리 그렇게 되었으므로 또 처음부터 다시 시작해서 다른 방법으로 그 목적을 달성했다.

그같이 하여 1년 지나고 2년 지나 3년이 지났다. 때로는 그러한 규칙적인 순서에서 벗어나는 일도 있기는 하였으나 대개는 그 순서로 되돌아갔다. 그래도 때로는 갑자기 잠이 오지 않고 무서운 얼굴의 환영에 사로잡혀서 괴로운 때도 있었다. 그럴 때면 또 통풍구 구멍을 바라보면서 어떻게 밧줄을 걸고 올가미를 매어서 목을 매어 달 수 있을까 하고 생각해 본다. 그러나 그는 그러한 생각을 애써서 억제했으므로 그런 생각은 얼마 계속되지 않았다.

그렇게 하여 그는 거의 7년이라는 세월을 보냈다. 외롭고 쓸쓸하던 금고가 끝을 보이고 고역으로 옮겨지려고 할 무렵에 그는 아주 건강하고 정신상의 능력을 완전히 회복하고 있었다.

11

그는 특별한 중대범으로서 단독으로 이송되었다. 다른 죄수들과의 내왕이 허용되지 않았다. 쿠라스노얄스크 감옥에서 중노동의 이주지로 가는 도중에 정치범들과 서로 이야기를 주고받을 기회가 있었다. 그들은 여섯 명이었다. 두 명은 여자고 네 명은 남자였다. 그들은 모두 메제닛츠키가 알지도 못할 새로운 파의 젊은이들이었다. 그들은 그의 다음 시대의 혁명가이며 그의 후계자이기도 했다. 그는 그들에게는 유달리 흥미를 느꼈다. 메제닛츠키는 그들이 자기의 발자취를 밟아와서 그들의 선배들, 특히 자기 메제닛츠키에 의하여 이루어진 모든 사업을 잘 평가해 줄 것이라고 생각하고 있었다.

그러나 놀랍게도 그 젊은이들은 그를 자기들의 대 선배의 스승으로 생각하지 않을 뿐더러 그를 꺼리고 멀리하는 것이었다. 그리고는 그의 견해는 시대에 뒤떨어진 것이라 하여 상대도 안 하고 배척하는 것이었다. 그들— 그 혁명가들에 의하면 메졔넷츠키나 그의 친구들이 한 모든 일은 그리고 농부들을 계몽시키고자 하던 그들의 모든 계획 특히 그 중에서도 협박, 공갈이나, 쿠로포토킨총독, 메젠쵸프 및 알렉산더 2세의 암살 등은 모두 실패의 연속에 지나지 않는다는 것이었다. 그러한 일은 도리어 반동을 일으키고 알렉산더 3세 시대의 승리로 돌아가고 말았다. 그리고 농촌은 농노 시대나 다름없이 퇴보해 버렸다. 인민의 구제는 새로운 스승들의 말을 빌린다면 그런 것과는 아주 다른 방면에 있었다.

거의 이틀 동안 밤낮을 두고 메졔넷츠키와 새로운 혁명가들 사이에 논쟁이 계속되었다. 그들의 지도자로서 남들이 세례명으로 로만이라고 부르고 있던 사나이는 특히 자기의 견해가 옳다는 것을 굳게 믿고 있었다. 그는 메졔넷츠키와 그의 동지들이 여태껏 해 온 모든 사업을 완곡하게 비꼬아 비난했다.

로만의 의견에 의하면 인민은 어리석은 군중이니까 지금 같은 진화 상태로서는 어찌할 도리가 없다. 러시아 농민을 궐기시키려는 모든 기도는 들에나 물에 불을 붙이려고 하는 것과 다름없는 일이다. 인민을 교육해야 한다. 단결 정신으로 대공업을 발달시킴으로써 이루어진다. 그로부터 인민의 사회주의적인 결합이 생긴다.

토지는 인민들에게 필요 없을 뿐더러 도리어 해롭고 인민을 보수적으로 노예적으로 만든다. 이러한 일은 러시아에게 뿐만 아니라 유럽에서도 있다. 그렇게 말하면서 그들 권위자들의 설이나 통제상의 재료를 기억을 더듬어 내어 말했다. 인민을 토지에서 해방시켜야 한다.

그것도 빠르면 빠를수록 좋다. 그들이 공장 생활로 들어가면 갈수록 그들의 토지가 자본가에게 독점되면 될수록 그리고 그들이 압박 받으면 받을수록 좋은 것이다. 전제정치 특히 그 중에서도 자본주의는 노동자의 단결에 의하여서만이 전복시킬 수 있는 것이다. 이 단결은 동맹이나 노동조합에 의하여 만들어진다. 즉 민중이 지주가 되는 것이 아니라 프롤레타리아가 될 때에야 비로소 이루어지는 것이다.

메졔넷츠키는 논쟁 중에 약이 오르기 시작했다. 그 중에서도 여자 하나에 화가 났다. 그녀는 마르고 얼굴빛이 거무스레하고 머리 숱이 많았는데 창문에 걸터앉아서 눈을 번쩍이면서 직접 논쟁에 참견하지는 않았으나 내내 한 마디 두 마디 끄집어내고는 로만의 이야기를 뒷받침해 주기도 하고 메졔넷츠키의 비평을 조롱했다.

"농부를 직공으로 만들 수 있을까?"

하고 메졔넷츠키가 물었다.

"왜 안 된단 말이오?"

하고 로만은 그를 꾸짖듯이 말했다.

"그것은 경제의 일반 법칙입니다."

"그러한 법칙이 어찌 일반적입니까?"

"카웃츠키의 책을 읽어보시오,"

하고 거무스레한 여인이 얕잡아 보듯이 웃으면서 한 마디 던졌다.

"누가 허용하든 간에,"

하고 메졔넷츠키가 말했다.

"민중이 모두 프롤레타리아가 된다는 일이란 내가 용서 안 합니다. 허나 당신들은 당신들이 제멋대로 결정한 양식을 어찌 인민들이 받아들일 줄로 압니까?"

"왜라니? 과학적으로 증명되어 있는 걸요,"

하고 거무스레한 여인이 방안을 두루 살피면서 대답했다. 그리고 최후의 목적을 달성하기 위하여 필요한 운동 방식에 대한 논쟁이 벌어지자 쌍방의 의견의 차이는 더욱 더 심해졌다.

로만과 그 동료는 공장 노동자들에게 농민들이 공장 노동자가 되게끔 설득하게 하고 또 사회주의를 민중들 사이에 퍼뜨릴 필요가 있다고 말했다. 또 정부와 싸우는 일은 삼가고 목적을 달성하기 위하여 도리어 이용하여야 한다고 논했다.

메졔넷츠키는 정부와 직접 투쟁하고 그것을 협박하고 공갈할 필요가 있다. 정부는 민중보다는 세기도 하고 교활하기도 하다고 말했다.

"정부를 기만하는 것은 제군들이 아니라 제군들을 속이는 것이 정부입니다. 우리는 민중들 사이에 선전도 하고 또 정부와 싸우기도 했습니다."

"당신네들은 참 훌륭한 일들을 하셨군요,"

하고 거무스레한 여자가 비꼬아 댔다.

"저는 정부와 직접 싸우는 것은 무익한 노력이라고 생각합니다,"

하고 로만이 말했다.

"3월 1일(알렉산더 2세가 암살된 날)이 — 무익한 수고였다고?"

하고 메졔넷츠키는 외쳤다.

"우리들은 자기를 희생했습니다. 생명을 희생시켰던 것입니다. 허나 제군들은 집에서 편안히 살면서 향락하고 떠들어대고만 있던 것이오!"

"나라고 해서 남달리 생활을 향락한 것도 아니고,"

하고 재빨리 말하고 로만은 주위의 동지들을 휘둘러보았다. 그리고는 그 독특한 자신 있게 승리했다는 듯한 얼굴로 웃었다.

거무스레한 여자는 머리를 저어대면서 얕보듯이 웃었다.

"과히 향락하지도 않았습니다마는,"

하고 로만이 말했다.

"그리고 우리가 지금 여기에 이렇게 된 것은 그 반동의 덕택이죠. 그 반동은 틀림없이 3월 1일의 덕분이죠."

메제넷츠키는 입을 다물었다. 홧김에 숨이 막힐 것 같아서 복도로 나가 버렸다.

12

메제넷츠키는 마음을 가라앉히려고 복도를 왔다 갔다 했다. 감방마다 출입구는 저녁 점호 시간까지 열어 놓아두는 것이었다. 키가 크고 머리 빛이 불그스레한 횟수가 반쯤 면도해 버린, 머리와는 어울리지 않으리 만큼 악의 없을 듯한 자가 메제넷츠키에게 다가왔다.

"제 방에 당신을 아는 사나이가 있는데요. 노형. 당신을 좀 모셔와 달라고 하는데요."

"어떤 사람이오?"

"담배 왕국이란 것이 그의 별명이죠, 늙은 독신자입니다. '모셔오라 고' 합니다. 당신을 말씀입니다. 노형."

"그래? 어느 방인데?"

"저의 방입니다."

메제넷츠키는 그 죄수와 함께 작은 방으로 들어갔다. 거기에는 죄수들이 침대 위에 걸터앉아 있기도 하고 누워 있기도 했다.

7년 전에 메제넷츠키에게 와서 스웨트로구우브에 대한 이야기를 캐묻던 그 노인이 회색 웃옷을 입고 맨 끝에 침대도 없이 마룻바닥에 누워 있었다. 노인의 푸릇푸릇한 얼굴에는 주름살이 잔뜩 잡혀 있었으나 머리카락은 숱이 아직도 많고 드문 수염만은 아주 하얗게 세어 있었다. 푸른 눈은 부드럽고 조심성 많게 보였다. 무슨 열병에 걸려 있는 것 같았다. 메제넷츠키는 그 노인 곁으로 다가갔다.

"무슨 일입니까?"

하고 그는 물었다. 노인은 그제야 겨우 팔꿈치를 들고 작고 메말라 떨리는 손을 내밀었다. 이야기를 끄집어내려고 무엇인가 가만히 생각하고 있는 듯 깊은 한숨을 내쉬다가 이윽고 헐떡거리며 나직이 말했다.

"당신은 그때 내게 가르쳐 주시지 않았으나 고맙게도 저는 모두 깨달았습니다."

"무엇을 깨달았단 말씀입니까?"

"하나님의 어린양의 일을…… 하나님의 어린양의 일에 대해서 저는 이야기하는 거요…… 그 젊은 분은 하나님의 어린양을 자기 것으로 했었지요. 하나님의 어린양은 모든 것을 정복합니다.…… 그 분하고 같이 있는 사람들은 모두 선택된 신앙심이 두터운 사람들입니다."

"모르겠는데!"

하고 메제넷츠키가 말했다.

"당신은 심령으로 이해해야 합니다. 권력가들은 짐승 같은 인간들과 함께 권력을 얻었습니다. 그러나 하나님의 어린양은 그 놈들을 정복할 것입니다."

"어디 권력자들 말입니까?" 하

고 메제넷츠키는 물었다.

"7인의 권력가가 있어서 다섯은 죽고 아직도 한 사람은 살아 있고 또 한 사람은 아직 이 세상에 나타나지 않았습니다. 그러나 나타나더라도 별수 없습니다. 그것이 마지막입니다. 알겠습니까?"

메제넷츠키는 이 노인이 정신이 돌았구나, 입에서 나오는 대로 마구 헛소리를 한다고 생각하면서 고개를 저었다. 같은 감방의 죄수들도 그렇게 생각했다, 메제넷츠키를 데리러 왔던 삭발한 죄수가 다가와서 그의 어깨를 가만히 두들기면서 노인 쪽으로 눈짓을 했다.

"이 담배 왕국 노인은 떠들어대기만 합니다."

하고 말했다.

"그런데 자기가 무슨 말을 하고 있는지 알지 못합니다."

메제넷츠키도 그 노인과 함께 있는 죄수들도 그렇게 생각했던 것이다. 그러나 노인은 자기가 말하는 것을 잘 알고 있었다. 그것은 그에게 뚜렷하고 깊은 뜻이 있는 말이었다.

그 뜻은 악이 오래 지배하지 못한다, 하나님의 어린양과 정의와 겸손에 의하여서 모든 것이 정복된다, 하나님의 어린양은 누구의 눈물도 거두어 준다, 그리고 눈물도 병도 죽음도 없어져 버린다는 뜻이다. 그리고 그는 은혜 받은 영혼 속에서 이루어지려는 그 일이 온 세계에서도 이루어지려 한다고 생각했다.

"그렇다, 빨리 오시라! 아멘. 그렇다. 오라, 주 예수여, 오시라!"

하고 그는 뜻 있는 듯이 미소를 띠었다. 그러나 메제넷츠키에게는 그것이 꼭 미친 웃음같이 보였다.

13

'그야말로 민중의 대표자다.'

하고 메제넷츠키는 노인의 감방에서 나오면서 생각했다.

"그야말로 그들 중의 최선의 인간이다. 얼마나 어지러운 세상이냐? 그들 (로만과 그 동지들을 말함)은 말하겠고 ―현재의 민중으로서는 무슨 일을 할 수 있느냐고!"

이왕에 메졔넷츠키는 민중에 섞여서 혁명 사업에 종사하고 있었으므로 그는 소위 말하는 러시아 농민의 '게으름'을 잘 알고 있었다. 또 군인들로서는 현역 군인이나 제대군인들과도 잘 사귄 일이 있었으므로 그들은 서약(誓約)이나 부득이한 복종에는 완고할 정도로 충실하지만 이론 따위는 거의 납득할 수 없다는 것을 알고 있었다. 그러한 일은 잘 알고 있었으나 그로부터 귀결되는 당연한 결론은 아직 파악하지 못했던 것이다. 따라서 새로운 혁명가들과의 논쟁이 그를 갈피 못 잡게 화나게 만들었던 것이다.

'그 자들은 말했겠다. 우리 동지들이 한 일은 모두 할토우린이나 키바찌치나 페로우스카야—(러시아의 주요 테러단)가 한 일은 모두 소용없고 해로운 일이라고까지 말했겠다. 또 그 때문에 알렉산더 3세의 반동 정치가 생겨나 또 그 때문에 농노를 빼앗긴 원한에서 황제를 살해한 지주가 혁명운동을 일으킨 것이라고 민중에게 확신을 주게 되었다고 말하는 거지! 무슨 소리냐? 얼마나 몰상식한 소리냐! 그 따위 소리를 하다니 얼마나 무례한 자식이냐!' 하고 그는 복도를 거닐면서 생각했다.

새로운 혁명가들에게 할당된 방 하나 이외의 감방들은 모두 자물쇠가 잠겨 있었다. 메졔넷츠키는 그 방으로 다가가면서 그 기분 나쁜 거무스레한 여자의 웃음소리를 들었다. 그리고 로만이 단정을 내리는 듯한 높은 말소리도 들었다. 메졔넷츠키는 걸음을 멈추고 귀를 기울였다.

"로만이 말한 경제 원칙을 알아듣지 못하니까 그들은 자기들이 하고 있는 일의 잘못을 모르는 거야. 그래서 거기에는 많은……"

메졔넷츠키는 무엇이 많은 것인지 그 이상 듣고 싶지도 않았고 들지도 않았다. 정말 그것을 알고 싶지 않았던 것이다. 말소리만 하더라도 그가 자기네들에게 느끼는 멸시를 —메제넷츠키 혁명계의 영웅이며 20년이라는 세월을 바쳐온 자기에게 대하여 느끼는 멸시의 정도를 알 수 있었다.

그렇게 되어 메제넷츠키의 마음속에는 여태까지 느끼지 못했던 증오가 일어났다. 그것은 모든 인간에 대한 증오, 모든 사물에 대한 증오였다. 그는 하나님의 어린양을 가졌다는 그 노인이나 반 짐승인 교수형 집행인이나 헌병이나 그리고 이들 무례하고 건방진 아무 쓸모도 없는 이론가와 같은 짐승들, 그리고 같은 것끼리밖에는 살 수 없는 이 세상에 대한 증오를 느꼈다. 당번 간수가 와서 그 여인을 부인 감방으로 데리고 갔다. 메제넷츠키는 간수에게 들키지 않게 복도의 먼 끝으로 갔다. 간수는 다시 돌아와서 새로 들어온 정치범의 감방문에 쇠를 잠그고 메제넷츠키더러 제방에 들어가라고 명령했다. 메제넷츠키는 기계적으로 시키는 대로 했으나 자물쇠를 잠그지 말아 달라고 부탁했다.

메제넷츠키는 얼굴을 벽에다 미주대고 침대에 드러누웠다.

"나의 일생이 그저 무익하게 소비되다니 될 말이냐? 나의 정력이, 의지가, 그리고 천재가!"

— (그는 자기보다 훌륭한 정신력을 가진 자는 없다고 믿었다)

"쓸데없는 희생이었다는 말이냐?"

그는 최근 시베리아로 오던 도중에 스웨트로구우브의 모친으로부터 편지를 받은 일이 있음을 생각했다. 그의 모친은 자기 아들을 테러 운동으로 끌어넣어 죽여버렸다는 이유로 자기를 원망하고 있었다. 그는 생각하기를 그 따위는 여자의 어리석은 생각이라고 넘겨 버렸다. 편지를 받았을 때 그는 픽 웃었던 것이다. 어리석은 여자가 아들의 그

희망적인 목적을 알 수 있겠느냐고 생각했던 것이다. 지금 다시 그 편지를 생각해 보니 스웨트로구우브의 얌전하고 믿음직한 활동적인 성격이 떠올랐다. 그리고는 그의 일에서 자기 자신의 일로 생각이 옮아 갔다.

'나의 전 생애가 잘못 되었다니 그런 일이 어디 있나?'

그는 눈을 감고 잠들려고 했다. 한데 난데없이 이전에 페데로우로스키 요새에 수감되었을 때 처음 한 달 동안에 사로잡히던 그 무서운 증세가 재발하는 것이었다. 머리가 아프고 무시무시한 얼굴이, 커다란 입이, 흩어진 머리카락, 몸서리치는 얼굴이, 어둡고 더러운 배경으로 나타났다. 눈을 떠도 사라지지 않았다. 더구나 까까중 대가리에 회색 바지를 입은 죄수가 자기 위를 박자에 맞춰서 걸어가는 모양이 새로 더해졌다. 그리고 그 연상에 따라서 그는 끈을 잡아 맬 통풍구 구멍을 찾기 시작했다.

나갈 구멍을 찾아 견딜 수 없는 증오의 감정이 그의 마음을 집어삼켰다. 가만히 앉아 있을 도리가 없었다. 마음을 가라앉힐 수가 없었다. 자기의 상념을 뿌리칠 수 없었다.

'어떻게 할까?'

하고 그는 자문했다.

'동맥을 끊을까? 아니야 할 수 없어, 목을 맬까? 그래 그것이 제일 간단하다!'

그는 복도에 놓여 있던, 목재를 묶어 놓은 밧줄이 생각났다.

'재목이나 의자 위에 올라선다. 복도를 간수가 지나간다. 틀림없이 자러 가는 게로군! 그렇지 않으면 어디론지 가는 게로군. 망을 보아 두자. 그리고 찬스가 있으면 밧줄을 방으로 가져다가 통풍구에 붙들어 매는 거다!'

문 옆에 서서 메제넷츠키는 복도를 지나가는 간수의 발자국 소리를 듣고 있었다. 간수가 저쪽 끝까지 갈 때마다 문틈으로 보였다. 그러나 간수는 어디에도 가지 않고 잠도 자러 가지 않았다. 메제넷츠키는 발소리에 귀를 기울이고 기다리고 있었다.

그 때 병든 노인이 어둠 속에서 그을음이 마구 나는 남폿불에 비쳐서 한숨을 쉬기도 하고, 기침도 하고, 코를 골기도 하면서 자고 있던 그 방에서는 이 세상에서 가장 중대한 일이 벌어지고 있는 것이었다.

늙은 독신자는 죽어 가고 있었다. 그리고 그 영혼 속에는 그가 그렇게도 그의 온 생애를 통하여 열심히 탐구하고 있던 것이 나타나 있었다. 눈에 보이지 않는 빛속에서 그는 빛나는 청년의 모습을 한 하나님의 어린양을 보았다. 각국에서 모여든 군중들이 흰 법의를 입고 그의 눈앞에 서 있었다. 대단한 기쁨이었다. 세상에는 이제 악이라는 것이 없다. 이런 모든 것은 영혼 속에서 일어난다는 것, 그리고 동시에 온 세계에서 일어나고 있다는 것을 노인은 잘 알고 있었다. 그는 대단히 기뻐했으며 평안을 느끼고 있었다.

그 방에서 자던 다른 사람들에게 일어났던 일은 이런 것이었다. — 노인이 요란스럽게 철썩거리며 괴로운 소리가 목에서 그르렁거렸으므로 곁에 있던 사람이 눈을 뜨고 다른 사람들을 깨웠다. 소리가 멎었다. 그리고 노인이 말없이 차갑게 식어 가자 사람들은 감방 문을 두들겼다.

간수가 문을 열고 들어왔다. 10분도 채 못 되어 조수 두 명이 시체를 들고 임시 시체실로 운반했다. 간수는 다시 문에 자물쇠를 걸고 그들의 뒤를 따라 갔다. 복도에는 아무도 없었다.

'쇠를 잠가, 쇠를 잠가'

하고 메제넷츠키는 생각했다. 그는 문틈으로 엿보아서 그 사건을 처음부터 다 목격하고 있었다.

'그러면 이 공연한 무서움에서 아주 피할 수 있어!'

메제넷츠키는 이미 그를 괴롭히던 정신 착란을 느끼지 않았다. 그는 오직 한 가지 생각에만 정신이 쏠렸다. 그것은 목적을 달성하기 위하여 어떻게 하면 장해물을 없애느냐 하는 일이었다.

두근거리는 가슴을 안고 그는 재목 단이 있는 곳으로 갔다. 밧줄을 풀어 끌어 당겼다. 사방을 휘돌아 보고 나서는 그것을 자기 방으로 가져왔다. 그리고 의자 위에 올라서서 통풍구 구멍에 밧줄을 걸었다. 두 끝을 매서 매듭을 만들었다. 밧줄을 두 겹으로 해서 올가미를 만들었다. 올가미가 너무 낮았다. 또 밧줄을 동여매서 모가지 높이까지 오게 했다. 걱정스러워 귀를 기울이고 문 쪽을 돌아보고서는 의자에 올라탔다. 그리고 올가미에 목을 집어넣고 잘 맞추고 나서 의자를 차 던지고 그는 허공에 늘어졌다.

간수는 이튿날 아침 순찰 때에 비로소 메제넷츠키가 엎어진 의자 곁에 무릎을 세우고 있는 것 같은 꼴로 뻗치고 서 있는 것을 발견했다. 그리고 그를 올가미에서 풀어놓았다. 교도관이 부랴부랴 뛰어갔다. 그리고는 로만이 의사라는 것을 알고는 불러다가 의사자에 대한 응급치료를 부탁했다. 하는 데까지 모든 수단을 다해 보았으나 메제넷츠키는 살아나지 않았다.

시체는 임시 시체실로 운반되어 늙은 신앙가의 시체와 나란히 판자 위에 놓였다.

달걀 크기 만한 낟알

한 옛날이었다. 산길을 가던 어린이들이 산중턱에서 달걀 만한 물건을 주웠다. 그것은 무슨 열매 같기도 하고 낟알 같기도 한 묘한 것이었다. 마침 그곳을 지나던 어른이 아이들이 가지고 있던 그 묘한 물건을 5카페카를 주고 샀다. 그리고 그 이상한 것을 임금님에게 바쳤다.

임금님은 학자들을 불러 이 묘한 것이 달걀인지 아니면 또 다른 물건인지 알아내라고 명을 내렸다. 학자들은 그것을 놓고 여러 가지로 연구하고 또 생각해 보았다. 그러나 답변을 할 수가 없었다. 얼마 후 그것을 창문 아래에 두었더니 닭 한 마리가 다가와 주둥이로 쪼아 구멍을 내고 말았다. 그제야 그것이 낟알인 줄 안 학자들이 임금님께 나아가 이것은 귀리 알입니다 라고 아뢰었다. 임금님은 깜짝 놀라면서 이런 낟알이 대체 언제 어디서 생겼는가를 조사하라고 분부하였다. 학자들은 또 연구를 시작했고 여러 문헌을 찾아보았다. 그러나 도무지 알 수가 없었다. 그래서 임금님께 나아가 그 문제는 알 수가 없다고 아뢰게 되었다.

"신들이 조사한 문헌에는 그러한 것이 기록되어 있지 않습니다. 늙은 농부를 불러서 이런 낟알이 어디서 언제 생겼다는 이야기를 들은 적이 없느냐고 하명하시면 좋을 것 같습니다."

임금님은 신하를 불러 나이 많은 농부를 데려오라고 하였다. 그래서 나이 많은 농부가 임금님 앞에 나아오게 되었다. 양손에 지팡이를 짚고 겨우 걸어 나온 농부는 얼굴이 깡마르고 이가 다 빠져 홀쭉한 턱에 눈도 가물거렸다. 임금님은 낟알을 그 노인에게 보였다. 그러나 노인은 눈이 어두워 그것이 무엇인지 볼 수 없어 손으로 낟알을 쥐어 보기도 하고 쓰다듬어 보기도 했다. 임금님이 물었다.

"너는 어디서 이런 낟알이 생겼는지 알겠느냐? 혹 밭에 이런 낟알을 심어 본 일이나 장에서 사 본 일은 없었느냐?"

그러나 노인은 귀를 먹어서 임금님 말씀을 잘 알아듣지 못하다가 가까스로 임금님의 말씀을 알고 고개를 저었다.

"저는 이런 곡식을 밭에 뿌려 본 일도 거두어 본 일도 없습니다. 또 사 본 일도 없습니다. 혹 저의 아버님께 여쭈어 보시면 아실는지도 모르겠습니다."

임금님은 노인의 아버지를 오게 하였다. 노인의 아버지는 지팡이를 하나밖에 짚지 않았다. 임금님은 그에게 낟알을 보여 주며 물었다.

"이런 낟알이 어디서 생겼으며 언제 생겼는지 아느냐? 또 밭에 심은 일은 없었으며 시장에서 사 본 일은 없었느냐?"

노인의 부친은 아직 귀가 밝았다.

"아니올습니다. 저는 이런 낟알을 심어 본 일도 거두어 본 일도 없습니다. 또 제가 젊었던 시대에는 돈을 주고 낟알을 사고 파는 일이 없었고 자기가 지은 곡식을 먹고 서로 나누어 줄 뿐이었습니다. 이 낟알이 어디서 생겨났는지 모르겠습니다. 제가 젊었을 시절에는 낟알이 오늘날의 것과 비교하면 다소 크고 단단하다는 말은 들은 적이 있지만 이런 것은 본 일이 없습니다. 저의 아버님께서 아버님 시대의 낟알은 훨씬 컸고 훨씬 잘되었다는 말씀을 들은 적이 있습니다. 저희 아버님께 물어 보십시오."

임금님은 다시 노인의 부친을 불러왔다. 노인의 아버지의 아버지는 지팡이를 짚고 있지 않았다. 정정한 걸음걸이였다. 눈이 번쩍이고 귀도 잘 들리고 말도 똑똑히 했다. 임금님은 그에게 낟알을 보여주었다. 노인의 아버지의 아버지는 낟알을 보더니 뒤집어 보았다. 그리고는,

"이 낟알은 본 지가 퍽 오래되었습니다."

하고 대답했다. 그리고 그 낟알을 입에 넣고 깨물어 보았다.

"그것이 틀림없습니다."

"말해 보아라. 낟알이 어디서 생겼는지 너는 네 밭에 이런 것을 뿌려본 일이 있는지, 또 어디서 이런 낟알을 살 수 있었느냐."

노인의 아버지의 아버지는 대답했다.

"저의 시대에는 이런 낟알이 어디서나 잘 되었습니다. 우리들은 모두 이런 낟알을 먹고 살았습니다."

임금님이 물었다.

"그러면 너는 이런 낟알을 어디선가 사서 밭에 뿌렸던 게 아니냐?"

노인은 웃었다.

"저의 시대에는 곡식을 사고 파는 것이 죄였습니다. 그러한 엄한 죄는 생각도 못했습니다. 돈이라는 걸 아예 알지 못했으니까요. 곡식은 모든 사람들이 자급자족(自給自足)했었습니다. 우리는 이 낟알을 우리 손으로 뿌리고 스스로 가꾸어 거두었습니다."

임금님은 다시 물었다.

"그렇다면 말해 보게. 그대는 어디에 이 낟알을 심었으며 너의 밭은 어디에 있느냐?"

노인의 아버지의 아버지는 대답했다.

"저의 밭이 따로 없었습니다. 토지는 자유스럽게 갈고 심을 수 있었으므로 토지의 소유라는 것을 알지 못했습니다. 자기 것이란 오직 노동하는 것뿐이었죠."

"그럼 두어 가지만 더 묻고 싶다. 하나는 왜 옛날에는 이러한 낟알이 잘 되었는데 지금은 안 되는 것이냐? 또 하나는 너의 손자는 지팡이 두 개가 필요하고 너의 아들은 하나밖에 짚고 있지 않았는데 너는 지팡이 없이도 기운도 좋고 눈도 빛나고 치아가 좋고 말씨도 똑똑하구나, 이 두 가지 차이는 대체 어떠한 이유에서냐?"

노인의 아버지의 아버지는 대답했다.

"그것은 사람들이 모두 자기 힘으로 살아가지 않기 때문이며 남의 것을 탐내는 까닭입니다. 옛날에는 지금처럼 욕심을 가지고 살지 않았습니다. 모두가 마음으로 신을 모시고 살았습니다. 그리고 자기가 필요한 것은 자기가 만들어 썼으며 남의 것에 탐욕을 갖지 않았기 때문이었습니다."

콜네이·바실리예프

1

콜네이·바실리예프가 귀향했을 때 그의 나이는 쉰 네 살이었다. 짙은 곱슬머리에 아직 백발이라곤 한 가닥도 보이지 않았다. 단지 구레나룻이 약간 희끗희끗할 뿐 얼굴은 장밋빛으로 윤이 흘렀다. 굵은 목덜미는 위엄을 띠고 힘있게 보였으며 도회지 생활에서의 포식으로 그의 육체는 어디로 보나 기름기가 잘잘 흐르고 있었다.

그는 20년 전 지원병으로 시골을 떠났다. 그리고 이제 돈을 어지간히 벌어 가지고 왔다. 처음에는 작은 구멍가게를 내고 있었는데 얼마 안 가서 집어치우고 가축 장사를 시작했다. 체르까쉬에서 상품(가축)을 구하여 모스크바로 수송했다.

가아야촌에 있는 양철 지붕의 그의 석조 집에는 늙은 어머니와 아내, 두 아이들(사내아이와 계집아이)과 열 다섯 살짜리 조카가 살고 있었다. 이 조카는 고아인 데다가 벙어리였으며 그밖에 머슴이 하나 있었다.

콜네이는 장가를 두 번 들었다. 처음 얻은 아내는 약하고 신병이 있어서 아이를 낳지 못한 채 죽어버렸다. 그는 꽤 나이가 든 뒤 이웃 동네의 가난한 과부의 건강하고 예쁜 딸과 재혼했다. 아이들은 두 번째 아내의 소생이다.

콜네이는 신상품을 모스크바에 넘기고 크게 한몫 잡았다. 3천 루블 남짓한 돈을 벌었다. 콜네이는 자기 동네에서 얼마 멀지 않은 곳에 있는 파산된 지주로부터 식림지(植林地)를 사면 괜찮은 돈벌이가 되리라는 이야기를 동네 사람들한테 들었다. 그는 그 장사도 해야겠다는 생각이 들었다. 그는 그 방면의 장삿속을 모르는 것은 아니었다. 군대에 가기 전에 식림지 거래를 하는 상인 집에서 견습으로 일한 적도 있었기 때문이다.

가아야 지방으로 가는 역에서 콜네이는 애꾸눈의 꾸지마라는 친구를 만났다. 꾸지마는 기차가 도착할 때마다, 가아야로부터 갈빗대가 앙상한 삽살개 같은 두 마리의 말이 끄는 썰매를 몰고 와서 손님을 기다리는 것이었다. 꾸지마는 가난뱅이라 부자들을 싫어했다. 그 중에서도 유달리 콜네이를 싫어했다. 그는 콜네이를 콜뉴우시까라고 천대해서 불렀다.

콜네이는 털외투 속에 양가죽 코트를 입고 손에는 트렁크를 들고 있었다. 그는 정거장 층층대 앞으로 가서 걸음을 멈추었다. 그리고 배통을 쑥 내밀고 크게 숨을 내뿜으면서 사방을 살폈다. 아침이라 사방은 고요했으나 서리가 엷게 내리고 있어 으스스했다.

"꾸지마 영감! 손님 있소? 없으면 나나 태워 주게나."

"한 루블 주겠다면 태워 주지,"

"70까뻬이까면 되지 뭘!"

"배통이 뚱뚱한 돈 많은 영감이 가난뱅이한테서 30까뻬이까나 깎으시나?"

"응, 그래? 좋아, 태워 주게,"

하고 콜네이가 말했다. 그리고는 비좁은 썰매꾼 앞자리에 트렁크하고 종이 꾸러미를 얹고 자기는 뒷자리에 널찍하게 앉았다.

꾸지마는 마부석에 앉았다.

"어서, 떠나게."

썰매는 정거장 앞 우묵한 지대를 지나 평탄한 길을 달렸다.

"시골이 요새는 어때? 나는 괜찮지만 자네들은 어때?"

하고 콜네이가 물었다.

"재미있는 일이라곤 별로 없어유."

"우리집 늙은이는 별일 없이 지내던가?"

"예, 무고합디다유. 언젠가 예배당에서 만나 뵈었습지유. 할머니두 평안하시구 선생님의 젊은 새댁도 무고하시구유. 참 건강하더군유. 그런데 젊은 머슴을 새로 두었대유."

그리고 꾸지마는 웃었다. 웃는 모양이 어쩐지 수상쩍게 생각되었다.

"무슨 머슴을 두었대. 뾰뜨르는 어쩌고?"

"뾰뜨르는 병들었대유. 그래서 카멩카에서 요오스테구느이·벨루이를 데려왔대유."

하고 꾸지마는 계속했다.

"아주머님 친정 마을에서 데려왔대유."

"그래?"

콜네이는 마르파와 결혼할 때 요오스테구느이의 소문을 들은 일이 있었다.

"여보시우, 주인장." 하고 꾸지마는 계속했다.

"요새 계집들은 아주 권세 당당하거든유."

"참, 그래." 하고 콜네이는 대답했다.

"헌데 영감 망아지도 이제 다 늙었군." 하고 화제를 돌렸다.

"나도 벌써 이 나이니깐 두루두루 말도 나일 처먹은 거지유."

꾸지마는 대답하고 다리가 구부러진 털수룩한 말에 채찍을 갈겼다.

도중에 객줏집이 있었다. 콜네이는 그 앞에서 멈추게 하고 안으로 들어갔다. 꾸지마는 텅빈 구유통 앞으로 말을 끌고 가 말의 뱃대를 고쳐 매고 있었다. 콜네이 쪽을 보지는 않았으나 속셈으로는 한잔 마시게 해 주려니 생각했다.

"자아, 꾸지마 영감 들어오게나."

콜네이가 문간으로 나와 말했다.

"한잔하세."

"예예."

꾸지마 영감은 별로 서둘 건 없다는 듯이 대답했다.

콜네이는 술을 청해 꾸지마 영감에게 주게 했다. 꾸지마는 아침부터 아무 것도 먹지 않았으므로 이내 얼큰해졌다. 그리고 갑자기 수다스러워지며 콜네이 곁으로 바짝 다가와서는 동네 사람들이 수군거리고 있는 소문을 귀띔해 주었다. 콜네이의 마누라 마르파가 옛날 샛서방을 머슴으로 대려다가 같이 살고 있다고 일러바쳤다.

"주인장 어른이 가엾어서유."

그는 얼근히 취기가 돌기 시작한 꾸지마가 말하는 것을 듣고만 있었다. 짙은 그의 눈썹이 석탄처럼 까맣게 빛나고 있는 눈시울로 점점 내리 덮였다.

"자아, 이젠 그만 마시려나?" 하고 술병이 비자 그는 말했다.

"마시지 않을 테면 그만 가세!" 그는 술값을 치르고 일어섰다.

그가 집에 도착한 것은 해질 녘이었다. 맨 처음 만난 것이 요오스테구느이·벨루이였다. 돌아오는 도중 내내 그의 마음에서 떠나지 않던 사나이였다. 콜네이는 그하고 인사를 주고받았다. 바쁘게 돌아다니는 요오스테구느이의 야위고 핼쑥한 얼굴을 보고 콜네이는 알 수 없다는 듯이 고개를 저었다.

"늙은이가 거짓말했군!" 하고 그는 꾸지마를 속으로 원망했다.

"허나 아직 몰라, 어쨌든 조사해 봐야지."

꾸지마는 말곁에 선 채 외눈으로 요오스테구느이에게 눈짓을 하고 있었다.

"자네가 우리 집 일을 돌보고 있다지?" 하고 콜네이가 물었다.

"예, 머슴살이라도 하지 않으면 살아갈 수 없어서유."

하고 요오스테구느이는 대답했다.

"방에는 불을 지폈나?"

"예, 지폈습니다유. 할멈께서 계십니다유,"

콜네이는 층층대를 올랐다. 마르파는 목소리를 듣고 현관으로 나왔다. 남편을 보더니 얼굴이 새빨개졌다. 그리고는 수줍은 듯이 유달리 정답게 인사를 하는 것이었다.

"어머님도 저도 이제는 안 돌아오시는 줄로 알고 단념하고 있었어요."

하고 그녀는 말했다. 그리고는 콜네이 뒤를 따라 안방으로 들어왔다.

"내가 없는 동안 어떻게 지냈지?"

"그냥 그렇게 지냈지요."

그녀는 대답하면서 치맛자락을 잡아당기며 젖을 달라고 졸라대고 있던 두 살짜리 계집애를 안아 들었다. 그리고 나서 큰 걸음으로 성큼성큼 현관 쪽으로 걸어 나갔다. 콜네이의 눈하고 똑같은 까만 눈을 한 모친이 헬트로 만든 실내화를 끌면서 안방으로 들어왔다.

"참 잘두 돌아왔구나!"

모친은 머리를 좌우로 흔들며 말했다. 콜네이는 자기가 하고 온 일에 대하여 어머니께 이야기해 드렸다. 그러던 참에 문득 꾸지마 영감 생각이 나서 마차 삯을 주려고 밖으로 나갔다. 그가 현관문을 열자 바로 눈앞에 아내 마르파하고 요오스테구느이가 바깥문 곁에 서 있는 것이 눈에 띄었다. 두 남녀는 바싹 다가서서 무엇인지 소곤거리고 있었다. 요오스테구느이는 콜네이를 보더니 마당으로 후닥닥 뛰어 내렸다. 마르파는 연기가 잘 나오지 않는 굴뚝을 손질하기 시작했다.

콜네이는 얼굴을 숙이고 있는 아내의 뒤를 묵묵히 지나 꾸지마에게 짐짝을 들고 들어와 차를 마시라고 말했다. 차를 마시기 전에 콜네이는 모스크바에서 가져온 선물을 집안 사람들에게 나누어주었다. 모친에게는 명주 술을, 뻬치까에게는 그림책을, 벙어리 조카에게는 조끼를, 아내에게는 비단 옷감을 건네 주었다.

차를 마시면서 콜네이는 얼굴을 찌푸린 채 침묵하고 있었다. 이따금 너무도 기뻐 법석대고 있는 벙어리를 보고는 억지로 웃었다. 벙어리 조카는 조끼가 퍽 마음에 든 모양이었다. 그는 조끼를 접었다 폈다 했다. 그리고는 그것을 입고 제 손에 키스도 하고 콜네이를 보고 웃기도 했다.

차를 마시고 저녁밥을 먹고 나서 콜네이는 곧 안방으로 들어갔다. 아내 마르파는 부엌에서 그릇을 치우면서 설거지를 하고 있었다. 콜네이는 혼자 테이블 곁에 앉아 손으로 머리를 고이고 아내를 기다리고 있었다. 아내에 대한 불쾌한 감정이 차츰 그의 가슴속에 고개를 들기 시작했다. 그는 벽에 걸렸던 주판을 가져다가 호주머니에서 수첩을 끄집어내어 기분을 돌리려고 셈을 해보기 시작했다. 그는 계산하면서도 문간 쪽으로 시선을 돌리기도 하고 부엌 쪽에서 나는 말소리에 귀를 기울이기도 했다.

서너 번 부엌문이 열리고 누가 현관으로 나가는 발소리가 들렸으나 아내의 발소리는 아니었다. 마침내 아내의 발자국 소리가 들리더니 문이 열리고 붉은 술을 어깨에 걸친, 젊음에 넘치는 아름다운 아내가 딸을 안고 들어왔다.

"피곤하시지요?"

하고 그녀는 미소를 지으면서 말했다. 남편이 험상궂은 얼굴을 하고 있는 것을 보지 못한 듯했다. 콜네이는 그녀를 잠깐 보고는 아무 말 없이 셈을 계속했다. 실인즉 아무 것도 계산하는 것이 아니었다.

"여보오! 이제는 밤도 깊었어요."

아기를 내려놓고 아내는 칸막이 저편으로 갔다. 그는 아내가 이부자리를 고치고 딸을 재우고 있는 소리에 귀를 기울이고 있었다.

콜네이는,

'모두들 비웃고 있지 뭐유' 라고 꾸지마가 하던 것이 생각났다.

'그래! 두고 봐.' 하고 그는 무거운 숨을 쉬면서 생각하고 있었다. 그리고는 천천히 일어서서 연필을 조끼 호주머니에다 집어넣고 벽에 있는 못에 주판을 걸었다. 그리고는 칸막이 문 쪽으로 갔다. 그녀는 성상을 향하여 기도를 드리고 있었다. 그는 가만히 서서 기다리고 있었다. 그녀는 한참 동안 십자를 그었다가 절을 하였다가 작은 목소리로 기도를 중얼거리곤 하였다. 그에게는 아내가 일부러 오랫동안 기도를 올리면서 똑같은 것을 되풀이하고 있는 것같이 생각되었으나 그녀는 방바닥에 이마가 닿을 듯이 절을 하고는 불쑥 일어서서 혼잣말이나 하듯이 무어라고 기도 말을 중얼거렸다. 그리고 나더니 그가 있는 쪽으로 얼굴을 돌렸다.

"여보오! 아까시까는 벌써 잠들었어요."

그녀는 딸을 손가락질하면서 말했다. 그리고 웃으며 침대 위에 걸터앉았다.

"요오스테구느이는 언제부터 와 있는 거야?"

그는 문안으로 들어서면서 물었다. 그녀는 치렁치렁한 머리채를 어깨에서 가슴팍까지 느리고 나서 재빠른 솜씨로 풀기 시작했다. 그리고 그를 바라보았다. 눈은 웃고 있었다.

"요오스테구느이 말씀이에요? 그래요, 벌써 이삼 주일 전부터 와 있어요."

"그놈하고 붙어 지냈지?"

콜네이는 단도직입적으로 물었다. 그녀는 손에서 머리채를 놓았다. 그러나 곧 머리칼을 한 줌 쥐고 또 풀기 시작하였다.

"세상 소문이란 뜬구름 같은 거예요. 제가 그런 녀석하고 같이 자다니!"

그녀는 그런 녀석이라는 말에 일부러 힘을 넣어 말했다.

"정말 엉터리예요. 누가 그런 말을 했어요?"

"사실대로 말해."

말하면서 콜네이는 주머니 속에 손을 집어넣고 커다란 주먹을 불끈 쥐었다.

"그런 싱거운 소린 그만 둡시다. 신발을 벗지 않으시려우?"

"나는 지금 네게 묻고 있는 거야!" 그는 되풀이했다.

"그런 녀석 따위 일로 그렇게 야단치시다니 정말 당신도 훌륭하셔요!"

하고 그녀는 이어 물었다.

"누가 그따위 엉터리 소리를 했어요?"

"아까 그놈하고 현관에서 무슨 이야기를 하고 있었지?"

"무슨 이야기냐구요? 구유통에 말먹이를 담아 주라고 말했어요. 왜 그렇게 못살게 구세요?"

"나는 사실을 말하라고 명령하는 거야. 이 서방질하는 년 죽여버릴 테야!"

그는 아내의 머리카락을 휘어잡았다. 그녀는 남편의 손에서 머리카락을 뽑아 냈다. 얼굴은 고통으로 일그러졌다.

"당신은 나를 못살게만 굴고 있구려. 무엇 하나 당신한데서 호사를 받아 본 것이라곤 없어요. 이 따위 살림을 하려면 나도 무슨 짓을 못할라구."

"무슨 짓을 할 테냐?"

그는 아내 곁으로 다가서면서 따졌다.

"왜 머리는, 왜 휘어잡아요? 어마나, 이렇게 빠졌어. 왜 못살게 구는 거예요? 난 정말……"

그녀는 말끝을 맺지 못하였다. 남편은 아내의 손을 잡아 침대에서 끌어내려 머리고 옆구리고 가슴이고 할 것 없이 쥐어박기 시작했다. 그는 때리면 때릴수록 흉악해졌다. 아내는 고함을 질렀다. 매를 맞으면서 도망치려고 했다. 그러나 그는 놓치지 않았다. 딸은 잠을 깨고 어미에게 갔다.

"엄마!"

딸이 깨지는 소리를 질렀다. 콜네이는 딸의 손목을 잡아 어미에게서 떼어 버렸다. 그리고는 고양이 새끼처럼 구석 쪽으로 내던졌다. 딸년은 목이 터져라고 울어댔으나 곧 울음소리마저 멎었다.

"이 짐승 같은 놈! 아기를 잡고 말았군!"

하고 아내는 고함쳤다. 그리고는 딸 곁으로 가려고 했다. 그러나 남편은 또 아내를 붙잡고 가슴팍을 내질렀다. 아내는 벌렁 뒤로 나가 자빠졌다. 그리고는 아내도 소리를 멈췄다. 다시금 딸이 숨을 헐떡이며 죽겠노라고 울부짖었다.

늙은 모친이 윗도리도 걸치지 않고 흰 머리카락을 산산이 풀어헤친 채 머리를 와들와들 떨면서 비틀걸음으로 방안으로 들어왔다. 그리고는 콜네이와 마르파에는 곁눈도 주지 않고 손녀딸 쪽으로 달려갔다. 그리고는 울부짖는 손녀를 안아 들었다.

콜네이는 우두커니 서서 숨을 가빠 쉬면서 금방 잠깬 사람처럼 사방을 두루 살펴보는 것이었다. 그는 어디에서 누구하고 무얼 하고 있는지조차 모르는 듯했다. 마르파는 고개를 들고 신음하면서 피투성이가 된 얼굴을 옷소매로 닦고 있었다.

"개 같은 놈아!" 하고 그녀는 외쳤다.

"나는 아주 이전부터 요오스테구느이하고 같이 잤어. 지금도 그렇지. 어서 차라리 죽여다오. 아까시까도 네 새끼가 아니야. 그 사람의 씨야!"

하고 그녀는 뱉었다. 그리고는 또 맞을 각오로 팔굽으로 얼굴을 가렸다.

그러나 콜네이는 넋을 잃어버린 사람처럼 그저 한숨만 쉬고 간간이 사방을 돌아볼 따름이었다.

"아이고 참, 미친놈 같으니라구! 어린애를 이렇게 하다니 팔이 부러졌군!"

늙은 모친은 아직도 죽겠노라고 울부짖는 손녀의 거들거리는 팔을 내밀었다. 콜네이는 휙 돌아서더니 현관 층층계 쪽으로 나가 버렸다.

뜰에는 서리가 내리고 음산한 날씨였다. 눈송이가 화끈화끈한 뺨과 이마 위로 떨어졌다. 그는 층층대 중간에 앉아 난간에 덮인 눈을 쥐어 입에 넣고 씹었다. 문 저쪽에서는 아내의 신음 소리와 딸의 슬픈 울음 소리가 들려왔다. 그는 이윽고 노모가 딸을 안고 안방을 나와 현관을 지나 부엌방으로 가는 발소리를 들었다.

그는 일어나서 안방으로 들어갔다. 심지를 낮춰 놓은 램프가 테이블 위에서 깜박이고 있었다. 그가 방안으로 들어오자 칸막이 저쪽으로부터 아내의 높은 신음 소리가 들려왔다. 그는 잠자코 옷을 갈아입었다. 긴 의자 밑에서 트렁크를 끄집어내고는 그 속에 입을 옷을 쑤셔 넣고 동아줄로 감았다.

"왜? 왜 나를 죽이려는 거야 왜? 내가 무엇을 잘못 했단 말이냐?"

아내는 슬픈 소리로 말했다. 콜네이는 아무 대꾸도 없이 트렁크를 들어 문간으로 운반했다.

"개 같은 놈! 두고 보자! 하나님의 심판이 없는 줄 아니!"

하고 이번에는 아주 딴판으로 증오에 가득 찬 목소리로 아내가 외쳤다. 콜네이는 말없이 발로 문짝을 밀었다. 그리고는 벽이 흔들흔들 하도록 꽝하고 문을 닫았다.

부엌방으로 들어가서 그는 벙어리 소년을 깨워서 마차 준비를 시켰다. 벙어리 소년은 얼른 잠이 깨지 못한 채 놀라서 이상스러운 듯이 삼촌 얼굴을 바라보면서 두 손으로 머리를 썩썩 긁어 댔다. 하나 이윽고 무엇을 하라는 건지 알아차리고 벌떡 일어섰다. 그리고는 장화를 신고 반코트를 입었다. 그는 호롱불을 들고 마당으로 나갔다.

콜네이가 벙어리 조카하고 자그마한 썰매를 몰아 엊저녁 꾸지마와 함께 돌아오던 길을 되돌아갔을 때는 아침이 훤히 밝아왔다.

그는 발차시간 5분전에 정거장에 도착했다. 벙어리 조카는 그가 차표를 사고 트렁크를 들고 기차에 타는 것을 보고만 있었다. 그리고는 기차가 보이지 않게 될 무렵에야 그에게 절을 했다.

마르파는 얼굴에 받은 상처 이외에도 갈빗대 두 대가 부러지고 머리가 조금 찢어졌다. 그러나 건강하고 젊은 그녀는 반년도 못 되어 다 나았다. 상처의 흔적도 전혀 없었다. 그러나 딸은 병신이 되고 말았다. 팔이 두 군데나 부러져서 팔이 굽어 버린 것이다.

콜네이의 소식은 그 후 아무도 아는 사람이 없었다. 살아 있는지 죽었는지 아는 사람이 없었다.

2

그리고 17년이라는 세월이 흘렀다. 음산한 어느 해 가을날이었다. 해는 이미 저물고 사방은 어두웠다. 안도레에뵈촌의 가축은 마을로 돌아가고 있었다. 가축몰이꾼들은 일을 마치고 단식제로 가버렸으므로 대신에 여자나 아이들이 가축을 몰고 있었다.

마침 가축 떼가 베인 나무 그루터기가 남아 있는 들을 지나 행길로 나오고 있었다. 먼지투성이의 개흙이 가축의 발굽에 긁히고 수레바퀴에 깔리고, 끊임없이 들리는 온갖 짐승들의 울음소리가 마을로 다가오고 있었다. 그 길을 가축 떼 앞장에 서서 커다란 모자를 쓴 키 큰 노인이 걷고 있었다. 코트는 누덕누덕 기웠고 비바람에 색이 바랜 있었다. 노인은 가죽 배낭을 짊어지고 있었다. 수염은 하얗고 곱슬머리도 새하얗고 오직 짙은 눈썹만 거무스레했다. 먼지 속을 축축한 헌 구두를 질질 끌면서 지친 듯이 한 발씩 참나무 지팡이에 의지하여 걷고 있었다. 가축 떼가 따라오자 노인은 걸음을 멈추고 지팡이에 기대어 서 있었다. 올이 굵은 베 헝겊 조각으로 머리를 싸고 치마자락을 걷어 올리고, 남자용 장화를 신고 가축을 몰고 있던 젊은 여자가 달음질치듯 한 빠른 걸음으로 행길의 이쪽에서 저쪽으로 걸어다니면서 뒤떨어진 양이나 돼지를 몰아치고 있었다. 노인 곁까지 따라오자 그녀는 그를 뚫어지게 바라보면서 걸음을 멈추고 섰다.

"안녕하셔요. 할아버지!"

여자는 상냥스럽게 듣기 좋은 젊은 목소리로 말했다.

"오오, 그래 수고하는구려." 하고 노인은 말했다.

"할아버지, 오늘밤 주무실 데 있어요?"

"이 모양이야, 이젠 꼼짝할 수도 없는 걸."

하고 노인은 쉰 목소리로 대답했다.

"관청에 가면 안 돼요." 하고 젊은 여자는 친절하게 일러주었다.

"그럼, 곧 우리 집으로 오시면 돼요. 이 끝에서 셋째 번 집이에요. 저의 어머니는 어려운 사람들을 집에 재워 주셔요."

"셋째 번 집이라구? 그러면 지노비예프씨 댁이 아니오?"

"어머나! 알고 계시는군요."

"예, 예전에……"

"아이, 속상해 뭘 하고 있어 표오듀시까! 저 절름발이가 저렇게 뒤떨어져 버리지 않았어요!"

하고 젊은 여자는 소리쳤다. 그리고 가축 떼에 뒤떨어져 절름거리면서 오는 세 다리 양을 가리키며 오른손으로 나뭇가지를 흔들면서 구부러진 왼손으로 머리 위의 베 조각을 이상야릇한 모양으로 누르면서 뒤떨어진 절름발이 양을 쫓아 달려갔다.

이 노인은 바로 클네이였다. 그리고 젊은 여자는 그가 17년 전에 팔을 부러뜨린 딸 아까시까였다. 그녀는 가아야에서 40리 떨어진 안드레예바촌의 어떤 부잣집으로 시집갔던 것이다.

콜네이·바실리예프는 예전에 건강하고, 돈 많고, 거만한 사나이였으나 지금은 이 모양으로 초라한 행색이 되고 말았다. 그는 지금 늙어빠진 거지나 다름없는 신세였다. 몸에 감고 있는 누더기와 병역 증명서와 배낭 속에 든 두 벌의 셔츠가 전부였다. 그 같은 신세가 되게 한 변화는 그도 모르는 사이에 서서히 일어났던 것이고, 어디서 시작되어 어떻게 이렇게 되었는지 말할 수가 없었다.

그러나 그는 이 모든 불행의 원인이 아내의 부정(不貞) 때문이라고 확신하고 있었다. 그는 옛날 일을 생각하면 이상한 생각이 들고 고통스러웠다. 젊은 날의 일을 생각할 때마다 그는 자기가 17년간이나 겪어온 모든 불행을 안겨준 인간― 아내를 증오하는 것이었다.

그는 아내를 때리던 밤 식림지를 팔겠다던 지주에게 갔다. 그러나 사지 못했다. 벌써 팔렸던 것이다. 그래서 그는 모스크바로 되돌아가서 마냥 술을 마셨다. 이전에도 약간 술을 마신 일이 있기는 하나 이번에는 두 주일이나 마셨다. 그리고 제 정신이 돌아오자 가축을 사들일 생각으로 남방으로 떠났지만 그것도 잘 되지 않았다. 그는 많은 손해를 보았다. 그리고 나서 또 한번 사러 갔으나 역시 실패였다. 그럭저럭 1년 동안에 3천 루블이 25루블로 바닥이 났다. 그는 어디서든 일자리를 구하지 않으면 안 되게 되었다. 이전에도 술을 잘 마셨으나 이제 더 많이 마시게 되었다.

그 후 1년 동안 그는 가축상의 외무원 노릇을 했었으나, 출장 나갔다가 술을 마신 실수로 쫓겨나고 말았다. 그리고 나서 친지의 소개로 술 도매상 집에 갔으나 저기에도 오래 붙어 있질 못했다. 계산을 속이다가 들통이 났다. 차라리 집으로 돌아갔으면 좋았을 건데 그러기에는 너무도 부끄럽고 자존심이 허락지 않았다.

'내가 없어도 연놈들은 잘 살고 있을 걸. 새끼도 내 자식이 아닌 걸.'

하고 생각했다. 하는 일, 닥치는 일이 모두 신통치 않았다. 게다가 술 없이는 살아갈 수 없게 되었다. 외무원 노릇도 못하고 이제는 가축몰이꾼이 되었다. 그러나 그 일자리마저도 쉽게 얻어지질 않았다. 오만가지 일이 틀어져 버림에 따라 그는 더욱 아내를 증오하고 원한의 불길로 가슴을 태웠다.

그러다가 어떻게 해서 콜네이는 어떤 곳에서 가축몰이꾼으로 고용되었다. 그런데 가축들이 병들었다. 그것은 콜네이의 허물도 탓도 아니었으나 주인은 대노하여 그를 쫓아냈다. 이제야 정말 어디서도 써 주는 사람이 없었다. 그는 정처 없이 나그네길을 떠나기로 결심하였다. 제 손으로 장화를 꿰매고 자루를 들고 차, 설탕, 그리고 겨우 8루블밖에 안 되는 돈을 가지고 끼예프로 떠났다. 그러나 끼예프도 마음에 들지 않았다. 그는 카프카즈 지방의 새아프온으로 떠났으나 거기에 채 도착도 하기 전에 열병에 걸려 버리고 말았다. 그는 갑자기 전신이 쇠약해졌다. 주머니에는 1루블하고 70까뻬이까밖에 남질 않았다. 더구나 아는 사람이라곤 하나도 없었다. 그래서 고향에 있는 집으로— 아들이 있는 곳으로 돌아가기로 결심했던 것이다.

'그 서방맞은 년은 벌써 썩어져 버렸을 테지…… 아직도 살아 있다면 죽기 전에 내가 그년 때문에 얼마나 고생을 했는지 말해 주어야지.'

하고 생각했다. 그리하여 고향집으로 돌아오는 길이었다. 열병의 고통은 하루 건너씩 심해졌다. 그는 날이 갈수록 쇠약해져 온 종일 십 리나 시오리밖에는 걸을 수 없었다. 아직도 집까지는 2백 리나 되는 곳에서 돈이 뚝 떨어지고 말았다. 그래서 예수 그리스도의 이름으로 거지 생활을 하면서 시골 관리가 마련해 주는 곳에서 아무렇게나 자고 또 길을 걸었다.

'너 이년, 네년이 내게 어떤 고생을 시켰는지 맛 좀 보아라!'

하고 그는 아내의 일을 생각하고는 옛날 버릇대로 쭈글쭈글한 손으로 주먹을 불끈 쥐었다. 그러나 아무도 때려줄 사람이 없었다. 게다가 그 주먹에는 벌써 때려줄 만한 힘도 없었다. 2백 리를 가는 데 2주일이나 걸렸다. 그리고는 병에 시달리고 지쳐 버린 몸을 끌고 간신히 집에서 40리 되는 곳까지 왔다. 그리고는 거기서 자기가 팔을 분질러 버린 아까시까를 만났던 것이다. 하나 그도 아까시까인 줄 몰랐고 그녀도 콜네이인 줄 몰라보았다. 그런데 아까시까는 실은 그렇지 않았으나 자기가 콜네이의 딸인 줄로만 믿고 있었다.

3

그는 아까시까가 먼저 말했던 집으로 갔다. 지노비예프네 집에 가서 하룻밤 재워 달라고 부탁했던 것이다. 그리고 집안으로 안내되었다. 부엌방으로 들어가자 그는 예사로이 성상을 향하여 십자를 긋고 나서 주인하고 인사를 나누었다.

"영감 추우시지요. 어서 이쪽으로 다가오시오. 난로 불을 쪼이시오."

테이블 위를 치우고 있던 잔뜩 주름살이 잡힌 건장한 노파가 말했다. 이 집주인 할머니였다. 젊은 농부 한 사람이 테이블 곁의 긴 의자에 앉아서 램프 소제를 하고 있었다. 그는 아까시까의 남편이었다.

"허허 옷이 젖었군요! 할아버지." 하고 그는 말했다.

"어서 염려 마시고 말리십시오."

콜네이는 윗옷과 구두를 벗었다. 발싸개 헝겊을 난로 앞에 널었다. 그러는 참에 주전자를 들고 아까시까가 들어왔다. 그녀는 가축을 울안에 몰아넣고 그 뒤치다꺼리를 다하고 오는 참이었다.

"어떤 할아버지 한 분 오시지 않았소." 하고 물었다.

"내가 우리 집으로 오시라고 말해 두었는데요."

"저기 앉아 계시잖어."

남편은 난로 쪽을 가리키면서 말했다. 그는 여윈 털투성이 다리를 문지르면서 콜네이를 차 마시러 내려오라고 권했다. 그는 내려와 긴 의자 한쪽 끝에 걸터앉았다. 그의 앞에 찻잔과 설탕이 놓였다.

모두들 날씨 이야기니, 추수 이야기들을 하고 있었다. 곡식은 잘 되지 못했다. 지주의 곡식단은 밤에 쌓아 놓은 채 움이 트기 시작했다. 거두어들여 가려면 비가 내리는 판이었다. 농부들은 자기 것은 거두어들였으나 지주의 볏단은 내버려둔 채 썩어가고 있었다. 게다가 쥐들이 그 속에 자리를 틀고 있었다. 콜네이는 오는 도중 곡식단이 가득 남아 있는 밭을 보았다고 말했다.

젊은 여자는 누르스레한 차를 다섯 잔째 따라 그에게 권했다.

"웬일이세요? 사양 마시고 드셔요."

하고 그녀는 그가 사절하자 말했다.

"아가씨, 손은 왜 그렇게 꾸부러졌소?"

그녀는 남실남실 가득한 찻잔을 조심스레 받아 들고 눈썹을 움실거리면서,

"어렸을 때 부러졌어요. 이 애 아비가 이 애를 죽이려구요."

수다스러운 시어미가 대답했다.

"그건 또 왜 그랬어요?"

하고 콜네이가 물었다. 그리고는 젊은 여자의 얼굴을 바라보았다. 그러자 문득 푸른 눈의 요오스테구느이·벨루이 생각이 떠올랐다. 찻잔을 들고 있던 손이 떨려 찻잔을 테이블 위에 채 놓기도 전에 차는 반쯤 엎질러졌다.

"이 애 아비는 가아야촌의 사람인데요. 콜네이·바실리예프라는 이름이었어요. 부자였는데 하루는 마누라 때문에 화를 내고 이 애를 때려서 이렇게 병신으로 만들어 버렸대요."

콜네이는 아무 말도 할 수가 없었다. 그리고 쉴새 없이 부들부들 떨리는 검은 눈썹 아래로 노파와 아까시까를 훔쳐보고 있었다.

"무슨 이유로?" 하고 그는 설탕을 씹으면서 물었다.

"무슨 이유인지 그런 걸 누가 알아요. 우리들 여편네들에게는 참 벼

라별 소문이 다 떠돌곤 하는 거예요. 정말." 하고 노파가 말했다.

"듣자니 사건은 머슴 때문이었나 봐요. 우리 마을 사람이었어요. 그 사내는 거기서 죽어버렸지만."

"죽었어요?"

하고 콜네이가 물었다. 그리고는 마른기침을 하는 것이었다.

"벌써 오래 전에 죽었지요. 그 집에서 이 애를 며느리로 데려왔지요. 잘 살던 집안이었어요. 주인 양반이 살고 있을 동안은 그 동네에서 첫째 갔다오."

"주인은 어찌 되었소?"

"벌써 죽었을 거예요. 틀림없이. 그리고 나서 어디론지 종적을 감추어 버리고 말았어요. 벌써 15년이나 되니까. "

"더 돼요. 어머니는 제가 금방 젖이 떨어졌을 때라고 했어요."

"그러니 아가씨는 그 사내를 원망하고 있을 테지요. 아가씨의 그 팔을……"

하고 콜네이는 말을 하다가 갑자기 울기 시작했다.

"남도 아닌 아버지신데 원망은 무슨 원망이에요. 어서 좀더 드셔요. 몸이 뜨셔집니다. 따라 드릴게요."

콜네이는 대답을 못했다. 그저 흐느껴 울고 있었다.

"웬일이세요?"

"아아니, 아무 것도 아니야, 아아!"

그리고 떨리는 손으로 난로 기둥과 가장자리를 붙잡고 길다란 여윈 다리로 난로 저쪽으로 올라갔다.

"웬일일까?"

하고 노파는 노인쪽으로 눈짓하면서 아들에게 말했다.

4

이튿날 아침 콜네이는 누구보다 먼저 일어났다. 그는 마른 발싸개 헝겊을 비벼서 부드럽게 했다. 그리고 있는 힘을 다 내어 딱딱한 장화를 신고 배낭을 짊어졌다.

"아니, 할아버지 조반 자시고 가시우."

하고 노파가 말했다.

"네, 고맙소이다. 좀 급한 일이 있어서……"

"정 그러시면 엊저녁 먹던 과자라도 가지고 가시지, 배낭에 넣어 드리지요."

콜네이는 사양하고 작별 인사만 남기고 떠났다.

"돌아오는 길에 다시 들리시우, 안녕히 가셔요……"

들에는 안개가 자욱하게 끼어 모든 것을 덮고 있었다. 오르막길도, 내리받이 길도, 나무 하나도, 길 양쪽 가에 서 있는 버드나무도 다 기억이 났다. 비록 17년 동안에 찍어내고 늙은 나무에서 새 싹이 움트기도 하고 새 나무가 고목이 되어 버리기도 하였으나 다 기억할 수 있었다.

가아야 촌은 조금도 변하지 않았다. 단지 마을 가에는 예전에 없던 새 집이 몇 채 서 있었다.

그리고 목조 집이 벽돌집으로 변하고 있었다. 콜네이의 석조집은 옛날 그대로였다. 양철 지붕은 오랫동안 칠하지 않은 채였다. 구석쪽의 벽돌은 무너져 떨어지고 입구의 층계는 기울어져 있었다.

그는 자기의 옛집 앞에까지 왔을 때 삐걱삐걱하면서 암말과 새끼 말, 잿빛의 늙은 말이, 세 살 먹은 말과 함께 대문을 나왔다.

늙은 잿빛 말은 콜네이가 집을 떠나기 1년 전에 마장에서 사 온 말과 똑같았다.

'아마 이 놈은 내가 사 온 그 놈이 그때 밴 걸 테지. 저 짤막한 뒷다리, 널찍한 가슴팍, 털투성이 다리, 모두가 똑같군.'

하고 그는 생각했다. 말은 새 나막신을 신은 검정 눈의 소년에게 끌려서 물먹으러 가는 참이었다.

'저 녀석은 틀림없이 내 손잘 게야. 뻬지까의 아들놈이야. 눈이 까만 게 틀림없어.'

하고 콜네이는 생각했다.

소년은 낯선 노인의 얼굴을 보고 있다가 흙탕 속에서 철퍼덕대는 망아지의 뒤를 쫓아갔다. 소년의 뒤를 개가 한 마리 따라 갔다. 그 개도 예전에 기르고 있던 볼쳐크 그대로의 모색을 한 검둥이였다.

'저 놈은 볼쳐크가 아닐까?'

하고 생각했다. 그 놈이라면 이제 스무 살은 됐을 거라고 생각했다.

그는 층층계 쪽으로 갔다. 그리고는 간신히 층층계를 올랐다. 거기는 바로 그가 17년 전에 난간에 쌓인 눈을 쓸어내던 곳이었다. 그는 문을 열었다.

"누구야? 아무 말도 없이 들어오는 거는?"

하고 부엌에서 여자의 목소리가 들려왔다. 그것은 듣던 목소리였다. 목소리의 주인이 나타났다. 그것은 뼈가 앙상그레하고 주름살 투성이의 여윈 노파였다. 콜네이는 자기를 망쳐 놓은 아름답고 젊은 마르파를 찾고 있었던 것이다. 그는 그러한 마르파를 증오하고 한바탕 화풀이할 작정이었다. 그러나 그러한 마르파 대신에 다 늙어빠진 할멈이 나타난 것이었다.

"동냥 왔거든 아래에서 하는 거야."

하고 그녀는 날카롭게 쨍쨍거리는 소리로 쏘아댔다.

"동냥 온 게 아니야."

"그렇다면 뭣 때문에 왔어?"

별안간 노파는 그 자리에 꼼짝 않고 섰다. 콜네이는 그녀의 얼굴빛으로 그녀가 자기인 줄 알아차렸다고 생각했다.

"아직 게서 우물쭈물하고 있는 거야? 썩 나가줘, 나가줘, 제발 나가줘요!"

콜네이는 벽에 기대어 지팡이에 매달린 채 물끄러미 그녀를 바라보았다. 그 순간 그렇게도 긴 세월을 두고 품어 왔던 그녀에 대한 원한이 씻은 듯이 가슴속에서 사라지고 말할 수 없는 겸허하고 약한 심정이 마음을 사로잡았다.

"마르파, 우리는 이제 얼마 안 가서 죽게 될 거야."

"나가 줘요, 제발 가줘요!"

그녀는 앙칼지게 보기도 싫다는 듯 쏘아붙였다.

"그밖에 할 말이 없는가?"

"없어요. 가 줘요, 가 줘요. 제발 가 줘요. 당신같이 악마 같은 것들이 이 근처에는 우글우글해요."

그녀는 부엌으로 들어가 문을 철썩 닫아 버렸다.

"무엇을 그렇게 떠들어대고 계셨어요?"

하는 남자의 목소리가 들리더니 허리춤에 도끼를 찬 얼굴빛이 거무티티한 농부가 들어왔다. 그는 40년 전의 콜네이 자신과 똑같은 모습이었다. 다르다면 약간 몸집이 작고 여윈 것뿐이다. 그러나 참으로 꼭 닮은 검고 번쩍거리는 눈을 하고 있었다.

그 사나이는 빼지까였다. 17년 전 그가 그림책을 주던 그 어린애였다. 빼지까는 어머니가 거지에게 자비스럽지 못하다고 나무랐다. 그리고는 빼지까 뒤를 따라 그와 같은 식으로 허리춤에 도끼를 찬 벙어리 조카가 들어왔다. 지금은 이 조카가 어른이 되어 드문드문 수염이 자란 목이 길다랗고 건장한 사나이가 되었다. 그리고 또렷또렷한 꿰뚫어 보는 듯한 눈초리를 하고 있었다. 두 농부는 금방 조반을 마치고 이제 산으로 나무하러 가는 중이었다.

"자, 이제 곧 드릴게, 할아버지."

라고 말하고 빼지까는 조카에게 처음에는 노인을 가리키고 다음에는 안방을 가리키면서 빵을 써는 시늉을 해 보였다.

빼지까는 나갔다. 벙어리는 부엌쪽으로 갔다. 콜네이는 벽에 기대어 지팡이를 짚은 채 고개를 숙이고 서 있었다. 그는 견딜 수 없을 만큼 마음이 슬퍼져 금방 터져 나오는 울음을 가까스로 참고 있었다. 벙어리는 냄새 풍기는 큼직한 흑빵을 들고 부엌에서 나왔다. 그리고 그것을 콜네이에게 주었다. 콜네이가 십자가를 긋고 빵을 받아 들었을 때 벙어리는 부엌문 쪽을 향하여 두 손으로 얼굴을 어루만지고 나서는 침을 뱉는 시늉을 해 보였다. 그렇게 해서 숙모에 대한 불쾌한 마음을 표현해 보이자는 것이었다. 한데 그는 갑자기 그 자리에 꼼짝도 않고 서서, 이를 딱 벌린 채 콜네이를 뚫어지게 바라보았다. 그는 그 노인이 누군지 알아차린 것 같았다. 콜네이는 더 이상 눈물을 막을 수 없었다. 그는 옷소매로 코와 잿빛 수염을 훔지면서 벙어리 앞에서 물러나 층계 위로 나왔다. 그는 세상 사람들에게, 그녀에게, 아들에게, 그리고 모든 사람들에게 어떤 형언키 어려운 공손하고 겸허한 느낌을 강렬히 느끼기 시작했다. 그 감정은 마음을 기쁜 듯하면서도 괴로운 듯한 기분으로 헝클어 놓았다.

마르파는 창으로 내다보고 있었다. 그리고 노인이 집 모퉁이를 돌아서 보이지 않게 되었을 때 비로소 휴우 하고 안심이 된다는 듯 긴 한숨을 내쉬었다.

마르파는 노인이 가 버린 줄 알고 베틀에 앉아 베를 짜기 시작했다. 그녀는 몇 번이고 북사를 내던지려고 했으나 손이 제대로 움직이지 않았다. 그녀는 손을 멎었다. 그리고 금방 만났던 콜네이 일을 생각해 보기 시작했다. 그녀는 그가 콜네이인 것 ─ 즉 자기를 때리기는 했으나 한때 자기를 사랑해 주던 그 사람이었음을 생각하고 자기가 금방 그에게 했던 것이 무서워졌다. 그녀는 마땅히 해야 할 일을 하지 않았던 것이다. 그렇다면 그에게 무엇을 할 것이었던가? 그는 자기가 콜네이라고 말하지 않았다. 또 제 집으로 돌아왔다고도 말하지 않았다.

그녀는 다시 북을 집어들고 날이 저물도록 베를 짰다.

5

콜네이는 저녁때야 겨우 안드레예바촌에 도착했다. 그리고 다시 지노비예프네 집에 가서 하룻밤을 부탁했다. 집사람들은 그를 맞아 들었다.

"아아, 할아버지 먼 곳으로 가신 줄로 알았는데요?"

"가지 못 했다우. 아주 지쳐 버려서. 하는 수 없이 되돌아왔지요. 하룻밤 재워 주시겠수?"

"어서, 어서, 들어오시구려. 자아, 이리로 가까이 오셔서 옷을 말리시오."

콜네이는 밤새도록 열병으로 신음했다. 새벽녘이 되어서야 겨우 고통에서 벗어났다. 그리고 그가 눈을 떴을 때 집사람들은 모두 일 하러 나가고 부엌에 아까시까만 남아 있었다.

콜네이는 난로 위에 노파가 깔아 준 마른 옷 위에 누워 있었다.

아까시까는 솥에서 빵을 꺼내었다.

“새색시.”

하고 그는 힘없는 소리로 불렀다.

“잠깐 이리 와 보시우.”

“곧 가요. 할아버지.”

하고 그녀는 빵을 뒤집어 놓으면서 대답했다.

“무얼 마실 것이라도 드릴까요? 라이맥주는 어떠세요?”

콜네이는 대답이 없었다.

그녀는 빵을 모두 뒤집어 놓고서는 라이맥주를 한잔 가져다주었다. 그는 그녀 쪽을 돌아다보지도 않고 마시려고도 들지 않았다. 그리고 얼굴을 천장으로 향하고 누운 채 꼼짝도 않고 말했다.

“좀 봐요……”

하고 그는 조용한 목소리로 말했다.

“나도 이제는 마지막인가 보우. 나는 이제는 죽고 싶군요. 부디 하나님의 이름으로 나를 용서해 주우.”

“무슨 말씀이셔요? 할아버지는 제게 조금도 나쁜 일을 하신 게 없잖아요?”

그는 아무 말 없었다.

“만약에 말이오, 색시가 친정 어머니께 가시거든 알지 못할 노인이…… 알아듣겠소?…… 어머니께 말씀 드려 달란 말이오. 낯선 노인이 엊저녁의 그 늙은이가…… 알아듣지요…… 이렇게 말을 전해 주우……”

그는 흐느껴 울기 시작했다.

“할아버지 가아야촌에 다녀오셨나요?”

“다녀왔소. 알아듣겠소. 이렇게 전해 달란 말이오. 엊저녁 노인이…… 늙은이가……”

또 다시 그는 훌쩍거리다가 겨우 마음을 가다듬어 말했다.

"……늙은이가 용서받으러 왔다고 그렇게 말이오……"

그는 다 말하고 나서는 자기의 가슴팍을 더듬었다.

"예, 말씀해 드리죠. 말씀해 드리구 말구요. 무엇을 찾고 계셔요?"

아까시까는 물었다. 노인은 대답하지 않았다. 그리고 괴로운 듯이 얼굴을 찌푸리고 여윈 털투성이 손으로 안 주머니에서 종이 한 장을 꺼내어 그녀에게 주었다.

"누가 묻거든 그것을 내드리시오. 나의 병역증명서라우. 아아 이젠 마음이 놓인다. 나의 죄는 깨끗이 용서받은 거지요?"

그의 얼굴에는 엄숙한 표정이 보였다. 눈썹은 치켜 오르고 눈은 천장을 응시하고 그는 조용해졌다.

"촛불을."

하고 그는 나지막한 소리로 말했다.

아까시까는 모든 것을 알 수 있었다. 그녀는 성장 앞에서 반쯤 탄 초를 집어다가 불을 붙여서 그에게 주었다. 그는 그것을 엄지손가락으로 쥐었다.

아까시까는 거기를 떠나 병역증명서를 상자 속에 간직해 두었다. 다시 그 노인 곁으로 왔을 때 초는 그의 손에서 떨어져 있었다. 그리고 그의 눈은 이미 아무 것도 볼 수 없었고 가슴은 숨을 쉬지 않았다. 아까시까는 십자를 긋고 촛불을 끄고 깨끗한 수건을 그의 얼굴에 가리워 주었다.

그 날 밤 마르파는 잠을 이룰 수 없었다. 그리고 콜네이의 생각에만 잠겼다. 아침이 되자 가죽 외투를 입고 숄을 어깨에 걸치고 엊저녁 노인을 찾으러 떠났다. 그녀는 곧 그 노인이 안드레예프촌에 있다는 것을 알았다. 그녀는 울타리에서 지팡이 감으로 나무 막대기를 집어들고 안드레예뵈촌으로 향하였다. 그 마을이 가까워지면 질수록 더욱 두려워졌다.

'그이에게 사과해야지. 그리고 집으로 모시고 와서 서로 죄를 깨끗이 씻어 버리자, 그이를 제 집에서 제 자식 앞에서 눈을 감게 해 주기라도 하자.'

하고 그녀는 생각했다. 마르파는 딸의 집 뜰 가까이에 갔을 때 사람들이 많이 모여들고 있는 것을 보았다. 사람들은 현관이나 창 아래에 서 있었다. 그 사람들은 40년 전 이 마을까지도 이름을 날리던 첫째가는 부자였던 콜네이·바실리예프가 거지가 된 늙은 몸으로 시집간 딸집에서 죽었다는 것을 듣고 모여든 것이었다. 아낙네들은 서로 속삭이고 한숨을 내쉬고 있었다.

마르파가 부엌으로 들어가려고 할 때 사람들은 길을 비켜 주었다. 그녀는 성장 밑에 누워 있는 시체를 보았다. 그것은 깨끗이 씻기어 모든 것이 단정하게 준비되고 흰 헝겊으로 덮이어 있었다. 그 곁에는 목사 대리로 교육을 많이 받은 필립·꼬노느이치가 성경을 읽기도 하고 슬라브어로 찬송가를 부르고 있었다.

이제 와서는 용서할 수도 용서 받을 수도 없었다. 콜네이의 모습은 엄숙한 건지, 아니면 아직도 노해 있는 건지 알 수가 없었다.

회개한 죄인

"주여, 주께서 천국으로 올라가실 때 저도 데리고 가소서"라고 죄인은 예수에게 말했다. "진실로 말하노니. 이제 너희는 나와 함께 천국에 들어가리라." 하고 예수께서 말씀하셨다.

어떤 곳에 일흔 살 난 늙은이가 있었다. 그는 여태까지 살아오는 인생 길에서 온갖 죄를 지었다. 그러던 그가 병이 들었다. 그러나 후회는 하지 않았다. 그런데 죽음이 닥쳐온 최후의 순간에 그는 울면서 말했다.

"하나님이시여, 당신은 도둑에게도 십자가를 주십니다. 제발 저도 구원해 주십시오." 하고 말하자, 그의 영혼은 육체를 떠나고 죄인의 영혼은 하나님을 그리워하며, 하나님의 자비와 사랑에 의지하여 천국 문 앞에 다다르게 되었다.

죄인은 문을 두드리며 천국에 들어가게 해달라고 애원했다. 그러자 문 저쪽으로부터 소리가 들렸다.

"문을 두드리는 자가 누구냐? 저 사나이는 생전에 무엇을 했느냐?"

천국의 고발인이 이에 대답했다. 그는 사나이가 저지른 온갖 죄를 모조리 고했다. 그러나 착한 일이라곤 하나도 없었다. 그러자 문 저쪽으로부터 소리가 들려왔다.

"죄인은 천국에 들어올 수 없다. 물러가거라!"

죄인이 말했다.

"제발 부탁입니다. 저는 당신의 목소리를 들으면서도 얼굴을 뵐 수 없고 성함도 모릅니다."

그러자 그 소리가 대답했다.

"나는 사도 베드로다."

죄인은 말했다.

"사도 베드로님! 저를 불쌍히 여겨 주소서. 인간은 약하지만 하나님은 자비스러운 분이 아닙니까? 당신은 예수의 제자이시며, 예수 자신의 입으로부터 직접 가르침을 받으시고, 예수 자신의 생활의 본보기를 보신 분이 아니십니까? 지난 일을 생각해 보시지요. 언젠가 예수께서 기분이 침울하고 마음이 슬펐을 때 당신더러 잠들지 말고 기도해 달라고 세 번이나 부탁하신 일이 있었지요. 그런데 당신은 졸음을 참지 못해 잠이 들어 버리고, 예수께서는 세 번이나 당신이 잠든 것을 보셨습니다. 저도 그 경우와 마찬가지 아닙니까? 그리고 또 이런 일도 상기해 보십시오. 당신은 죽을 때까지 예수를 떠나지 않겠다고 그렇게도 굳게 맹세하고도 예수가 카이아프로 끌려가셨을 때 세 번이나 부인하지 않았습니까? 그리고 또 이런 일도 생각해 보십시오. 그때 당신은 닭이 울기 시작하자 거기를 떠나 슬피 울지 않았습니까? 저도 그와 마찬가지입니다. 저를 천국에 넣어 주시지 못할 이유는 없다고 생각합니다."

그러자 천국의 문 저쪽으로부터 아무 소리도 없었다. 이윽고 죄인은 또 문을 두드리기 시작했다. 그리고는 천국에 넣어 달라고 애원했다. 그러자 이번에는 문 저쪽에서 다른 목소리가 들려왔다.

"저 자는 누구냐? 저 사나이는 생전에 무엇을 했느냐?"

그러자 죄인의 온갖 죄상을 열거하는 고발인의 목소리가 다시 들렸으나 착한 일이라곤 하나도 없었다. 문 저쪽에서 소리가 들려왔다.

"물러가거라. 그러한 죄인은 우리들과 함께 천국에서 살 수 없다."

죄인은 말했다.

"제발 부탁입니다. 저는 당신의 목소리를 듣고 있으면서도 얼굴을 뵐 수도 성함을 알 수도 없습니다."

"나는 왕이며, 사도 다윗이다."

이 말을 들은 죄인은 낙심치 않고 한 발도 물러서지 않고 말했다.

"저를 가엾이 여겨 주십시오, 다윗 왕이시여! 인간은 약합니다. 그러나 하나님은 자비로운 분이 아닙니까? 하나님은 당신을 사랑하셔서 뭇 사람들 위에 당신을 높이 끌어 올리셨습니다. 당신은 모든 것을 가지고 계셨습니다. 왕국도, 영예도, 재산도, 아내도, 자식도. 그러나 당신은 망루 위에서 충실한 신하의 아내를 엿보았습니다. 그리하여 죄가 당신 속에서 싹트고 당신은 충성스런 신하의 아내를 가로채고 당신의 계략으로 그를 죽여버리지 않았습니까? 당신은 왕이면서 약한 자로부터 그의 마지막 양(羊)을 빼앗고 그를 죽여버렸습니다. 저도 그러한 짓을 해 왔을 뿐입니다. 그러니 생각해 보십시오. 당신은 얼마나 그런 죄를 뉘우쳤던가를. 그리하여 이렇게 말씀하셨습니다. '나는 내 자신의 죄를 알며 더할 나위 없이 나의 죄를 슬퍼한다'고. 저도 그와 마찬가지입니다. 그렇다면 내가 천국으로 못 들어갈 이유가 없다고 생각합니다."

그러자 문 저쪽에서 아무런 대답이 없었다. 얼마 후 죄인은 또 문을 두드리며 애원했다. 그때 문 저쪽에서 세 번째 목소리가 들렸다.

"저건 또 누구냐? 저 사나이는 생전에 무슨 일을 했느냐?"

고발인은 이번에도 전과 같이 이 사나이의 죄상을 낱낱이 고했다. 하나같이 나쁜 짓뿐이었다. 문 저쪽에서 목소리가 들려왔다.

"물러가거라, 죄인은 천국에 들어올 자격이 없다."

죄인은 말했다.

"저는 당신의 목소리를 들으면서도 얼굴도 모르고 성함도 알 수 없습니다. 도대체 뉘신지요?"

"나는 예수의 제자 성(聖) 요한이다."

하고 대답하자 그 죄인은 기뻐하면서 말했다.

"이제는 저를 천국에 보내 주시지 못할 이유가 없다고 봅니다. 베드로와 다윗은 그들이 인간의 약함과 하나님의 자비로움을 알고 있기에 저를 넣어 줄 것으로 생각했습니다만 거절당했습니다. 그러나 당신은 당신 속에 많은 사랑이 있기에 저를 넣어 주시리라고 믿습니다. 성 요한이시여! 당신은 자신의 책 속에서 '하나님은 사랑이고, 사랑하지 않는 자는 하나님을 알 수 없다'고 쓰시지 않았습니까? '형제들이여, 늙어서 서로 사랑하라'고 말씀하신 분이 바로 당신이 아니었습니까? 그러한 당신이니 설마 저를 미워하고 저를 쫓아내지는 않으시겠지요? 당신은 자신이 말씀하신 것을 저버리시겠습니까? 그렇지 않으시다면 저를 사랑하셔서 천국에 넣어 주십시오."

그때 천국 문이 열렸다. 그리하여 성 요한은 회개한 죄인을 껴안아 천국 안으로 불러들였다.

딸기

1

무덥고 바람조차 없는 7월 어느 날이었다.

산마다 나뭇잎은 우거지고 녹음이 짙었다. 여기 저기 흰 벚나무, 옻나무의 누런 잎이 떨어져 뒹굴었다. 숲 속의 빈터는 파란 잔디가 마치 우단을 깔아 놓은 듯 야들하고, 무성하게 자란 키 큰 귀리는 골마다 그늘을 짓고 반쯤 익은 보리 이삭이 흔들거렸다. 멀리 낮은 들에서는 수탉들이 울어대고 있었다. 보리와 귀리 밭에서는 메추리가 시끄럽게 우짖고 숲 속의 꾀꼬리는 사색이나 하듯이 잠깐 울고 나서는 곧 잠잠해졌다.

해는 대지를 태워 버릴 듯 무덥고 길에는 바싹 마른 먼지가 발이 빠질 만큼 쌓여 있었다. 먼지는 쉴새 없이 공중으로 날아올라 입김 같은 바람에도 이리 저리 뭉게구름처럼 날았다.

농부들은 오막살이를 세우기도 하고 달구지로 거름을 나르는 등 분주했다. 가축들은 다음 수확을 기다려 묵혀 놓은 말라붙은 밭에서 먹이를 찾아 헤매고 개는 꼬리를 들고 귀찮게 구는 파리떼를 몰아치고 있었다. 사내아이들은 길가에서 풀을 뜯고 있는 말을 보면서 별로 하는 일도 없이 어슬렁거렸다. 부인들은 숲에서 풀을 쑤셔 담은 포대를 나르고 계집아이들은 볕이 잘 드는 숲 속으로 들어가서 별장에 팔러 갈 딸기를 따고 있다.

별장은 볼만하게 잘 꾸며져 있었다. 그 안에 살고 있는 사람들은 모두 다 화려하고 아름답고 값비싼 사치스러운 옷을 입고 파라솔을 펴 들고는 모래밭 길을 빈들거리기도 하고 나무 그늘이나 정자 밑에 앉아서 곱게 색칠한 자그마한 테이블을 둘러싸고 날씨가 덥다느니 뭐니 하면서 차디찬 음료수를 마시고 있다.

작은 탑, 베란다, 발코니, 회랑— 그 모든 것은 갓 만든 것이어서 흠이 없고 깨끗했다. 니코라이·세미요노빗치의 근사한 별장 앞에는 쌍두마차가 서 있었다. 그것은 15월스트쯤 떨어진 시내에서 센트·페델스불크에 살고 있는 어떤 신사를 태워 온 마차였다.

이 신사는 유명한 진보파의 인물로 여러 공공단체에 관계하고 있었다. 그리고 교묘하게 겉으로는 친 여당을 가장하면서도 그 실은 자유주의적인 친구들과 사귀고 있었다. 그는 그 시골 도시(그는 매우 바쁜 사람이어서 그 도시에는 단지 하루만 묵고 있을 따름이었다)로부터 일부러 자기와 같은 사상을 가지고 있는 어린 시절의 옛친구를 찾아 여기까지 온 것이었다.

그들은 형법원리의 운용에 대해서만 서로 의견이 다소 다를 뿐이었다. 이 센트·페델스불크에서 온 신사는 약간 사회주의적 경향에 기울어 있어서 말하자면 서구 풍이었다. 그는 자기가 맡아보는 여러 가지 사업에서 많은 급료를 받고 있었다. 니코라이·세미요노빗치는 성격상으로 보아 순 러시아 토박이였다. 그는 범슬라브주의적인 색채를 띤 정교 신자로 수천 데샤티나나 되는 토지의 대지주였다.

그들은 정원에서 식사를 함께 하였으나 더위 때문에 다섯 접시나 되는 요리에는 조금도 손을 대지 못했다. 손님을 위하여 특별히 애쓰고 정성을 들였던 고급 요리사와 조수의 정성은 무효가 되고 만 셈이다. 그저 얼음으로 냉각한 생선국, 가루 설탕과 비스킷으로 조리해서 예쁜 모양으로 만든 물감들인 얼음물만 마셨다. 손님과 함께 식사를 한 사람이라곤 허물없는 처지인 의사와 아이들의 가정교사 — 그는 물불을 가리지 않는 사회 혁명 사상을 가진 학생이기는 했으나 니코라이·세미요빗치는 그쯤은 억제할 수 있는 방법을 알고 있었다 — 그리고 니코라이·세미요빗치의 아내 마리아하고 아이 셋이고 그 중에서 맨 막내둥이는 과자만 먹으러 온 것이었다.

식사의 분위기는 약간 딱딱했다. 왜냐하면 신경질인 마리아가 소화불량에 걸린 고오가의 걱정을 했기 때문이었다. 고오가라고 하는 것은 막내둥이 아들 니코라이를 상류 가정의 풍습에 따라서 부르고 있는 이름이었다. 그리고 또 그녀를 짜증나게 한 것은 손님과 남편 사이에 정치 문제의 이야기가 나오기만 하면 체면이라곤 없고 물불을 가리지 않는 그 학생이 이야기에 참견하기 시작했기 때문이었다. 손님은 잠자코 있었으나 니코라이·세미요빗치는 이 혁명론자를 구슬러주는 것이었다.

그들은 일곱 시경에 식사를 마쳤다. 저녁 후 두 친구는 베란다에 나가서 시원한 소다와 백포도주로 상쾌한 기분에 젖어서 이야기하고 있었다.

그들 두 사람은 우선 선거의 가장 좋은 방법은 직선으로 할 것이냐 간선으로 할 것이냐에 대하여 의견을 달리하고 있었다. 그리고는 파리가 들어오지 못하게 창에 그물을 쳐놓은 식당으로 차를 마시러 갔다. 다른 사람이 왔을 때쯤에는 서로 어지간히 흥분해서 토론을 계속하고 있었다. 차를 마시면서 여러 가지 이야기를 주고받았다. 마리아도 어울려서 이야기했다. 그녀는 소화불량증에 걸린 고오가에게 정신이 팔려서 재미도 없었고 의견이 신통치도 못하였으나 화제는 회화예술로 돌아섰다. 마리아는 데카당스파의 작품에는 그 누구도 부정할 수 없는 "뭐라고 표현하면 좋을지 모르는 그 무엇"(nu je n'sais quoi)이 있다고 주장했다. 그녀는 그러면서도 그때 데카당스파의 미술만을 생각하고 있었던 것은 아니다. 그것은 이왕에도 몇 차례나 말하던 것을 되풀이한데 불과하다. 손님은 그 문제에 조금도 흥미가 없었다. 그러나 데카당스파 미술에 관하여 여러 가지로 들어서 알고 있었다. 그래서 그 모아 들은 것을 아주 능청스럽게 되풀이해 말했으므로 아무도 그가 데카당스파의 미술에 대하여 아무 이해도 없는 사람이라고는 생각하지 않았다. 손님이 이야기하는 동안 니코라이·세미요뷧치는 아내의 눈치를 보며 그녀가 무엇인가 불만스러운 점이 있구나 무엇인가 불쾌한 일이 있구나 하고 느꼈다. 게다가 그는 아내가 말하는 이야기는 싫도록 듣고 있는 터였다. 그러고 보니 백 번도 더 들은 것같이 생각되었다.

사치스러운 청동 램프가 켜졌다. 또 바깥 등불도 켜졌다. 아이들은 침실로 갔다. 병을 앓는 고오가는 벌써 의사의 치료를 받았나 보다.

손님은 니코라이·세미요뷧치와 함께 베란다로 나갔다. 하인이 갓이 달린 촛대와 소다수를 가져왔다. 그리고 나서 한밤중에 또 큰 논쟁이 벌어졌다. 이번 논제는 현재와 같은 위급한 비상시의 러시아에는 어떠한 정책이 필요한가 하는 문제였다. 두 친구는 함께 담배를 피우면서 쉴새 없이 이야기했다.

바깥에는 두 필의 말이 아무 것도 먹지 못한 채 우두커니 서 있었다. 목에 건 방울만 울렸다. 마차 안에서는 늙은 마부가 마구 하품을 하면서 코를 골기도 했다. 이 마부는 20년 동안이나 같은 주인을 섬기고 있는데 한 달 내내 겨우 2, 3 루블을 술값으로 쓰는 것 외에는 급료 모두가 고스란히 고향에 있는 형제들에게 보내지고 있다. 옆집 별장에서 수탉이 가까이 있는 뒤꼍으로 와서 유달리 큰소리로 울어댔을 때 마부는 주인이 자기를 잊지나 않았는가 하는 불안을 느끼기 시작했다. 그는 마차에서 내려서 집안으로 들어갔다.

그는 자기 주인이 의자에 앉아서 무엇인가 먹고 나서는 또 계속해서 말하는 것을 보았다. 그는 감히 주인의 곁으로 갈 엄두가 안 났으므로 그 집 하인을 찾았다. 하인은 작업복을 입은 채 대합실 의자에 앉아 졸고 있었다. 그는 농노 출신이고 그의 품삯(급료와 손님께서 받는 팁으로 꽤 모았다)으로 딸 다섯과 아들이 둘이나 되는 큰 가족을 거느리고 있었다. 마부는 그를 깨웠다. 그는 벌떡 일어나서 몸을 씰룩거렸다. 그리고 졸음을 물리치면서 마부가 걱정하고 집으로 돌아가고 싶어한다고 여쭈려고 주인에게 갔다.

하인이 들어갔을 때는 마침 토론이 최고조에 오르고 있는 판이었다. 의사와 집주인이 손님의 상대가 되어 이야기하고 있었다.

"나로서는 용서할 수 없소."

하고 손님이 말했다.

"러시아 국민에게 특별한 발전의 길이 있다고 하는 따위 것을 말이야. 무엇보다 중요한 것은 자유요 정치적 자유! 이것이야말로 일반 대중에게는 최대의 자유이죠. 타인의 최대의 권리를 인정한다는 조건 하에서."

손님은 혼란스러워 자신이 올바른 이야기를 하는 건지 아닌지조차 알 수 없었다. 토론에 열중한 나머지 어느 편이 정말 옳은 것인지 분간할 수도 없었다.

"그건 그렇습니다."

하고 니코라이·세미요빗치가 대답했다. 그는 손님의 말에는 귀도 기울이지 않고 자기 의견만을 말하려고 기를 쓰면서,

"그건 그렇습니다마는 다른 수단으로써도 이루어집니다. 투표의 다수에 의해서가 아니라 일반적인 동의에 의해서 말이지요. 밀— 러시

아의 부락회의 결의를 보시오."

"아! 밀 말씀하시오?"

"아무도 이것을 부정할 수는 없을 거요."

하고 의사가 말했다.

"스라브인에게는 그 독특한 성질이 있다는 말씀입니다. 그래 그렇지! 예컨대 폴란드 사람들의 거부권(vito)처럼 말씀입니다. 나는 구태여 그것이 좋은 것이라고는 주장하지 않지만……"

"내 생각에 결론을 맺게 해 주시오."

하고 니코라이 · 세미요븻치가 말을 이었다.

"러시아 국민들은 특색이 있어요. 그 특색은……"

때마침 이반이 작업복을 입은 채 졸린 눈으로 들어왔다. 그리고는 주인의 이야기를 방해하고 말았다.

"마부가 걱정하고 있는 걸요……"

"곧 간다. 오늘은 특별히 용치 돈을 더 준다고 말해 두어."

"네, 잘 알겠습니다."

하인이 나가자 니코라이 · 세미요븻치는 자기의 의견을 말했다. 그러나 손님이나 의사는 그 이야기를 벌써 스무 번이나 듣고 있던 참이다. 특히 손님은 역사적 사실을 예로 들어 그것을 논박했다. 그는 매우 역사에 정통했다.

의사는 손님 편이 되어 손님의 박식을 칭찬하고 그를 잘 알 수 있게 된 기회를 가졌다고 기뻐했다. 이야기는 아주 길게 계속되어 어느덧 길 건너 숲이 밝아와 꾀꼬리가 눈을 떴다. 그래도 친구들은 담배를 내뿜으며 이야기에 열중하고 있었다. 아마 식모가 들어오지 않았더라면 이야기는 아직도 더 계속될 지경이었다.

이 식모는 고아로서 먹고살기 위해서 식모살이를 하고 있는 것이었다. 처음에는 장사꾼 집에서 식모살이를 했으나 저기서 점원의 꾀임에 넘어가서 아이를 하나 낳았다. 그 아이가 죽었으므로 다음에는 공무원 집에 들어갔다. 거기에서는 주인 아들 학생 놈이 그냥 두지 않았다. 그래서 그녀는 니코라이·세미요빗치집의 식모가 된 것이었다. 이번 주인은 그녀의 뒤를 따라다니지도 않고 급료도 꼬박꼬박 줌으로 그녀는 행복해 했다. 그녀는 부인이 의사와 주인을 부른다고 말했다.

"아아! 아마 고오카가 더 한 게로군!"

하고 니코라이·세미요빗치는 생각했다.

"무슨 일이냐?"

하고 그는 물었다.

"니코라이·세미요빗치님이 조금 편치 않습니다."

하고 식모가 답했다.(니코라이·세미요빗치라는 것은 과식으로 설사하는 고오가를 말하는 것이었다.)

"아아! 참 이건."

하고 손님이 말했다.

"아주 날이 새었군! 어지간했습니다."

하고 그는 어떻게 잘도 밤새도록 이야기할 수 있었던가하고 자기 자신과 친구들을 치사나 하듯이 말하고는 작별 인사를 했다.

이반은 손님의 모자와 우산을 찾느라고 한참이나 아픈 다리로 뛰어다녔다. 그러나 우산은 손님이 자기도 잘 모르는 구석에 두었던 것이다. 이반은 속으로 팁을 기다리고 있었으나 손님은 오늘 너무도 이야기에 정신이 없어서 팁 생각은 아주 잊어버리고 말았다. 그러나 돌아가는 도중에 아무 것도 주지 않았던 것이 생각이 났다.

"아아, 할 수 없지!"

마부는 마부석에 앉아서 말고삐를 잡았다. 방울이 울렸다. 센트·

페델스불크의 신사는 마차가 흔들릴 때마다 아늑한 쿠션 위에서 흔들리면서 친구가 편협한 사상에 사로잡힌 것이라고 생각하고 있었다.

니코라이·세미요노뷧치는 얼른 아내에게 가려고 하지도 않고 그도 그와 마찬가지 생각을 하고 있었다.

'저 페델스불크 친구의 사상이 편파적이고 보니 무서운 일이야! 그는 그러한 사상에서 벗어날 수 없을 거야.'

하고 그는 생각하는 것이었다. 그는 아내에게 서둘러 가려고 하지도 않았다. 간들 별로 좋은 일이 있을라구 하고 생각했기 때문이다. 그것은 모두 딸기에서 발단된 일이었다. 어제 동네 아이들이 딸기를 팔러 왔다. 그는 값도 깎지 않고 채 익지도 않은 것을 접시에 하나 가득하게 두 접시나 샀던 것이다. 아이들이 달려와서 기를 쓰고 마구 먹어댔다. 아내 마리아는 아직 침대에서 일어나지도 않았으나 고오가가 딸기를 먹은 줄 알고는 그 아이가 앞서부터 배탈이 났던 참이라 아내가 야단치는 것이었다. 그녀는 남편에게 투덜댔다. 남편도 아내에게 무어라 대꾸했으므로 거의 싸움이 일어날 뻔했다. 저녁때가 되자 고오가는 배가 더욱 아팠다. 니코라이·세미요노뷧치는 곧 나을 대수롭지 않은 배탈이라고 생각하였으나 의사를 불러 온 것이 사태를 악화시켰다고 생각했다.

그가 아내에게로 가보니 그녀는 지금은 아무렇지 않으나 이전에는 아주 마음에 들어했던 화려한 빛깔의 명주 잠옷을 입고 그릇 위에 촛물이 뚝뚝 떨어지는 촛대를 들고 의사와 함께 아이 방에 서 있었다. 의사는 조심스레 안경 너머로 그릇에 담은 것을 검사하고 있었다.

"그렇습니다."

하고 그녀는 힘을 넣어서 말했다.

"모두 딸기 탓이죠."

"그래 딸기가 어쨌다는 말인가?"

하고 남편은 눈치를 보면서 말했다.

"딸기가 어쨌느냐구요? 당신이 곁에 있으면서 아이에게 주었으니 탈이지요. 그래서 나는 밤새도록 한잠도 못 자고 간호했어요. 이 애가 죽을 것만 같으니 말씀이에요."

"아니올시다. 생명에 관계 있을 정도는 아닙니다,"

하고 의사가 웃으면서 말했다.

"창령을 한 첩 먹이고 뒤를 잘 조심하면 곧 나을 것입니다. 그러면 곧 그렇게 해 봅시다."

"잠들었는데요."

하고 그녀가 말했다.

"그럼 그냥 두는 게 좋습니다. 내일 또 오겠습니다."

"예, 부탁합니다."

의사는 돌아갔다. 그리고 니코라이·세미요노뷧치는 아내와 단 둘이 되었으나 아내의 마음을 진정시키느라고 한참이나 애써야 했다. 그가 잠들었을 때는 벌써 해가 꽤 높이 떴을 때였다.

2

그때 이웃 마을에서는 농부들과 아이들이 말을 타고 밤일에서 돌아오고 있었다. 어떤 자는 말에 타기만 하고 또 어떤 자는 말고삐를 잡아 따로 한 마리 끌고 그 뒤에는 한두 살쯤 되는 망아지가 따랐다.

열두 살 난 소년 타라이스카·에즈우노프는 털점퍼를 입고 맨발에 모자를 쓰고 얼룩소 잔등에 타고 왔다. 그리고 아주 꼭 닮은 망아지를 데린 말을 끌고 남들을 쫓아서 마을 쪽 언덕으로 달려갔다. 검정개가 반갑다는 듯이 말 앞을 쉴새 없이 사방을 돌아보면서 뛰어 갔다. 살이 찐 그 망아지는 검고 희게 얼룩진 다리로 좌우를 걷어차면서 따라갔다. 타아라스카는 집에 돌아와서 문간에 말을 매어 놓고 집안으로 들어갔다.

"거 참! 아직도 모두 자고 있나?"

하고 그는 헌 이불을 푹 쓰고 자고 있는 누이동생들에게 소리질렀다. 곁에서 자던 어머니는 벌써 일어나서 소젖 짜러 나가고 없었다.

오리구우시카는 헝클어진 고운 머리칼을 두 손으로 가다듬으면서 뛰어 일어났다. 그 곁에 누워 있던 페에지카는 털 오바 속에 머리를 디밀고 있었다. 그리고는 한쪽 발뒤꿈치로는 오바 아래에서 내민 다른 쪽 다리의 보기 좋은 정강이를 문지르면서 자고 있는 척하고 있었다.

어제 저녁에 미리 딸기 따러 가기로 약속해 두었던 것이다. 그래서 타라아스카가 밤일에서 돌아오면 누이동생들을 깨워 주기로 했던 것이다.

그래서 지금 깨우는 것이었다. 밤일을 할 때는 숲 속에 앉아서 졸음이 오지 않도록 애썼으나 지금은 팔팔하고 조금도 졸리지 않고 누이동생들과 함께 딸기 따러 가려는 것이다. 어머니가 우유 한 사발을 주었다. 그는 제 손으로 빵을 썰어서 높은 걸상이 달린 테이블 위에 놓고 먹었다.

그는 셔츠에 팬티만 입고 서둘러서 먼지 속에 맨발자국을 남기면서 뛰어 나간다. 길에는 앞선 아이들의 발가락 자리도 뚜렷한 크고 작은 발자국들이 남아 있었다. 계집아이들의 모양이 수북히 쌓인 나무 잎사귀 사이로 작고 붉은 점으로 보였다. 전날 밤에 그들은 작은 병이나 통을 준비해 두었다. 그리고는 아침이 되면 밥도 먹지 않고 빵도 가지지 않고 성상 앞에 두어 번 십자를 긋고는 밖으로 뛰어 나오는 것이었다. 타라아스카는 큰 숲을 지나서 그들을 따라갔다. 거기는 길에서 벗어난 곳이었다.

이슬이 풀잎 위에 덤불 위에 그리고 낮은 나뭇가지 위에 내려 있었다. 계집아이들의 작은 맨발은 곧 벗었다. 그리고 처음에는 차가웠으나 부드러운 풀 위나 올록볼록한 땅을 걷고 있노라면 따듯해졌다. 딸기를 찾아낸 곳은 나무를 찍어낸 빈터였다. 계집아이들은 맨 처음에 작년 나무를 찍어 낸 숲으로 들어갔다. 어린 나무 순이 생겼을 뿐이고 축축한 관목 사이에 키 작은 풀이 난 곳이 보였다. 그 풀 속에는 푸른 것 연분홍빛 새빨갛게 익은 것 등 들 딸기가 많이 보였다.

계집아이들은 허리를 활같이 굽히고 햇볕에 탄 자그만 손으로 딸기를 하나 하나 땄다. 따면서도 조금 잘되지 못한 딸기는 자기네들 입 속에 집어넣고 잘된 것은 통 안에 집어넣었다.

"오리구우시카는 다른 아이들로부터 떨어져서 산 맞은편 저쪽에 재작년 찍어낸 숲 속으로 들어갔다. 거기에는 어린 나무들이 특히 호도나무와 단풍나무가 사람의 키 만큼씩 자라나 있었다. 풀이 무성했다. 딸기는 다른 데 것보다 더 큼직하게 달려 있었다. 그리고 풀에 가려져 있었으므로 물기도 많고 싱싱했다.

"구로오시카!"

"왜?"

"승냥이가 나오면 어떻게 하니?"

"승냥이가 나온다구? 그런 걱정은 하지마, 조금도 무섭지 않아!"

구로오시카가 대답했다. 그리고는 승냥이 따위는 다 잊어버리고 그녀는 쉴새 없이 땄다. 그리고 이따금 잘 익은 것이라도 통에 넣지 않고 자기 입에 넣는 것이었다.

"어머나 타라아스카는 골짜기를 넘어갔네! 타라아스카야!"

"어어이!"

하고 골짜기 건너편에서 타라아스카가 대답했다.

"이리 와아―"

"정말 그래. 저리로 가보자꾸나. 저쪽에 더 많을 거야."

계집아이들은 나무에 매달리면서 언덕을 기어 내려서 골짜기 저쪽의 움터로 들어갔다. 거기에서 그들은 곧 딸기가 가득하고 해가 잘 쪼이고 짧은 풀들이 우거진 경사지를 찾았다. 모두들 한 마디도 없이 그저 손과 입술을 쉴새 없이 놀리고 있었다.

그런데 갑자기 그 침묵을 깨뜨리고 그들의 바로 곁에서 무엇인가 후닥닥 뛰어 나왔다. 그것은 풀과 나무 사이를 뚫고 큰소리를 냈다.

구로오시카는 놀라서 뒤로 벌렁 자빠지는 바람에 애써서 딴 딸기를 절반이나 엎질러 버렸다. 그리고는,

"어머니!" 하고 부르면서 울기 시작했다.

"토끼다, 토끼야! 타라아스카 토끼가 있네!"

하고 오리구우시카가 숲 속을 재빨리 뚫고 뛰어가는 귀가 벌쭉한 회색 토끼 등을 손가락질하면서 말했다.

"어찌된 거냐?"

하고 오리구우시카는 토끼가 보이지 않게 되자 구로오시카를 보고 물었다.

"승냥인 줄 알았어!"

하고 구로오시카가 대답했다. 그리고는 놀람과 공포의 눈물을 짜고 난 뒤라 웃음이 터졌다.

"아주 바보야!"

"하지만 무서웠어!"

하고 구로오시카는 웃음을 섞어서 말했다. 그들은 딸기를 따면서 또 앞으로 나갔다. 해는 벌써 높이 떠서 밝은 빛과 그림자로 나뭇잎을 곱게 물들이고 이슬 속에 번쩍였다. 계집아이들은 이슬 때문에 허리통까지 옷을 적시고 있었다.

어느 새 숲 끝까지 나왔다. 그리고는 앞으로 나가면 있으리라 생각하고 더욱 앞으로 나갔다. 그러자 그때 늦게 나와서 반대쪽으로부터 따고 오던 계집아이들과 어른들의 목소리가 들렸다. 조반시간쯤 되어 딸기가 통이나 병에 가득 찼을 때 계집아이들은 딸기 따러 온 아주머니 아쿠리이나를 만났다. 그녀의 뒤에는 커다란 배통에 셔츠만 입고 모자도 안 쓴 사내아이가 살이 쪄서 구부스레한 예쁜 발로 아기장아기장 걸어 왔다.

"이 애는 나를 따라 오겠다고 떼를 쓰고 듣지 않아!"

하고 아쿠리이나는 아이를 들어올리면서 계집아이들에게 말했다.

"하기는 데리고 집을 봐 줄 사람도 없기는 하지만."

"그런데 아까 커다란 토끼가 뛰어나왔어요. 깜짝 놀라서 큰소리를 냈어요."

"정말이냐?"

하고 아쿠리이나는 아이를 내려놓으면서 말했다. 그리고 나서 계집아이들은 아쿠리이나와 헤어져서 또 딸기를 따기 시작했다.

"조금 쉬자꾸나."

하고 오리구우시카는 호도나무 숲 그늘에 앉았다.

"시장해! 빵이라도 가져왔더라면 좋았을 걸!"

"나도 먹고 싶어!"

하고 구로오시카도 말했다.

"아쿠리이나아줌마가 큰소리로 부르고 있네, 들리나? 네에— 아쿠리이나아주머니!"

"오리구우시카아!"

하고 아쿠리이나가 고함쳤다.

"뭐예요오?"

"그 애가 ― 거기 있니?"

"없어요!"

이윽고 숲 속을 뛰는 소리가 나더니 치맛자락을 무릎까지 걷어올리고 바구니를 팔에 걸친 아쿠리이나가 나타났다.

"그 애를 못 봤니?"

"못 봤어요."

"아이고 어떡할까! 미시카 ―아 ―"

"미시카― 아―"

대답은 없었다.

"아이고 어떡하면 좋아! 이 넓은 숲 속에서 길을 잃었으니!"

오리구우시카는 일어서서 구로오시카와 함께 찾으러 떠났다. 아쿠리이나아주머니는 다른 방향으로 떠났다. 그들은 연거푸 큰소리로 미시카의 이름을 불렀다. 그러나 대답은 없었다.

"지쳤어!"

하고 뒤로 움츠리고 앉으면서 구로오시카가 말했다. 그러나 오리구우시카는 쉴새 없이 소리를 지르면서 사방을 돌아보며 여기 저기를 살펴보았다. 아쿠리이나의 슬픈 목소리는 커다란 숲 멀리까지 들렸다. 오리구우시카는 찾기를 그만두고 집으로 돌아갈까 생각했다. 생생한 어린 옷나무 그루 밑에 우거진 속에 그녀는 무슨 새인지 ― 아마 새끼를 끼고 있던 샌가 ― 성난 듯이 죽어라고 울어대는 소리를 들었다. 그 새는 확실히 무엇이 두려워서 성내고 있는 것이었다. 오리구우

시카는 꽃이 핀 키가 큰 풀이 우거진 깊숙한 속을 들여다보았다. 그랬
더니 그 속에는 나무와는 다른 자그마한 푸른빛으로 무엇이 보였다.
그녀는 가만히 서서 조심해 보았다. 미시카였다. 새가 무서워서 성내
고 있던 것이 바로 미시카였다.

미시카는 머리 밑에 손을 고이고 통통한 배통을 땅에 대고 엎드려
있었다. 오동통하게 살쪄서 구부스레 예쁜 두 발을 쭉 뻗고 기분 좋게
잠들어 있었다.

오리구우시카는 아주머니를 불렀다. 그리고는 아기를 깨워서 딸기
를 주었다. 오리구우시카는 그 후 만나는 사람마다 집에서는 부모나
이웃 사람들에게 자기가 어떻게 아쿠리이나의 아이를 찾았느냐 하는
이야기를 하는 것이었다.

3

태양은 벌써 숲 뒤를 지나 높이 떠서 대지와 그 위의 만물을 내리
쪼이고 있었다.

"오리구우시카미 먹 감으러 안 가?"

하고 뒤에서 따라오던 계집아이들이 말했다. 그리고는 모두들 노래
를 부르면서 개울로 갔다. 뛰어다니고 끽끽 소리를 지르면서 발로 물
을 걷어차면서 그녀들은 서쪽에서 검은 구름이 일어나 해가 구름에
가리웠다가 또 보인 줄도 또 그 근처의 꽃과 흰 벚나무 잎으로 향기로
웠던 것도 또 멀리에서 뇌성이 나는 줄도 몰랐다.

그녀들은 비가 쏟아져서 푹 젖어 버릴 때까지 옷을 갈아입지 않았
다. 비에 젖어서 살에 달라붙은 거무스레한 스커트를 입은 계집애 둘
이 집으로 뛰어가서 무엇을 우적우적 씹어 먹으면서 감자밭에서 일하

고 있는 아버지에게 점심밥을 가져갔다.

그녀들이 집으로 돌아가서 점심을 먹을 무렵에는 젖었던 스커트가 벌써 다 말랐다. 딸기를 골라내고 컵 속에 넣어서 니코라이·세미요노빗치의 별장으로 가져갔다. 거기서는 언제나 좋은 값으로 잘 사주었으나 이번에는 거절당했다.

파라솔 그늘 아래에서 커다란 안락의자에 걸터앉아 더위에 지쳐 버린 마리아가 딸기장수 계집아이들을 보더니 손에 들고 있던 부채로 몰아쳤다.

"안 사! 안 사!"

그러나 학교에서 머리를 너무 써서 학교에 가지 않고 이웃 아이들과 크로케를 하며 놀고 있던 열두 살 난 맏아들 와아리아는 딸기를 보고 오리구우시카에게 달려왔다. 그리고는,

"얼마냐?"

"30카페카입니다."

"비싼데,"

하고 장남이 말했다. 그는 어른들이 늘 그렇게 말하므로 그 흉내로 비싼데 하고 말한 것이었다.

"조금만 기다려, 저쪽으로 돌아와."

하고 그는 유모를 찾으러 뛰어 갔다. 그 동안 오리구우시카와 구로우시카는 작은 집들과 숲이나 뜰이 비쳐 보이는 유리알을 정신 없이 바라보고 있었다. 그 유리알이나 또 다른 것들도 그녀들에게는 별로 크게 놀랄만한 것은 못 되었다. 왜냐하면 그녀들은 부잣집 사람들의 신비스럽고 이해할 수 없는 세계의 것은 무엇이든 신기한 것이라고 이전부터 생각해 왔기 때문이었다.

와아리아는 유모에게 가서 30카페카를 졸라댔다. 유모는 20카페

카면 충분하다고 하면서 상자 속에서 돈을 꺼내어 주었다. 와아리아는 간밤의 피곤한 잠에서 방금 깨어나서 담배를 피우면서 신문을 보고 있는 아버지의 눈을 피해 계집아이들에게 20카페카를 주고 쟁반에 딸기를 받아서 정신 없이 먹었다. 집에 돌아가자 오리구우시카는 20카페카를 꽁꽁 싸 두었던 손수건을 이빨로 끌러서 어머니에게 드렸다. 어머니는 그 돈을 두고 나서 개울로 가지고 갈 빨래를 주워 담았다.

조반 후 아버지와 함께 감자밭 김을 다 매고 난 타라아스카는 우거진 참나무 그늘 아래서 단잠을 자고 있었다. 그의 곁에서 아버지는 마구를 풀은 채 매어 놓은 말을 지키고 있었다. 남의 밭과의 둔덕에 있는 풀을 뜯어먹으므로 보리밭이나 남의 땅에 들어가서 먹지 못하게 감시하고 있는 것이었다.

그 날도 니코라이 · 세미요노빗치의 집에서는 모든 일이 여느 때나 다름없었다. 세 접시의 요리로 된 런치를 차려 놓았다. 아까부터 파리들이 달려들어 빨아먹고 있었다. 그러나 밥상에는 아무도 앉아 있지 않았다. 모두가 식욕이 없었기 때문이었다.

니코라이 · 세미요노빗치는 자기의 견해가 옳은 것에 만족하고 있었다. 그 날 아침 신문을 보니 자기 견해의 정당성이 뒷받침되는 것이었다. 마리아는 평온했다. 왜냐하면 고오가가 먹은 약이 잘 들었기 때문이었다. 의사도 만족하였다. 왜냐하면 자기가 한 치료가 좋은 결과를 나타냈기 때문이었다. 와아리아도 만족스러웠다. 왜냐하면 딸기 한 쟁반을 다 먹었기 때문이었다.

살아 있는 송장

아아, 긴 세월 괴로워하던 조국이여!
러시아 백성이 살고 있는 땅이여!

이튿날 아침 나는 아주 일찍 눈을 떴다. 해는 이제 막 솟아오르고 있었다. 하늘에는 구름 한 점 없었다. 사방은 모든 것이 두 갑절로 빛나고 있었다. 아침의 새로운 빛이 엊저녁의 소나기가 지나간 자리를 비치고 있기 때문에 마차 준비를 시키고 있을 동안 나는 빈들빈들 작은 과수원 쪽으로 걸어갔다. 그 과수원은 여태까지 거칠 대로 거칠던 뜰이었는데 그 주위는 비에 흠뻑 젖어서 향긋한 냄새가 풍기고 있는 숲으로 둘러싸여 있었다.

아아, 밝은 하늘 아래 자유로이 공기를 들이마시니 얼마나 좋은가. 맑고 맑은 하늘에는 종달새가 지저귀고 방울 같은 노랫소리가 은구슬처럼 내려온다. 그 날개에는 필경 이슬방울이 실려 있으리라. 노래조차도 이슬에 젖어 있는 듯하다. 나는 모자를 벗고 가슴에 하나 가득 유쾌하게 숨을 마셨다. 낮은 계곡 경사 위로 생울타리 가까이 별이 보인다. 그리고 저쪽으로 욱 자란 풀들이 두꺼운 벽처럼 우거진 사이를 꿰뚫고 구불구불 오솔길이 뱀처럼 기어간다. 그 위로 새파란 삼대가 뾰족이 솟아올라 자라나고 있었다.

나는 그 오솔길을 구불구불 따라서 벌집이 있는 데까지 갔다. 그 곁에는 작고 가느다란 가지를 얽어서 만든 모두막집이 서 있었다. 그것은 겨우내 벌집을 넣어두는 곳이었다. 나는 반쯤 열려 있는 문짝 틈으로 들여다보았다. 안은 어둡고 조용하고 건조했다. 그리고 박하와 향유 냄새가 풍기고 있었다. 구석에는 네 다리 대가 놓여 있고 그 위에는 헝겊을 푹 덮어쓴 무엇인지 작은 것이 있었다.

……나는 거기를 떠나려고 했다……

"서방님, 서방님! 뾧들 뻬또로비치!"

나직하고 쉰 듯한 목소리였다. 마치 갈대가 나부끼는 소리 같은 음성이었다. 나는 걸음을 멈추었다.

"뻬또로비치님! 제발 좀 들어와 주세요."

그 소리가 되풀이되었다. 그것은 구석의 네 다리 대에서 들려오는 것이었다. 나는 그 곁으로 다가가 보았다. 그리고는 깜짝 놀라 그 자리에 멈춰 섰다. 내 앞에는 살아 있는 사람이 가로누워 있었다. 그게 무엇일까?

머리는 아주 말라빠져서 고른 고동색이었다. 마치 낡아서 누렇게 된 생선 같았다. 날카로운 코는 뾰족한 칼 같았고, 입술은 어디에 붙어 있는지 알아 볼 수가 없었다. 단지 이빨과 눈만 하얗게 빛나고 있었다. 수건 아래는 샛노란 털이 몇 줄기 이마 위로 흩어져 있었다. 이불이 접혀져 있는 턱 밑에는 마찬가지로 고동색의 작은 두 손이 움직이고 있고 작은 나뭇가지 같은 손가락이 놀고 있었다.

나는 더욱 주의해 보았다. 그 얼굴은 추하다기보다 오히려 아름다운 얼굴이었다. 그러나 어딘지 처절한 느낌이 들었다. 그 얼굴이 나에게 한층 더 처참하게 보인 것은 그 금속 같은 뺨 위에서 괴롭고 괴로운 듯한 미소를 보았기 때문이다.

"저를 알아보지 못하시겠습니까? 서방님!"

그 목소리가 다시 들려왔다. 그러나 입술은 거의 움직이지 않았다.

"예, 당연한 일이구 말구요, 어찌 알아볼 수 있겠습니까! 저는 류케 랴입니다. 기억하고 계시는지요. 당신의 어머님 스바스코에 님의 저택에서 무용을 가르치고 있었습니다. 기억하고 계십니까? 합창 지휘도 하던 저를……."

"루케랴!"

나는 외쳤다.

"너였나? 그런가!"

"예, 서방님, 저는 그 루케랴 옳습니다."

나는 할 말을 잃었다. 그리고 죽은 사람 같은 맑은 눈을 나에게 던지고 있는 어둡고 움직이지 않는 얼굴을 멍하니 바라보았다. 이런 일이 있을 수 있을까? 미라 같은 루케랴는 우리 집안에서 제일 아름답던 여자로서 키가 크고 살도 보기 좋게 붙은 윤기 흐르던 살결, 노래하며 생글생글 웃던 그 여자 루케랴라고는 도저히 상상할 수도 없는 일이었다.

영리하고 빼어나게 예쁘던 루케랴에 대하여 젊은 사나이들은 모두 그녀의 사랑을 구했고 그 당시 16세의 소년이었던 나도 남몰래 가슴을 태웠던 것이다.

"오오, 루케랴!"

나는 외쳤다. 그리고 물었다.

"대체 이게 어찌된 일인가?"

"네, 아주 몹쓸 꼴을 당했습니다. 싫지 않으시다면 저의 딱한 이야기를 좀 들어주세요. 이 작은 통 위에 걸터앉으시고……, 좀더 가까이! 그렇지 않고는 소리가 들리지 않으니까요. 이제는 목소리도 제대로 나오지 않습니다. 그러나 이렇게 뵐 수 있어서 기쁩니다. 어떻게 서방님은 이 아레루 세푸카에까지 오셨습니까?"

루케랴는 아주 나직하고 연약한 소리로 말했지만 단숨에 궁금한 것을 물었다.

"사냥꾼 엘모라이가 데리고 왔지. 그것보다도 듣고 싶은 것은……."

"저의 신세타령 말씀입니까? 예, 이야기하구 말고요. 훨씬 이전에 6 ,7년 전 일입니다. 그때 저는 봐실리 뽀리야코프하고 막 결혼했던 때입니다. 기억하고 계십니까? 그 아름다운 곱슬머리의……. 참으로 훌륭한 사나이로 서방님의 어머님 시중을 들던 남자였습니다. 하기는, 그때 서방님은 시골에 계실 때였으니까. 봐실리와 저는 깊이 사랑하고 있었습니다. 저는 아무리 해도 그 사람을 잊을 수 없었습니다. 그런데 어느 해 봄에 일이 생겼습니다."

그녀의 이야기는 이렇게 계속되었다.

"어느 날 밤의 일이었습니다. 얼마 안 되어 밤이 샐 무렵이었지요. 저는 좀처럼 잠이 오질 않았습니다. 누가 꾀꼬리 같은 고운 목소리로 뜰에서 노래하고 있었습니다. 저는 침대에서 일어나 그 노래 소리를 들으려고 계단까지 나가지 않을 수 없었습니다. 꾀꼬리는 약간 떨리는 목소리로 그칠 줄 모르고 노래를 부르고 있었습니다. 그때 갑자기 누가 나를 부르는 것 같았습니다. 그것은 봐실리가 부드러운 목소리로 '루케랴' 하고 부르는 것 같았습니다.……저는 사방을 둘러보았습니다. 그런데 아직 잠이 채 깨지 않았던 탓이겠지요. 그만 헛 딛고 맨 윗 계단에서 땅으로 굴러 떨어졌지요. 그러나 저는 그리 대단하게 다쳤다고는 생각지 않았습니다. 이내 일어서서 제 방으로 돌아갈 수 있었으니까요. 다만 몸 속 어딘가 다친 데가 있었던 것 같습니다. 서방님 조금 숨을 돌리겠습니다. 조금만……. 죄송합니다."

루케랴는 이야기를 멈추었다. 나는 그녀를 보면서 놀랐다. 그녀가 재미있다는 듯이 거의 한숨도 쉬지 않고 신음소리도 안 내고 불평도 하지 않고 동정도 바라지 않고 그 이야기를 했기 때문이다.

"그 일이 있고 나서부터는"

하고 루케랴는 다시 이야기를 이었다.

"저는 점점 마르고 여위기 시작했습니다. 그리고 저는 두 다리를 쓰지 못하게 되어 설 수도 앉을 수도 없게 되고……. 종시 누워 있게 되었습니다. 식욕이 없어지고 건강이 날로 나빠졌습니다. 서방님의 어머님은 친절하게도 의사에게 보여 주었습니다. 입원도 시켜주셨습니다. 하지만 병원에 입원해도 차도가 없었습니다. 더구나 의사들은 무슨 병인지조차 알지 못했습니다. 의사는 여러 방법으로 치료해 주었습니다. 뜨거운 인두로 척추를 지지기도 하고 얼음으로 전신을 식혀 보기도 했으나 아무 효과가 없었습니다. 나중에는 전신이 마비되고 말았습니다. 마침내 의사로부터 더 이상 치료해도 소용없다는 진단을 받았고, 병신을 서방님 댁에 두었댔자 별수 없으므로……. 말하자면 그와 같은 이유로 이리로 옮기게 된 것입니다. 여기에는 친척도 있고 해서지요. 보시다시피 내가 여기서 이렇게 지내는 것은 그런 까닭입니다."

루케랴는 다시 입을 다물었다. 그리고 미소를 지어 보였다.

"그렇지만 이건 너무 한데…… 이런 곳에서……"

나는 입을 열었지만 아무 말도 더는 나오지 않았다. 나는 잠시 후 또 물어 보았다.

"그 봐실리 포리야코프는 어떻게 됐나?"

그것은 참 싱거운 질문이었다. 루케랴는 잠깐 시선을 피했다.

"포리야코프는 어찌 됐느냐 말씀이죠? 그이는 슬퍼해 주었습니다. 조금은 슬퍼해 주었습니다. 하지만 다른 여자하고…… 그린노우에 태생의 아가씨하고 결혼했습니다. 그린노우에를 아시지요? 여기서 멀지 않습니다. 아가씨 이름은 아구라패나라고 했습니다. 그이는 정말 저를 사랑해 주었습니다. 하지만 그는 젊은 걸요. 언제까지 독신으로 있을 수는 없는 걸요. 그리고 이 꼴이 되고 만 저로서는 그이의 상대가 될 수 없었습니다. 그 이가 골라낸 색시는 얌전하고 어여쁜 아가씨였습니다. 게다가 벌써 아기까지 낳았습니다. 그이도 여기에 살면서 가까운 데서 서기 노릇을 하고 있습니다. 서방님 어머님께서 신원보증을 서서 휴가를 주셨으니까요. 잘들 지내고 있는 모양입니다. 고맙지 뭐예요."

"그럼 너는 늘 여기에만 누워 있었군?"

나는 다시 물었다.

"예, 벌써 7년이나 됩니다. 여름에는 이 움막에 누워 있습니다만 추워지면 목욕간 있는 데로 옮겨가서 누워 있습니다."

"누가 시중을 들어주나? 간호해 주는 사람이 있나?"

"예, 그거야 어디든지 친절한 사람은 있는 법이니까. 여기에서도 저는 그대로 내버려두어지지는 않습니다. 게다가 저는 여러 사람들에게 과히 수고를 끼치지 않아도 됩니다. 음식도 남과 같은 것을 먹고 물은 이 병 속에 들어 있습니다. 언제나 이 병에는 맑은 물이 가득 차 있습니다. 병까지에는 손이 닿으니까요. 한쪽 팔은 아직 쓸 수 있습니다. 게다가 여기에는 고아인 작은 계집아이가 있어서 때때로 와서 시중을 들어줍니다. 그 애는 퍽 친절한 아이입니다. 아까도 와 있었는데요. 만나지 않았던가요? 참 귀엽고 예쁜 아이입니다. 그 아이가 가끔 꽃 같은 걸 가져다 줍니다. 옛날에는 뜰에 꽃들이 많았었지요. 그러나 지금은 아주 없어졌습니다. 그런데 들꽃도 냄새는 좋은 걸요. 정원의 꽃보다 더 좋은 향기가 납니다. 저 산 백합꽃 같은 건…… 참 좋은 향기가 나는 걸요."

"그래도 루케랴, 너는 심심하다던가 따분하다던가 그렇지는 않나?"

"하지만 별수 없지 않습니까? 저는 거짓말을 하기는 싫습니다. 처음에는 꽤 괴롭다고 생각했습니다. 그러나 그러는 사이에 차츰 익숙해져서 지금은 참는 습관이 생겼습니다. …… 이제는 아무렇지도 않습니다. 다른 사람들 중에는 저보다 더 불행한 사람도 있으니까요."

"그건 어떤 사람이냐?"

"세상에는 비바람을 피할 오막살이마저 없는 사람도 있고, 눈이 보이지 않는 사람이나 귀가 들리지 않는 사람도 있는데 저는 어쨌든 눈이 똑바로 띄어 있기도 하고 무엇이든 들을 수 있습니다. 두더지가 땅속에서 굴을 파면 그것까지도 저에게는 들립니다. 그리고 아무리 약한 냄새라도 맡을 수 있습니다. 밭에 있는 보리나 들의 보리수에 꽃이 피면 나는 그것을 누군가에게 듣지 않고도 먼저 알고 있습니다. 바람이 냄새를 실어오는 것이지요. 신의 뜻에 어긋나는 사람은 저보다 훨씬 더 심한 꼴을 당하지요. 정말입니다. 몸이 성한 사람은 누구라도 죄에 빠지기 쉽지만 저는 이젠 죄라는 것과도 인연이 멀어졌는걸요. 얼마 전에도 아레크세이 사제가 성찬식(聖餐式)을 드리러 오셨을 때 '너는 참회할 필요가 없을 거야, 이렇게 있으면 죄를 범할 도리가 없을 테니!'라고 말씀하셨습니다. 그러나 저는 이렇게 대답했습니다. '마음속에서 범하는 죄는 어떻게 하지요?'라고 한즉 사제님은 '글쎄, 대단한 죄는 아니겠지'라고 하면서 웃으셨습니다. 그렇습니다. 저는 마음속에서도 큰 죄를 범하고 있지 않는 줄로 알고 있습니다."

루케랴는 이야기를 계속했다.

"왜냐고 말씀드리자면 저는 만사를 생각하지 않도록, 더욱 지나간 일을 생각해 내지 않도록 애써 왔으니까요. 그래서 시간은 아주 빨리 흘러갑니다."

나는 아주 놀랐다.

"루케랴, 너는 노상 혼자 있는데 어찌 생각도 하지 않고 견딜 수 있단 말이냐? 내내 잠만 잘 리는 없는데."

"아니 서방님! 내내 자는 게 다 뭡니까. 별로 모질게 아픈 데는 없지만 그래도 오른쪽 안과 뱃속에도 아픈 데가 있어서 마음대로 잘 수가 없는 걸요. 그러나 이렇게 홀로 드러누워 있기는 하나 아무런 생각도 하지 않습니다. 저는 그저 내가 살아 있어서 숨을 쉬고 있다는 것을 느낄 따름이고 그것에만 정신을 팔고 있습니다. 꿀벌은 벌집 속에서 윙윙하고 날아다니기도 하고 울기도 합니다. 비둘기는 지붕 위에 내려앉아 꼬로록 꼬로록 울고 있습니다. 암탉은 병아리를 거느리고 빵 부스러기 따위를 쪼려고 웁니다. 그리고 새나 나비가 날아들기도 하고 , 꽤 재미나는 위안이 있습니다. 작년에는 제바가 저 구석에 둥지를 틀었지요. 새끼를 몇 마린가 깠습니다. 아주 재미있었습니다. 한 마리가 날아 둥지로 돌아오면 가까이 날아가서는 새끼에게 먹이를 줍니다. 그리고는 곧 또 날아가 버립니다. 그러자 또 다른 놈이 들어옵니다. 어떤 때는 둥지 안으로 들어가지 않고 문간을 지나쳐 버리는 일도 있었습니다. 그러면 어린 새끼들이 쩍쩍거리며 울어대지요.……저는 이듬해도 또 와 달라고 했으나 듣자니 어떤 포수가 총으로 쏘았다지 않아요! 대체 그런 것을 잡아서 어쩌려구! 제비 따위는 풍뎅이벌레 만큼도 쓸모가 없을 건데…… 대체 사냥이라는 것은 아주 잔인한 짓입니다."

"나는 제비 따위는 쏘아본 일이 없어."

하고 당황해서 대답했다.

"하지만 한번은……"

하고 루케랴가 또 이야기를 이었다.

"참 우스운 일이 있었는걸요. 토끼가 한 마리 뛰어들어왔어요. 산토끼 말입니다. 아마 사냥개한테 쫓긴 것이겠지요. 문으로 뛰어들어온 걸요. 바로 내 곁에 웅크리고 앉아서 꽤 오랫동안 가만히 있었습니다. 쉴새없이 코를 쿵쿵거리기도 하고 수염을 움실움실 하기도 하면서 말씀이죠. 꼭 나리나 되는 것처럼! 그리고는 내 있는 쪽을 보는 걸요. 틀림없이 내가 무서운 적이 아니라는 것을 알았는가 봐요. 마침내는 일어서서 깡충깡충 문간으로 뛰어가서 밖을 살펴보는 거죠. 그때 그 꼴은 무어라 하면 좋을지! 참으로 재미있어요!"

루케랴는 우습지 않으세요? 라고나 하듯이 나를 보았다. 그녀를 만족시키려고 나도 웃었다. 그녀는 마른 입술을 촉촉하게 적셨다.

"겨울이 되면 아무래도 더 나빠집니다. 내내 어두컴컴하니까요. 촛불을 켜는 것도 비참하고 켰댔자 소용없는 걸요. 책이나 읽는다면 소용되겠지요. 저는 그 전부터 책읽기를 좋아했습니다. 하지만 무엇을 읽어야 좋을까요? 읽을 책이라곤 한 권도 없는 걸요. 있다 하더라도 손에 들 수 있어야지요. 아레쿠세이 사제가 위안이 되리라고 하시면서 달력을 가지고 왔다가 소용없으리라 생각하시고는 도로 가져가고 말았습니다. 하지만 캄캄한 어둠 속에서도 귀를 기울이고 있노라면 어느 때나 무슨 소리가 들립니다. 귀뚜라미가 울거나 쥐가 무얼 갉거나 하는 것이지요. 그런 때지요. 아무 것도 생각하지 않는 편이 낫다고 말씀드린 것은! 저는 기도할 때에도 무릎을 꿇을 수가 없지요"

루케랴는 잠깐 숨을 돌리고 나서 또 이야기를 이었다.

"저는 그리 많이는 기도의 말씀을 알지 못하지만, 그리고 무엇이든 하나님에게 폐를 끼칠 일이 있어야지요. 제가 새삼스레 무엇을 바랄 것이 있겠습니까? 하나님은 제게 있어서는 안될 것을 저보다 더 잘 알고 계시는 걸요. 하나님은 제게 십자가를 주셨습니다. 그것은 저를 사랑해 주시기 때문입니다. 저는 항상 《죽음의 기도》, 《마리아의 찬미》, 《모든 괴로워하는 자의 소원》 을 되풀이하고 다시 조용히 드러누워 있습니다. 아무 것도 생각하지 않고 그리고 저는 아무 일도 없이 그 날 그 날을 보내고 있습니다."

2분쯤 침묵이 흘렀다. 나는 그 침묵을 깨뜨리지 않고 좁은 통 위에 꼼짝도 않은 채 걸터앉아 있었다. 내 앞에 누워 있는 이 살아 있는 비참한 생물의 처참한 돌과 같은 적막이 나에게도 옮아 왔다. 나는 어쩐지 마비되는 것 같았다.

"그래 루케랴!"

하고 나는 드디어 입을 열었다.

"나는 이렇게 생각하는데 어떨까? 너를 병원에, 시내에 있는 좋은 병원에 입원시켜 주려고 생각하는데. 어때? 아직 나을 수가 있을지도 모르는 거야. 어쨌든 홀로 이렇게 내버려둘 수는 없어……."

루케랴의 눈썹이 약간 움직였다.

"아니에요. 제발."

그녀는 난처한 듯이 나지막한 소리로 대답했다.

"병원 따위에는 보내지 마세요. 저의 걱정은 마세요. 그런데 가면 도리어 고통이 더해질 뿐입니다. 이제 이렇게 되고서는 나을 가망이 없습니다. 전에 어떤 의사가 오셔서 저를 진찰해 보시겠다고 말씀했습니다. 저는 제발 소원이니 그냥 내버려 두어달라고 부탁한 걸요. 그래도 듣지 않고 저를 이리 저리로 눕히고 손발을 두들겨도 보고 잡아당겨도 보고서는 '나는 학문을 위하여 이렇게 하는 것이다. 나는 학문의 종, 즉 학자이다. 그러니 너는 결코 불평을 말해서는 안 된다. 나는 여러 가지 학문에서 공로가 많아 상을 받았다. 그리고 너희들과 같은 인간을 위하여 힘쓰고 있는 거야.' 하고 말하는 거죠. 의사는 군데군

데를 콕콕 두들겨 보고는 저의 병명을 말해 주었습니다. 아주 긴 병명이었습니다만 그리고는 그냥 가버린 걸요. 그러고 나서 1주일 동안은 뼈가 쑤셔서 견딜 수가 없었습니다. 서방님은 제가 언제나 혼자 있다고 말씀하시지만 늘 그렇지는 않습니다. 동네 사람들도 가끔 와 줍니다. 그러나 별로 부탁드릴 것도 없는 걸요. 처녀 아이들도 와서는 사설도 하고 여순례(女巡禮)도 길을 잘못 들어 내게 와서는 예루살렘 이야기, 키예스 이야기나 그밖에 여러 가지 신의 도시 이야기도 해줍니다. 게다가 이제는 혼자 있어도 조금도 무섭지 않습니다. 오히려 그 편이 좋을 만큼 예, 정말 그래요. 그러니까 서방님 저의 걱정은 말아 주세요. 병원에는 데려가지 말아요…… 친절하신 건 참으로 고맙게 생각합니다. 제발 염려 말아 주세요. 정말 부디!"

"진정 그렇다면 네 좋을 대로 할 밖에. 루케야, 나는 그저 너를 위해 생각해서 말해본 것이니까."

"잘 알고 있습니다. 저를 위하는 마음에서 말씀하시는 것은. 그러나 서방님, 저를 구한다는 것이 할 수 있는 일이겠습니까? 누가 다른 사람의 마음속까지 들어갈 수 있을까요? 사람은 누구나 자기 일은 자기가 처리해야 합니다. 서방님은 내가 말씀드리는 것을 정말로 생각하지 않으시겠지만 저는 이따금 매우 쓸쓸하게 생각할 때가 있습니다.……그리고 온 세계에 저밖에는 아무도 없는 것같이 느껴질 때가 있습니다. 꼭 저 혼자만 살고 있는 것같이. 그러나 어쩐지 누가 저를 축복해 주는 것같이 생각되는 걸요. ……그리고 저는 정말 이상한 꿈 속으로 들어가는 것입니다."

"대체 어떤 꿈을 꾸는 거냐 루케랴?"

"무어라고 말할 수 없는 꿈입니다. 서방님, 잘 설명할 수는 없는 걸요. 게다가 곧 그 후에는 잊어버리고 마는 걸요. 무엇인가 구름 같은 것이 내려와서 쪽 퍼지는가 하면 정말 개운한 기분이 됩니다. 한데 그 것이 무엇인지 좀처럼 알 수 없는 걸요. 그저 사람이 곁에 있을 때는 그런 것이 조금도 보이지 않아요. 그저 저의 불행밖에는 아무 것도 느껴지지 않습니다."

루케랴는 가쁜 듯이 한숨을 쉬었다. 그녀의 호흡도 손발과 마찬가지로 제 마음대로 되지 않는 것이었다.

"서방님은 저의 염려를 많이 해주시는 것처럼 보입니다마는……"

그녀는 다시 이야기를 시작했다.

"부디 너무 걱정 마시기를 바랍니다. 안심하시기 바라며 또 다른 이야기를 하겠습니다. 저는 어떡하면 지금도……기억하고 계십니까? 제가 여렸을 때는 늘 얼마나 명랑한 여자였던가요! 정말 말괄량이였지요……. 그래서 서방님 어때요? 저는 지금도 노래를 부를 때가 있는 걸요."

"예, 옛날 노래며 합창이며 연회의 노래며 크리스마스의 노래며 여러 가지 것을 부르는 걸요. 저는 노래를 외워서 아직 잊지 않고 있습니다. 다만 무용 노래만을 부르지 못합니다. 이런 몸이 되어버렸으니까요"

"어떻게 부르나? 화풀이로인가?"

"네, 답답증을 풀기 위해서입니다. 큰소리는 내지 못하지만 남이 알아들을 만큼은 부르는 걸요. 아까 조그만 계집아이가 저의 시중을 들어준다고 말씀드렸는데 그 계집아이는 정말 영리한 고아입니다. 저는 그 아이에게 가르쳐 주었습니다. 그 애는 지금은 네 가지 노래를 외우고 있는 걸요. 이런 이야기는 곧이 들리지 않겠지만 잠깐만 기다려 보세요. 노래를 곧 불러보겠습니다."

루케랴는 숨을 돌렸다. 반은 죽은 것 같은 인간이 노래를 부르려는 생각이 나의 마음에 무어라 말할 수 없는 공포감을 주었다. 그러나 내가 아직 한 마디도 말하기 전에 길게 뽑은 겨우 들릴까 말까한 그러나 맑고 잔잔한 가락이 귀에 울려왔다. 그것은 두세 번 연거푸 들려왔다. '목장에서' 라는 노래를 루케랴는 불렀다. 그녀는 노래를 불렀다. 그러나 돌 같은 얼굴 표정은 조금도 변하지 않고 눈마저 한군데에 못 박힌 것처럼 한 채였다. 그러나 연기처럼 떨리고 실같이 가는 그 목소리가 얼마나 마음을 울려주는지 감동은 말로 표현할 수 없는 것이었다. 그녀가 얼마나 간곡히 그 속에 영혼을 넣으려 하는가를 느낄 수 있었다. 나는 이제 아무 공포도 느끼지 않았다. 내 가슴은 이루 말할 수 없는 연민의 정으로 가득 찼다.

"아아, 이제는 틀렸습니다."

하고 갑자기 루케랴는 말했다.

"이젠 힘이 없습니다. 만나 뵌 기쁨으로 마음이 뒤집힌 것 같습니다."

그녀는 눈을 감았다. 나는 그 차갑고 자그마한 손가락 위에 나의 손을 얹었다. 그녀는 힐끔 나를 보았으나 금빛 눈썹으로 둘러싸인 검은 눈은 다시 덮이고 낡은 조각처럼 조용히 움직이지 않았다. 조금 있노라니 두 눈이 어둠 속에서 번쩍였다. 눈물에 젖어 있는 것이었다. 나는 움직이지 않고 가만히 있었다.

"저는 정말 바본 걸요."

하고 불쑥 루케랴는 난데없이 힘차게 말했다. 그리고 눈을 커다랗게 떴다. 그녀는 눈을 깜빡거려서 눈물을 떨어뜨리려고 했다.

"부끄럽습니다. 무슨 까닭인지 모르겠습니다. 이런 일은 아주 오랫동안 없었는데…… 작년 봄 봐실리 포리야고프가 오던 날 이후로는 없는 일인 걸요. 그이가 내 곁에 앉아서 이야기하고 있을 동안은 아무렇지도 않았으나 가 버리고 나니까 갑자기 쓸쓸해져서 얼마나 울었는지 몰라요. 저는 어찌 눈물을 흘렸을까요. 대체로 우리들 여자들은 아무 것도 아닌 일에 눈물을 흘리는 걸요. 서방님!"

하고 루케랴는 덧붙여 말했다.

"서방님 손수건 가지고 계시지요? 괜찮으시다면 좀 닦아주세요."

나는 얼른 그녀가 원하는 대로 해주었다. 그리고 그 손수건을 루케랴에게 주었다. 처음에는 그것을 받으려고 하지 않았다.

"이런 것이 저한테 무슨 소용이 되겠습니까?"

그녀는 말했다. 그 손수건은 과히 좋은 것은 아니었으나 아직 깨끗하고 하얀 것이었다. 나중에야 그녀는 가느다란 손가락으로 쥐고서는 놓으려 하지 않았다. 나는 드디어 그 방의 어둠에 익어서 그녀의 용모를 똑똑히 알아볼 수 있었다. 고동색 얼굴 아래에 들여다보이는 섬세한 붉은 빛마저 알아볼 수 있었다. 적어도 내가 본 눈에는 아직 그 얼굴에서 아름다웠던 옛날의 모습을 찾아볼 수 있었다.

"서방님, 당신은 나에게 잠을 잘 수 있느냐고 물으셨지요?"

하고 루케랴는 다시 이야기를 꺼냈다.

"잠자는 것은 아주 얼마 안 되지만 잘 때마다 꿈을 꾸는 걸요.…… 그것은 정말 굉장한 꿈이에요. 꿈에서는 병이 없습니다. 꿈속에서는 언제나 튼튼하고 젊은 채인 걸요, 다만 한 가지 슬픈 일은 눈을 떠서 마음놓고 기지개를 켜려고 생각할 때면 마치 쇠사슬에 매인 것처럼 매우 불편한 거예요. 한번은 대단한 꿈을 꾸었지요. 그것을 말씀드릴까요? 그럼 들어보세요. 저는 목장에 서 있었습니다마는 그 주위에는 모두 키가 큰 황금같이 익은 보리밭이었어요…… 저는 붉은 강아지를 한 마리 데리고 있었습니다. ……그 놈은 심술궂은 나쁜 개여서 늘 나에게 덤벼 물어뜯으려 했습니다. 그런데 저는 낫을 한 자루 들고 있었습니다. 그것이 보통 낫이 아니고 낫 모양을 한 달님이었습니다. 그래서 저는 달님으로 보리를 벨 수가 있었지요. 저는 더워서 매우 지쳐버렸고 달님의 빛이 저의 눈을 꼭꼭 쏘는 것 같기도 하고 어쩐지 맥이 풀려 노곤해졌지요. 해바라기 꽃이 그 근방에 가득 자라나 있었고 또 아주 큰 것이었어요. 그리고 그것은 모두 나에게 머리를 돌리고 있었지요. 저는 정신 없이 그것을 따려고 했습니다. 봐실리가 오겠다고 약속을 하였으므로 우선 꽃다발을 만들만한 시간은 있으리라고 생각했습니다. 그래서 저는 따기 시작했습니다. 그런데 따도 따도 손가락 틈으로 흘러버리고 마는 것입니다. 그리고 꽃다발을 만들기란 어지간한 일이 아니었습니다. 그런데 그러고 있으니까 누가 저의 곁으로 가까이 와서 '루케랴! 루케랴!' 하고 부르는 것이었습니다. '아아! 미처 만들지 못했어! 분한 일이구나.' 하고 저는 생각했습니다. 그러나 할 수 없다고 생각하고 해바라기 대신에 달님을 머리 위에 얹었습니다. 제가 관처럼 그것을 쓰니까 곧 온몸이 빛나기 시작하고 사방이 밝아졌습니다. 그러자 어떻겠습니까? 이삭 사이를 건너서 빠른 걸음으로 나에게 다가오는 분은 봐실리가 아니고 그리스도가 아니겠습니까! 어째서 그리스도인 줄 알았는지 모르겠습니다. 그림에서 본 것과는 달랐습니다. 그분은 그리스도 님이었습니다. 수염이 없고 키가 크고 젊고 전신을 흰 꽃으로 감고 허리띠만 금빛이었습니다. 그리고 손을 내게 내밀면서 '두려워 말라. 차린 나의 신부여! 나를 따르라. 너는 천국의 합창무도를 지휘하고 낙원의 노래를 부를지어다'라고 말씀하셨어요. 그래서 저는 그 손에 매달렸습니다. 개도 저의 뒤를 따라왔습니다. 그러는 동안 우리들은 공중으로 떠올랐습니다. 하나님이 앞장서서……오리같이 긴 그 날개로 하늘에 하나 가득 펼치고, 그리고 나는 그 뒤를 따르고. 그러나 나의 개는 뒤에 남아 있지 않으면 안 되었습니다.

그때 비로소 저는 알았습니다. 그 개가 저의 병이라는 것과, 그리고 천국에는 병이 없는 곳이라는 것을."

루케랴는 잠깐 숨을 돌렸다.

"그리고 또 하나 꾼 꿈이 있습니다."

하고 그녀는 다시 이야기를 시작했다.

"어쩌면 그것은 환영이었는지도 모르지요. 전혀 저에게는 알 수 없는 것입니다. 저는 이 오두막에 누워 있었던 것 같은데 돌아가신 부모님이 오셔서 공손히 머리를 숙이고 계시면서 아무 말씀도 없었습니다. 그래서 제가 아버님 어머님 대체 어쩐 일로 저한테 절을 하십니까? 하고 물어보았습니다. 그러니까 두 분은 왜라니? 너는 이 세상에서 모진 고생을 하였다. 그 때문에 너는 영혼을 구했을 뿐 아니라 우리의 무거운 짐마저 벗겨주었다. 그러므로 저 세상에 가 있는 우리도 대단히 편하다. 너는 이미 너의 죄를 다 닦고 지금은 우리의 죄까지 모두 용서받게 하였다.' 라구요. 그리고 그렇게 말하고서는 저의 양친은 한번 다시 저에게 절을 하는 것 같더니 그대로 보이지 않았습니다. 저는 나중에 그 일이 대단히 마음에 걸렸으므로 참회할 때에 목사님께 이야기했습니다. 목사님은 그것이 환영이 아닐 거야. 환영은 중들에게만 나타나는 것이니까, 라는 말씀이었습니다."

"하나 더 이야기하지요."

하고 루케랴는 이야기를 계속했다.

"꿈속에서 저는 길가의 버드나무 아래에 앉아 있었습니다. 지팡이를 짚고 보따리를 어깨에 짊어지고 손수건으로 머리를 동여매고 마치 여순례처럼 차리고 저는 어딘지 먼 곳으로 순례의 길을 떠나야 했습니다. 순례자들은 그칠 사이 없이 저의 곁을 지나갑니다. 터벅터벅 걸어와서 모두 같은 방향으로 가버립니다. 모두 어지간히 피로한 안색으로 이 사람 저 사람 모두 비슷했습니다. 마침내 저는 그 사람들 틈에 끼어 어슬렁거리는 여자를 보았습니다. 다른 사람들보다 머리 하나 만큼 키가 크고 이상한 옷을 입고 있었는데, 러시아 사람 차림도 아니었습니다. 얼굴도 묘한 얼굴로, 야위고 험상궂은 얼굴이었습니다. 그리고 다른 사람들은 그 여자 곁을 떠나갔습니다. 한데 그 여자는 뒤돌아보더니 저벅저벅 저에게 가까이 왔습니다. 그리고는 걸음을 멈추고 저를 바라보았습니다. 저는 '누구십니까?' 하고 물었습니다. 그러자 그 여자는 '나는 너의 죽음의 귀신이다' 하고 말했습니다. 오히려 대단히 반가웠습니다. 저는 스스로 십자를 그었습니다. 그러자 죽음의 사자라는 그 여자는 '가엾지만 루케랴, 아직 너를 데리고 갈 수가 없다. 잘 있어'라고 말했습니다. 저는 글쎄 얼마나 슬펐던지요⋯⋯ '데리고 가 주세요 네, 아주머니! 데려다 주세요'라고 애원했습니다. 그러니까 죽음의 사자는 저를 돌아보고 말했습니다. ⋯⋯무엇인지 똑똑하지 않은 뜻 모를 말이었습니다. '성 베드로제가 지나고 나서'라고 했습니다⋯⋯ 그것을 듣고 저는 눈이 띄었습니다⋯⋯ 아주 이상한 꿈이었습니다."

루케랴는 눈을 위로 쳐다보면서 깊은 생각에 잠겼다.

"때로는 슬픈 일이나 이따금 1주일쯤은 한잠도 자지 못하고 지나는 때가 있는 걸요. 작년에 어떤 부인이 오셔서 수면제를 한 병 주셨습니다. 그리고 한번에 마흔 방울씩 마시라고 했습니다. 그것은 매우 효과가 있어서 잠이 잘 왔습니다마는 유감스럽게도 그 병의 약은 벌써 다 떨어져 버렸습니다. 서방님은 알고 계시겠지요?⋯⋯그것이 무슨 약입니까? 어떻게 하면 구할 수 있을까요?"

그 부인은 루케랴에게 아편제를 주었음에 틀림없다. 나는 그것과 같은 약병을 가져다 주겠다고 약속했다. 그리고는 그녀의 인내력에 다시금 감탄하지 않을 수 없었다.

"서방님!"

하고 그녀는 대답했다.

"어째서 그런 말씀을 하십니까? 인내력이란 무슨 말씀입니까? 그래서 기둥 위에 서 있는 수도사 시메온 말입니다. 그 사람이야말로 정말 인내력이 있었습니다. 30년 동안이나 기둥 위에 서서 지냈다고 하는 걸요. 그리고 또 한 사람의 성도는 산 채로 가슴팍까지 파묻혀서 개미가 얼굴을 파먹었다는 이야기 아닙니까……그리고 어떤 학자에게서 들은 이야기입니다마는 어느 때 어느 나라에 이슈마엘 사람이 전쟁을 걸어와서 그 나라 사람들을 괴롭히고 죽이고 온갖 행패를 부렸으나 어찌할 수 없었답니다. 그러자 그때 그 나라에 깨끗한 처녀 하나가 나타났습니다. 그 처녀는 긴칼을 차고 8파운드나 되는 무거운 갑옷을 입고 적군 이슈마엘 사람들을 향하여 공격하여 바다 밖으로 몰아냈다는 이야기였습니다. 그러나 적을 몰아내었을 때 그 처녀는 적에게 '나를 화형에 처해 달라. 나의 나라를 위하여 화형을 받고 죽겠다고 맹세했으니까'라고 말했다는 것이지요. 그래서 이슈마엘 사람들은 그 여자를 붙잡아 태워 죽여버렸습니다. 그리하여 그 나라 사람들은 그때부터 자유롭게 되었다는 것입니다. 그러한 일이야말로 참으로 고귀한 행동이라고 할 수 있겠지요. 그런 것에 비하면 저 따위는 대체 무엇이겠어요."

나는 어찌 쟌다크의 전설이 그녀의 귀에 들어갔나 하고 이상하게 생각했다. 그리고는 잠깐 있다가 그녀의 나이가 몇 살이냐고 물어보았다.

"28……29……30은 되지 않는다고 생각합니다. 그러나 왜 나이를 묻습니까? 저는 아직도 이야기할 것이 있는데요……."

루케랴는 갑자기 숨막힐 듯한 기침을 하고는 신음했다.

"너는 이야기를 너무 많이 하니까."

그녀는 들릴락 말락한 작은 소리로 말했다.

"이제 이야기는 그만 두는 것이 좋을지 모르겠지만 상관 있습니까! 서방님이 가버리시면 저는 언제까지라도 마음껏 잘 수 있을 걸요. 어쨌든 가슴이 시원해질 걸요."

나는 작별의 말을 했다. 그리고 약을 보내줄 약속을 되풀이하며 한 번 다시 생각해 보고 무엇이나 필요한 것이 있거든 말해 보라고 했다.

"아무 것도 생각나는 것이 없습니다. 저는 이제 만족합니다."

그녀는 매우 벅찬 듯이 그러나 감격한 목소리로 말했다.

"부디 여러분들 잘 지내세요. 서방님! 서방님의 어머님께 한 마디 부탁드려 주십시오…… 이 근처 농부들은 모두 가난합니다. …… 농부들은 토지도 적고 돈도 없습니다. ……그렇게만 해주신다면…… 모두들 얼마나 고마워할까요? ……그러나 저는 아무 것도 바랄 것이 없습니다. 저는 아주 만족하고 있으니까요."

나는 루케랴에게 그녀의 소원이 꼭 이루어지게 해주겠다고 약속했다. 그리고는 문 쪽으로 걸어갔다. 그녀는 다시 나를 불렀다.

"기억하십니까? 서방님."

하고 그녀는 말했다. 그녀의 눈 속에는, 그리고 입술 위에는 무엇인지 이상한 광채가 보였다.

"옛날 저의 머리가 어떠한 머리였던가를, 무릎까지 내려오던 머리였다는 것을 기억하시지요? 그것을 큰마음 먹고 잘라버린 걸요. 훨씬 오래 전의 일이었습니다. ……그렇던 머리를! 빗을 수도 없는 걸요. 이런 몸이 되고 보니…… 저는 큰마음 먹고 잘라 버렸어요…… 그럼 안녕히 가세요, 서방님! 이제는 더 말할 기운이 없습니다……"

그 날 사냥을 나가기 전에 마을의 순경과 루케랴에 대하여 이야기했다. 나는 그에게서 루케랴가 동네에서 '살아 있는 송장'이라고들 한다는 말을 들었다. 그렇게 하고 있으면서 조금도 폐를 끼치지 않는 것을, 그리고 조금도 군소리나 불평을 말하지 않는다는 것도 들었다.

"무얼 해달라고도 하지 않습니다. 그러면서도 무얼 해주어도 기뻐합니다. 참으로 보기 드문 마음씨 고운 여자입니다."

하고 순경이 말을 이었다.

"그 여자는 하나님께서 벌을 주는 거라고 생각하는 사람도 있겠지요. 그러나 우리들은 그렇게 생각하지 않습니다. 그 여자가 벌을 받고 있는 건지 아닌지 글쎄, 그런 시비는 가리지 않겠습니다. 그대로 가만 두는 것입니다."

몇 주일 후 나는 루케랴가 죽었다는 소식을 들었다. 즉 그녀의 사신(死神)이 그녀에게…… 더구나 성 베드로제가 끝나고 나서 왔던 것이다. 듣자니 그 날 그녀는 종소리를 내내 듣고 있었다는 것이다. ― 아에쿠세예프에서 교회까지는 50마일 이상 떨어져 있었고 게다가 그 날은 일요일도 아니었는데 그러나 루케랴는 종소리가 교회에서 들려오는 것이 아니라 위에서 들려온다고 말했다는 것이다. 아마 그녀도 구태여 하늘로부터라고 말하지 못했을 것이다.

2

톨스토이 선정 명작

귀여운 여인

오렝카는 퇴직한 단과대학 위원 프레마얀니코프의 딸이었다. 그녀는 무엇엔가 생각에 잠긴 얼굴로 뒷마루에 앉아 있었다. 무더운 날인 데다가 파리까지 성가시게 날아다니고 있었다. 그러나 조금 있으면 밤이 된다고 생각하니 즐거웠다. 동녘 하늘로부터 시커먼 구름이 뭉게뭉게 몰려오며 이따금 축축한 바람을 일으켜 주기도 했다.

마당 가운데에는 쿠우킨이 서서 하늘을 쳐다보고 있었다. 그는 티워리라는 야외극장 지배인인데 이 집에 셋방을 얻어 사는 사나이였다.

"에이 또 와! 또 비가 오는군. 심술부리는 것처럼 요새는 매일 비야! 차라리 목매 죽어버리는 편이 좋겠군. 이젠 다 틀렸어. 날마다 손해가 막심해!"

그는 절망한 듯이 말했다. 그리고 손을 내저으며 오렝카에게 큰소리로 말했다.

"보세요! 이것이 우리들의 생활이에요. 올가·세미요노프나. 이런 생활은 사내자식 한 놈 울리기에 꼭 알맞지요. 밤이라고 변변히 잠도 못 자고 죽으라고 일해서 자기 치다꺼리하기도 바쁜 걸요. 좋은 일에 써야 할 머리를 엉뚱한 데다가 망쳐 버리는 거죠. 그 결과가 뭡니까? 관객들은 무지하고 야만적이에요. 나는 관중들 앞에 최고의 오페라와 일류 극단의 악사들을 내놓고 있지만 관중들이 요구하는 건 말도 안 되는 것들이지요. 그들은 그것을 조금도 이해 못해요. 그저 희극배우나 찾지 않으면 추잡스런 것들을 찾지요. 게다가 이놈의 날씨는 또 왜 이렇습니까! 밤마다 비만 퍼붓고 있으니 죽을 지경입니다. 5월 열흘날부터 시작하더니 6월 한 달 고스란히 퍼붓고 있잖아요. 이젠 정말 진절머리가 나요. 구경꾼은 없는데 방세는 줘야 하지, 배우들에게도 돈을 줘야지……"

그 이튿날도 저녁때가 되자 또 비구름이 몰려왔다. 쿠우킨은 신경질적인 웃음을 지으며 뇌까렸다.

"좋아! 마음대로 퍼부어라! 마당을 가득 채워 나를 물귀신으로 만들어라! 내 넋이 있는 한 저주를 받아 둘 테니! 배우 놈들은 모두 못살게 굴어, 나를 죽여도 좋아. 제기랄 차라리 감옥에라도 갔으면 좋겠어! 시베리아에 가서 사형이나 받았으면 속이 시원하겠다, 허허허허!"

그 이튿날도 마찬가지였다.

오렝카는 잠자코 진정으로 쿠우킨이 말하는 것을 듣고 있었다. 그리고 이따금은 눈에 눈물도 보였다. 그리하여 그의 불행은 마침내 그녀의 마음을 움직였다. 그녀는 그를 사랑하게 되었다. 그는 얼굴이 누렇고 곱슬머리를 이마에 내려뜨린 작달막한 사나이였다. 그는 작고 나지막한 목소리로 말했고 말할 때면 입이 한쪽으로 비뚤어졌다. 그러면 더 절망적인 표정으로 보였다. 그럼에도 불구하고 그녀의 마음속에 그는 깊고 순결한 사랑을 일으켜 놓았다. 그녀는 늘 누구라도 사랑하고 있었다. 사랑하지 않고서는 살아 갈 수 없었다. 아주 어렸을 때는 아버지를 사랑했다. 그런데 아버지는 이제 숨이 가빠서 허덕거리며 어둠침침한 방구석에 처박혀 있었다. 그녀는 또 해마다 부리안스크에서 오는 아주머니를 사랑했다. 또 그녀가 학교에 다닐 때는 불란서어 선생을 사랑했다. 그녀는 아주 건강하고 온순하고 정다운 눈을 가진 정숙하고 인정이 넘치고 동정심이 많은 처녀였다.

붉은 장밋빛 두 뺨과 작고 검은 점이 있는 하얀 목덜미, 유쾌한 이야기를 듣고 있을 때면 저절로 떠오르는 정답고 순진한 미소……. 그 모습을 보고 사나이들은 '아아! 굉장한 미인이야!'라고 감탄하고 자기도 모르게 웃음을 짓는 것이었다. 그리고 여자 손님들까지도 이야기하던 중에도,

"아이 참 예쁜 아가씨야!" 하고 귀여워서 못 견디겠다는 듯이 소리를 지르면서 그녀의 손을 잡아 주는 것이었다.

그녀가 태어나자 아버지의 유언장에 따라 그녀에게 남겨진 이 가옥은 티워리에서 얼마 멀지 않은 곳에 있었다. 저녁때나 밤이면 그녀는 악대의 음악 소리를 들을 수 있었다. 그리고 불꽃놀이 대포가 펑펑 터지는 소리를 들을 수 있었다. 그녀는 그것이 쿠우킨이 운명과 싸우면서 냉정한 손님이라고 부르고 있는 그의 큰 적의 요새를 공격하고 있다고 생각되었다. 그러면 불현듯 그녀의 가슴은 뜨거운 충동으로 설레는 것이었다. 그녀는 잠이 좀처럼 오질 않았다. 그리고 쿠우킨이 새벽녘에 집으로 돌아오면 그녀는 침실의 창문을 가만가만 노크하고 유리창 커튼 틈으로 얼굴과 한쪽 어깨를 디밀고 그에게 정다운 미소를 던져 주는 것이었다.

그는 그녀에게 구혼했다. 두 남녀는 결혼식을 올렸다. 드디어 그녀의 목덜미나 토실토실 살찌고 아름다운 어깨를 바로 눈앞에 바라보았을 때 쿠우킨은 손을 치켜들면서 찬사를 퍼부었다.

"당신, 어쩌면 요렇게도 귀엽담!"

그는 행복했다. 그러나 비가 밤낮 가리지 않고 퍼부을 때처럼 결혼식 날 그의 얼굴에는 절망의 구름이 끼었었다. 그래도 두 부부는 의좋게 살았다. 그녀는 쿠우킨의 사무실에 앉아서 티워리에서의 일을 도

외주며 계산서를 작성하고 일꾼들의 급료를 지불하는 따위의 일을 맡아보았다. 그녀의 장밋빛 붉은 볼과 순진하고 명랑한 웃음 띤 얼굴이 금시 사무실 창가에 보였는가 하면 어느새 식당이나 무대 뒤에 보이곤 했다. 그녀는 벌써 자기의 친구들에게 연극은 인생에서 가장 중요한 것이며 연극을 통해서만 인간은 참된 기쁨을 얻을 수 있고 교양도 얻을 수 있으며 인간답게 될 수 있다고도 곧잘 말하게 되었다.

"그러나 구경꾼들이 그걸 이해할 줄 아셔요?"

하고 그녀는 늘 그렇게 묻는 것이었다. 그리고 또

"구경꾼들이 원하는 것은 어리석은 어릿광대 정도예요. 어제 우리는 "파우스트의 뒤"를 상연했어요. 그랬더니 좌석은 텅 빈 것이나 다름없었어요. 그러나 만약 와아니치카하고 제가 지적한 것을 상영했더라면 틀림없이 좌석은 만원이 되었을 거예요. 내일 와아니치카하고 저는 지옥의 올퓨우즈를 상연할 예정이에요. 아무쪼록 와 주세요."

그리고는 남편이 연극 배우에 관해서 말하던 것을 그녀는 되풀이하는 것이었다. 그녀는 꼭 남편이 한 이야기 그대로 예술에 대한 대중의 무지를 원망했다. 그는 배우들과 함께 무대 연습도 했다. 배우들의 연기를 고쳐 주기도 하고 악사들의 몸짓을 감독하기도 했다. 그러다가 지방 신문에 악평이나 실리면 그녀는 눈물을 글썽거렸다. 그리고 그 악평을 취소하려고 신문사로 달려가는 것이었다.

배우들도 그녀를 좋아했다. 그리고 그녀를 "와아니치카하고 나"라든가 "귀여운 여인"이라고도 불렀다. 그녀는 배우들을 불쌍히 여겨서 돈도 조금씩 돌려주기도 했다. 배우들이 그녀를 속였을 때는 혼자서 눈물을 흘릴 뿐 남편에게 고자질하는 일은 없었다.

두 부부는 그 겨울에 재미있게 지냈다. 겨우내 거리에서 연극을 상연했다. 그리고는 그들의 연극장을 단기간씩 소(小)러시아의 단체나

요술쟁이나 시골 연극단에게 빌려주었다. 오렝카는 더욱더 건강해 가고 늘 기뻐하고 명랑했다. 그러나 쿠우킨은 점점 여위고 얼굴빛이 누렇게 변해 갔다. 그리고는 겨우내 손해라고는 별로 없었는데도 큰 손해야 큰 손해! 하고 늘 투덜대고 있었다. 밤중에는 콩콩 기침을 했다. 그래서 그녀는 더운 라임주를 만들어 주기도 하고 오오도·콜론(향수 이름)을 바르고 문질러 주기도 하고 자기의 포근한 숄로 그를 가리워 주기도 했다.

"당신은 어쩌면 요렇게도 귀여울까요!"

하고 그녀는 그의 머리카락을 만지면서 마음으로부터 정답게 속삭여 주는 것이었다.

"당신은 정말 좋은 분이세요!"

사순재(四旬齋)가 가까워서 극단을 새로 모으기 위하여 그는 모스크바로 떠났다. 남편이 없으니까 그녀는 밤이면 잠을 이루지 못했다. 그리고 별만 쳐다보면서 밤새도록 창가에 앉아 있었다. 그녀는 자기 신체를 요비인이 닭장에 들어가지도 않았는데 벌벌 떨며 조마조마해서 밤새도록 눈을 뜨고 있는 암탉에 비교해 보는 것이었다. 쿠우킨은 모스크바에 머물게 되었다. 그래서 부활제 무렵에나 돌아온다고 편지를 보내어 티워리에서의 일에 대하여 이것저것 써서 보내 왔다. 한데 부활제를 앞둔 주일날 밤늦게 불길한 예감이 드는 노크 소리가 문간에서 들렸다. 마치 술통 밑바닥이라도 두들겨 대는 듯이 쿵—쿵, 누가 문을 노크했다. 선잠을 깬 요리부가 맨발로 물구덩이에 빠지면서 급히 문을 열러 나갔다.

"문을 열어 주시오."

문 밖에서 누군가 흐리텁텁한 목소리로 말했다.

"전보올시다."

오렝카는 앞서도 남편에게서 전보를 받은 일이 있기는 했으나 이번 만은 웬일인지 소름이 끼치고 오싹했다. 그녀는 와들와들 떨면서 전보를 읽어보았다.

'이반·페드로윗치, 금일 돌연 사망. 화요일 장례식 ×××의 분부를 기다림'

『장례식……』

다음에 씌어 있는 무슨 뜻인지 알 수 없는 말 — 전보는 그렇게 적혀 있었다. 그 전보는 오페라단의 무대 감독의 이름으로 되어 있었다.

"아아! 여보!"

하고 오렝카는 흐느껴 울었다.

"와아니치카! 나의 당신! 어이 나는 당신을 만났을까! 어찌 당신을 알게 되었을까요. 불쌍한 그대의 오렝카는 당신 없이 어떻게 살아요. 당신을 여의고 나 홀로 남았구려!"

쿠우킨의 장례식은 화요일 모스크바에서 거행되었다. 오렝카는 그 이튿날 수요일에 집으로 돌아왔다. 그리고는 자기 방에 들어가 마룻바닥에 몸을 내던지고 곁방은 물론 한길에서도 들릴 만큼 큰소리를 내어 통곡했다.

"가엾은 여자다! "

이웃 사람들이 十자를 그으면서 말했다.

"불쌍도 해라! 올가·세미요노프나가 저렇게 통곡하고 있군!"

그러고 나서 사흘이 지난 어느 날 오렝카는 울적한 생각에 잠겨 미사에서 돌아오는 길이었다. 이웃에 살고 있는 바시리·앙도레뷔치·프스토봐로프가 교회에서 돌아오는 길에 그녀의 뒤를 따라 걷고 있었다. 그는 목재상 바·카에프상회의 지배인이었다. 그는 맥고모자를 쓰고 흰 조끼에 금시계줄을 느리고는 상인이라느니보다 차라리 시골 신사다운 태도를 하고 있었다.

"모든 일은 다 운명입니다. 올가·세미요노프나."

하고 그는 동정에 넘치는 목소리로 침통하게 말했다.

"소중한 사람이 죽는 것도 모두 신의 뜻입니다. 그러므로 묵묵히 참고 견디어야 합니다."

문까지 오렝카를 바래다주고 그는 안녕히 계시라는 인사를 하고 돌아갔다. 그리고 난 뒤로 그녀는 온 종일 그의 묵직하고 위엄 있는 목소리가 귀에 들리는 듯했다. 눈을 감으면 그의 검은 수염이 눈에 선하게 떠오르곤 했다. 그녀는 그에게 야릇한 매력을 느꼈다. 그녀도 분명히 그에게 특별한 인상을 주었다. 왜냐하면 그런 일이 있은 지 며칠 안 되는 어느 날 그녀도 알지 못하는 할멈이 그녀에게 커피를 마시러 와서 테이블에 마주앉자 곧 프스토봐로프는 아주 믿을 수 있는 사나이라든가 그 사람이라면 어떤 색시라도 기꺼이 결혼할 수 있을 것이라고 수다를 떨었다. 마침내 사흘쯤 되자 프스토봐로프 자신이 찾아왔다. 그는 오래 있지는 않았다. 겨우 10분 정도 있었을 뿐이고 별로 이야기도 없었다. 그러나 그녀는 그가 떠나갈 무렵에는 벌써 그를 사랑하고 있었다.

오렝카는 그를 사모하고 밤에는 열병이 걸린 듯이 잠을 이루지 못했다. 그러자 날이 새기가 바쁘게 늙은 할멈을 대리로 보냈다. 혼담이 곧 성립되었다. 며칠이 지나서 결혼식을 올렸다.

그는 보통 때라면 대개 점심때까지 사무실에 앉아 있다가 점심때나 지나면 장사하러 나간다. 그러면 오렝카가 그 대신에 계산서도 쓰고 주문서도 조사해 보면서 저녁때까지 사무실에 앉아 있다.

"목재는 해마다 값이 올라요, 2할씩이나 올라요."

이렇게 그녀는 손님들이나 친지들에게 자상하게 말하는 것이었다.

"좀 생각해 보셔요. 우리는 시골 재목을 거래하니까 바깥양반은 노상 모기레프군까지 재목을 사러 가야 합니다. 그러니 그 운임이!"

하고 그녀는 겁난다는 듯이 두 손으로 뺨을 누르면서 덧붙여 말하는 것이었다.

"그 운임!"

그녀는 마치 자기가 벌써 몇 해 동안이나 목재상을 하고 있기나 하듯이 생각되는 것이었다. 그리고 인생에서 가장 중요한 것이 목재라는 생각을 떨쳐 버리지 못했다. 그녀에게는 각재(角材), 기둥 재목, 대들보, 통나무, 판자, 창문널, 오리목널 등등의 말에도 치밀한 느낌을 주는 그 무엇이 있었다.

밤에 잠자리에 있노라면 그녀는 두꺼운 판자나 커다란 목판을 쌓아 놓은 산더미, 어디론지 목재를 운반하는 짐마차의 긴 행렬을 꿈꾸었다. 높이가 마흔 길이나 되는 6인치 판자의 일대가 한쪽 끝에 우뚝 서서 목재장 안을 행진하고 있는 광경을 꿈에 보았다. 통나무나 연목이나 판자가 서로 부딪쳐서 마른나무 소리를 내면서 엎치락뒤치락 하면서 저절로 쌓여지는 광경을 꿈꾸었다. 오렝카는 꿈속에서 고함쳤다. 그러자 남편이,

"오렝카! 여보, 왜 그래요, 기도를 드리는 게 좋을 거야."

하고 다정하게 말해 주는 것이었다.

남편의 생각은 곧 그녀의 생각이기도 했다. 남편이 방안이 너무 덥다거나 장사 경기가 좋지 못하다고 생각할 때면 그녀도 역시 그렇게 생각하는 것이었다. 남편은 오락에는 도무지 흥미가 없었다. 축제일에는 집에 들어박혀 있었다. 그녀도 그러했다.

토요일이면 으레 남편과 그녀는 저녁 기도를 드리러 갔다. 주일이면 아침 미사로 갔다. 교회에서 돌아올 때도 부부는 평화로운 얼굴로

어깨를 나란히 하여 걸었다. 두 사람의 주위에는 기쁨의 향기가 풍겼다.

그녀의 명주옷이 유쾌하게 바스락바스락 소리를 냈다. 집에서는 과자빵에 여러 가지 잼을 발라서 차와 함께 마시고 나서 파이를 먹었다. 매일 낮 열두 시쯤이 되어 이 집 뜰 앞을 지나가노라면 누구나 시장기를 느끼지 않을 수 없었다. 사무실에는 주전자에 더운물이 늘 끓고 있었다. 손님들은 차나 비스킷으로 대접받는다. 일주일에 한번은 둘이서 목욕하러 가기도 했다. 그리고는 부부가 얼굴이 새빨갛게 되어 돌아오는 것이었다.

"하나님 덕분에 우리들은 무엇 하나 부족한 것이 없는 걸요."

하고 오렝카는 자기의 친구들에게 말하곤 했다.

"저는 세상 사람들이 모두 와아치시카하고 나처럼 살았으면 얼마나 행복하겠느냐고 생각해요."

프스토봐로프가 모기래프군으로 목재를 사들이기 위해 가 있을 동안, 그녀는 남편이 집을 비운 것이 매우 쓸쓸해서 밤이면 잠도 못 이루고 서글퍼했다. 그들이 셋방을 내줬던 스미루닌이라는 젊은 군대 문관 수의(獸醫)가 밤이면 그녀에게 가끔 찾아왔다. 그는 오렝카에게 이야기도 하고 카드놀이도 같이 했다. 남편이 없을 동안은 그렇게 하는 것을 위안으로 삼았다. 그가 자기 가정 이야기를 했을 때 그녀는 유달리 흥미 있게 들었다. 수의사는 아내가 있고 어린아이가 하나 있었다.

그러나 그는 아내의 행실이 방정하지 못해서 헤어져 있는 중이었다. 그리고 그는 아내를 몹시 원망하고 있었다. 아이의 양육비 조로 한 달에 40루블씩 보내 주고 있다는 이야기를 들으면서 그녀는 한숨을 쉬고 머리를 흔들었다. 그녀는 그가 불쌍하다고 생각했다.

"그럼 안녕히 주무셔요."

하고 그가 제 방으로 돌아갈 때 그녀는 촛불로 층계까지 그를 전송하면서 늘 이렇게 말하는 것이었다.

"댁에서 나와 함께 있어 주셔서 퍽 재미있었어요. 그럼 안녕히 주무셔요."

그녀는 언제나 평소 남편의 침착하고 분별 있는 태도를 본받아서 그렇게 말하는 것이었다. 수의가 층층대를 내려가서 저쪽 문으로 들어가는 것을 바라보면서, 또 이렇게 말했다.

"글쎄 우라지미일·프라트누뷔치씨! 부인하고 의좋게 지내야 합니다. 아이들을 위해서 부인을 용서해 주셔야 합니다. 아이들 때문이죠."

그리고는 남편 프스토봐로프가 돌아왔을 때 그녀는 남편에게 나지마한 목소리로 수의사와 그의 가정 이야기를 했다. 그리고는 두 부부는 한숨을 쉬고 머리를 흔들면서 아이는 아빠가 없어서 슬퍼하고 있을 것이라고 이야기했다.

그러나 두 사람의 머리 속에는 어쩐지 이상스러운 생각이 떠올라서 그들은 성상 앞에 다가가서 방바닥에 이마가 닿도록 깊이 머리를 조아렸다. 그리고는 하나님께서 자기들에게 아이를 낳을 수 있도록 은혜를 베풀어 달라고 빌었다.

이렇게 프스토봐로프 부부는 평화롭고 의좋게 사랑하면서 6년이라는 세월을 지냈다. 그런데 어느 겨울인가, 바시리·앙도레뷔치는 목재 실리는 현장을 볼 참으로 모자도 쓰지 않은 채 재목장으로 나갔다. 그리고 나서 감기가 들어 병이 났다. 그는 훌륭한 의사 몇 사람을 불러 치료를 받았으나 병은 나날이 무거워 갈 뿐이었다. 넉 달 동안이나 내리 앓다가 마침내 죽고 말았다. 오렝카는 다시 과부가 되었다.

"어이하여 저를 두고 가 버렸어요. 여보!"

하고 그녀는 남편의 장사를 치르고 나서 통곡했다.

"당신 없이 저는 어떻게 살아야 해요? 불행하고도 불쌍한 저예요! 친절하신 여러분들 저를 가엾이 여겨주세요. 저는 정말 혼자 외로운 몸이 되어 버렸어요."

그녀는 긴 상장(喪章)이 붙은 상복을 입고, 이제는 모자나 장갑을 몸에 지니지 않게 되었다. 그녀는 교회나 남편의 묘지에 가는 일 이외는 좀처럼 밖으로 나가지도 않았다. 마치 수녀 같은 생활을 하고 있었으나, 여섯 달도 채 못되어 상장을 버리고 닫혔던 덧장을 열어 제체게 되었다. 그리고는 아침이면 가정부를 데리고 시장으로 식료품을 사러 가는 그녀의 모습이 가끔 보이게 되었다.

그러나 집에서는 무슨 일이 있었는지 어떻게 지내고 있는지 잘 알 수가 없었다. 얼마 후 그녀가 뜰에서 수의사와 차를 마시는 것을 보고는 사람들은 그 이유를 대강 짐작할 수 있었다. 수의사가 소리를 내면서 그녀에게 신문을 읽어 준다든지 그녀가 우체국에서 아는 부인을 만났을 때 그 부인에게 말하던 것이라든가, 그러저러한 일로 보아 사람들은 대강 짐작할 수 있었다.

"가축에 대한 완전한 검사는 없는 걸요, 가축이 여러 가지 유행병의 원인이 되는 걸요. 우유에서도 전염병이 생기거나 말이나 소에서도 병이 옮는 일이 있으니 조심해야 해요."

그녀는 그렇게 수의사가 말하던 그대로 되풀이하는 것이었다. 그리고는 모든 만사에 그 같은 의견을 갖게 되었다. 그녀는 무엇에든지 애착하지 않고는 살 수가 없었다. 그리하여 자기가 놓은 셋방에서 새로운 행복을 찾아낸 것이었다. 이런 일이 다른 여자 같으면 굉장히 욕을 먹었을 것이다. 그런데 오렝카에 대해서는 아무도 나쁘게 생각하는 사람이 없었다. 그녀가 하는 일은 모두 아주 자연스러웠다. 두 사람의 관계가 여태와는 많이 달라져 있음을 그녀도 수의사도 남들에게는 좀체 말하지는 않았다. 도리어 숨기려고 애썼지만 끝내 오렝카는 비밀을 지킬 수 없었으므로 헛수고였다.

수의사에게 군대 친구가 찾아왔을 때 그녀는 차를 부어 주기도 하고 저녁 대접을 할 때면 그녀는 가축의 병에 관한 이야기나 도회지의 도수장 이야기를 꺼내는 것이었다. 수의사는 아주 질색이었다. 그리고 손님이 가 버리면 화가 나서 그녀의 손을 붙잡고 꾸짖어 대는 것이었다.

"자기가 알지도 못하는 일은 맘대로 지껄이지 말라고 말해 두지 않았어? 우리 수의사들끼리 이야기를 할 때는 제발 참견하지 말아요. 정말 딱 질색이야."

그러면 그녀는 놀라서 낙심하고 그를 바라보면서 얼굴빛이 달라져 묻는 것이었다.

"하지만 워로오지카! 나는 무슨 이야기를 하란 말이오?"

그리고 그녀는 눈물이 글썽해서 그를 껴안고 화내지 말라고 애원하는 것이었다. 두 사람은 행복했다. 그러나 그 행복은 오래 가지 못했다.

수의사가 떠나가 버렸다. 그의 연대가 먼 곳(아마 시베리아)으로 이동해 버렸으므로 그는 연대를 따라 떠날 수밖에 없었다.

오렝카는 홀로 남았다. 그녀는 또 홀몸이 되어 버렸다. 그녀의 부친은 꽤 오래 전에 세상을 떠났다. 그 안락 의자에는 먼지가 끼고, 한쪽 다리가 떨어져 지붕 윗방에 뒹굴어 다니고 있었다. 그녀는 점점 여위어서 보기 싫게 되었다. 사람들은 거리에서 그녀를 만나도 이전처럼 유심히 보지도 않고 웃어 보이지도 않았다.

분명히 그녀의 청춘은 어느덧 지나가 버리고 지금까지 생각지도 못했던 새로운 생활이 시작됐던 것이다. 저녁때가 되면 오렝카는 뒷마루에 앉아서 티워리에서 상연하는 악대의 풍악소리와 불꽃 폭죽 터지는 소리를 들었으나 이제는 아무런 감상도 일어나지 않았다. 그녀는 아무런 흥미도 없이 아무런 생각도, 소원도 없이 멀거니 뜰을 바라보고 있었다. 그리고 밤이 되면 잠자리에 들어서 아무도 없는 뜰을 꿈속에서 헤매는 것이었다. 그녀는 모든 것이 귀찮다는 듯이 먹고 마시곤 하였다.

그 중에서도 아주 좋지 못한 습관은 그 무엇에 관해서도 자신의 의견을 갖지 못하게 된 것이었다. 그녀는 자기 주위를 돌아보았다. 본 것은 이해할 수 있었다. 그러나 그것에 대하여 아무런 의견도 가질 수 없었다. 그래서 어떻게 말해야 좋을는지 알 수가 없게 되었다. 아무 것에도 의견을 갖지 못한다는 것은 얼마나 두려운 일인가? 예컨대 병을 보든가, 비 내리는 것을 보든가, 마차를 몰고 가는 농부를 보아도 병이 어디에 소용되는 것인지, 비나 농부도 그것에 무슨 뜻이 있는 것인지 말할 수 없다.

천 루블을 번다 해도 의견을 말할 수 없었다. 쿠우킨이나 프스토와로프나 혹은 수의사와 함께 있었을 때 오렝카는 무엇이든 척척 설명할 수 있었다. 무엇에 대하여서라도 의견을 말할 수 있었다. 그러나 지금은 그녀의 머리도 심령도 바깥에 있는 뜰처럼 텅 빈 것 같다. 그것은 심한 치통처럼 아프고 쓰라린 일이기도 했다.

점점 거리는 사방으로 확장되어 갔다. 좁은 골목이 큰길로 변해버렸다. 그리고 티워리나 재목장이 있던 곳에는 새로 신작로 모퉁이가 되어 집들이 들어앉았다. 세월은 참으로 빨리 흘러갔다. 오렝카의 집은 낡고 헐어서 지붕이 썩고 오막살이처럼 되어 한쪽으로 기울어 뜰에는 풀 넝쿨이나 쑥대풀이 우거져 있었다.

오렝카도 늙어빠져 보기도 흉했다. 여름이면 툇마루에 멍하니 앉아 있었다. 그녀의 마음은 역시 텅 비고 울적하고 슬픔에 가득 차 있었다. 겨울이면 창가에 앉아서 눈 내린 밖을 멍하니 바라보곤 했다. 봄의 향내가 스며들어도 교회 종소리를 듣기나 하면 지나간 옛날의 추억이 문득문득 뇌리에 떠올라 그녀의 가슴에는 아픔이 느껴지는 것이었다. 그리고는 눈에서 눈물이 주루루 흘러내리는 것이었다. 그러나 그런 감상도 단지 잠깐 동안 계속될 뿐이고 이내 또 공허가 찾아 드는 것이었다. 생활의 허전함이 스며드는 것이었다. 검정 고양이 새끼 브루이스카란 놈이 그녀에게 몸을 비비대며 흘그덕흘그덕 목소리를 내었다. 하지만 오렝카는 이렇듯 고양이의 아첨에도 아무런 느낌을 갖지 못했다.

그녀는 그런 따위를 바라는 것이 아니었다. 그녀는 그전의 존재를, 영혼을, 그리고 이성을 빼앗아갈 만큼 사랑을 구하고 있는 것이었다. — 그녀에게 사상을 줄 수 있거나 생활의 목적을 줄 수 있거나 그녀의 묵은 피를 따사롭게 해 줄 수 있는 사랑을 구하고 있는 것이었다. 그리하여 그녀는 스커트 자락에 매달린 고양이를 떠밀어 버리면서 말했다.

"저리 물러가 귀찮아!"

날이면 날마다, 짜증이 늘어나고 점점 더 심란해 했다. 아무런 즐거움도 없고 아무런 생각도 없는 듯했다. 그녀는 모든 일을 가정부 마우라가 하자는 대로했다.

유월 어느 무더운 날 저녁때 마침 가축이 몰려 들어와서 뜰에 먼지가 뽀얗게 끼고 있을 때 누군가 갑자기 문을 두들겼다. 오렝카는 손수 문을 열러 갔다. 그리고는 바깥을 내다보았을 때 그녀는 멍하니 말을 못했다. 거기에는 머리카락이 하얗게 된 스미르닌이 문관 옷차림을 하고 서 있었다. 그녀는 불현듯이 지나간 모든 일이 생각났다. 그녀는 기쁨에 희열이 넘쳐 한 마디 말도 하지 못하고 그의 가슴에 머리를 파묻지 않을 수 없었다. 그리하여 두 사람은 도대체 어떻게 집안으로 들어왔는지도 모르고 어느새 마주앉아 차를 마시게 되었는지도 알 수 없었다.

"아이구! 우라지미일·프라트누뷔치! 참 어떻게 해서 예까지 왔어요?"

하고 그녀는 기쁨에 떨면서 속삭였다.

"나는 죽을 때까지 여기에서 살고 싶어졌어."하고 그는 말했다.

"나는 군무를 그만 두었어요. 그리고는 자리 잡고 내 힘으로 뭔가 한 번 해볼 생각으로 온 것이오. 게다가 아이를 학교에 보내야겠고. 지금 아주 컸으니까. 나는 아내하고 화해했습니다."

"부인은 어디 계십니까?" 하고 오렝카가 물었다.

"아이들과 함께 여관에 있습니다. 그래서 지금 셋방을 구하고 있는 참이지요."

"아이 참 여보! 셋방이라구! 왜 우리 집에 오시지 않아요? 우리 집 뜰이 마음에 들지 않는가요? 참! 방세 따위는 받지도 않을게요."

하고 오렝카는 또 다시 울먹이며 흥분해서 말했다.

"여기 와서 사세요! 나는 당신이 와 주시기만 하면 고마워요. 그렇게 하면 나는 얼마나 기쁘겠어요!"

이튿날 지붕을 다시 칠하고 벽을 씻어냈다. 오렝카는 팔굽을 옆구리에 끼고 정원을 돌아다니면서 이런저런 일을 시켰다. 그녀의 얼굴에는 옛날과 같이 미소를 띠었고 눈동자는 명랑하고 빛났다. 마치 긴 잠에서 깨어나기나 한 듯 활기가 돌았다. 수의사의 아내는 머리카락이 짤막하고 지랄병 환자 같은 표정을 한 여윈 못생긴 부인이었다. 그녀는 어린 아들 사아샤를 데리고 왔다. 사아샤는 볼에 보조개가 있고, 눈이 푸르고 토실토실 살이 쪄 있지만 올해 열 살이 된다는데 나이에 비해서는 몸집이 작은 편이었다. 그는 뜰에 들어오자 곧 고양이를 쫓아다녔다. 그러자 집안에 벌써 생기가 돌고 유쾌한 웃음소리가 떠돌았다.

"아주머니! 저것이 아주머님 고양이?"

하고 그는 오렝카에게 물었다.

"저게 새끼 낳거든 한 마리 주셔요. 네? 엄마는 쥐를 몹시 싫어해요."

오렝카는 그하고 이야기도 하고 차도 따라 주었다. 그녀의 마음에는 화기가 돌았다. 그리고는 사아샤가 자기 아들이나 되는 듯 부드러운 고통마저 느꼈다. 저녁 때 사아샤가 책상에 마주앉아 일과를 공부하기 시작하자 그녀는 진심에서 우러나오는 친절과 사랑으로 가만히 그를 바라보면서 중얼거렸다.

"아이 참, 귀여워— 이렇게 어린것이 참으로 영리하군!"

"섬은 사방이 물로 둘러싸인 육지인 한 조각이다."

하고 사아샤는 소리를 내면서 읽었다.

"섬은 육지의 한 조각이다."하고 그녀가 되풀이했다.

이제 몇 해인지 세월을 침묵하고 상상이라는 것을 잃어버리고 난 뒤 처음으로 그녀가 뚜렷하게 확신을 가지고 의견을 가지게 되었다. 저녁 식사 때 그녀는 사아샤의 부모와 이야기하면서 고등학교의 학과목은 아주 힘들기는 하나 상업 학교보다는 훨씬 낫다, 왜냐하면 고등학교의 교육으로 의사가 되거나 또는 기술자가 될 수 있듯이 여러 가지 길이 트이니까 라고 말했다.

사아샤는 고등학교에 다니기 시작했다. 그의 어머니는 자기 언니가 살고 있는 하리코프에 가 버리고는 영영 돌아오지 않았다. 사이샤의 아버지는 매일같이 가축 검사 일로 나갔다. 그리고는 사흘쯤 집에 돌아오지 않는 일이 많았다. 그런 것을 보니 사이샤가 가정에서는 귀찮게 여겨지고 메마르고 전연 의붓자식처럼 생각되기도 했다. 그녀는 사아샤와 이 하숙에서 지냈다. 매일 아침 오렝카는 그의 방으로 들어갔다. 그리고는 볼 아래에 손을 고이고 숨소리도 크게 내지 않고 깊이 잠들어 있는 그를 보았다. 그녀는 그렇게 잠들어 있는 소년을 깨우는 것이 안타까웠다.

"사아샤!"

하고 그녀는 언제나 가슴이 아프기나 한 듯이 부르는 것이었다.

"어서 일어나요, 학교에 갈 시간이 됐어요."

그는 일어나자 옷을 갈아입고 기도를 드린다. 그리고 나서 아침 밥상에 앉아서 차를 석잔 마시고 큼직한 비스킷 두 개와 빵 반 조각을 먹는다. 아침때는 겨우 잠을 깬 참이라 늘 기분이 약간 좋지 못했다.

"넌 아직 훈화(訓話)를 모르니? 사아셍카!"

하며 그녀는 지금 소년이 마치 긴 여행을 떠나기나 한 듯이 그를 바라보면서 말하는 것이었다.

"정말 성가시게 구는군! 그래 열심히 공부해요. 그리고 선생님의 말씀도 잘 들어야 해요."

"좋아요, 내버려두어요."

하고 사아샤가 대답했다. 그리고 나서 큼직한 교모를 쓰고 가방을 어깨에 멘 자그마한 모습이 학교를 향하여 거리를 향해 걸어나가는 것이었다. 오렝카는 늘 그의 뒤를 몰래 따라갔다.

"사아셍카!"

하고 그녀는 뒤에서 부르고는 대추나 캬라멜을 손에 집어넣어 주는 것이었다. 학교가 있는 거리로 들어서면 그는 키가 커다란 여자가 데려다 주는 것이 창피스러워서 뒤를 돌아보면서 말하는 것이었다.

"아주머니, 이젠 집으로 돌아가셔요. 지금부터는 저 혼자도 갈 수 있어요."

그녀는 조용히 걸음을 멈추고 그가 교문 안으로 들어서서 보이지 않을 때까지 바라보는 것이었다.

오오! 그녀는 얼마나 사아샤를 사랑하고 있었을까! 이전에 그녀가 느끼던 사랑은 결코 이토록 깊은 것이 아니었다. 지금 그녀에게 어머니로서의 본능을 깨우친 것처럼 그토록 자연스럽고, 그토록 순수하게 기쁜 감정에 잠길 수는 없었던 것이다. 큼직한 교모를 쓴 얼굴에 보조개가 있는 이 어린아이라면 그녀는 자기 전 생애를 바치기도 했으리라— 정다운 기쁨과 눈물로 생명까지 바쳤으리라. 왜 그럴까? 그러나 누가 능히 그것을 설명할 수 있을까.

사아샤를 보내고 나서 그녀는 애정으로 가득 찬 가슴을 안고 만족스럽고 명랑한 기분으로 돌아오는 것이었다. 그 반년 동안에 아주 젊어진 그녀의 얼굴은 미소가 넘쳤고 훤하게 빛났다. 그녀를 만난 사람들은 반갑게 그녀를 바라보는 것이었다.

"안녕하셔요, 올가·세미요노프나 어떠세요?"

"고등학교 과목은 아주 어려워서요."

하고 그녀는 시장에서 이렇게 말을 꺼내는 것이었다.

"너무 과목이 많아요. 어제 1학년에서는 학생들에게 우화(寓話) 외우기를 숙제로 냈어요. 그리고 또 라틴어 번역과 기하의 도해문제도 숙제로 냈겠지요. 저렇게 어린것에게는 너무 많아요."

그리고 그녀는 선생이나 일과나 교과서 이야기를 끄집어냈고 사아샤가 이야기하던 그대로 되풀이하는 것이었다.

세 시에 그들은 함께 점심을 먹었다. 저녁에는 함께 소리를 내어 학과를 복습했다. 잠자리에 그를 재울 때면 오렝카는 십자를 긋고 기도를 올리면서 한참 동안이나 거기에 서 있었다. 그리고 자기 침실로 들어가서 사아샤가 학교를 졸업하고 의사나 선생이 되어 말과 마차가 있는 큰집을 사고 결혼해서 아기를 가지게 될 때의 아직도 아득한 미래의 꿈을 그려보는 것이었다…… 그녀는 밤새도록 똑 같은 것을 꿈꾸면서 잠드는 것이었다. 그러면 때때로 눈에서 눈물이 뚝뚝 떨어졌다. 그럴 때면 검정 고양이가 그녀 곁에 드러누워서

'커러렁, 커러렁, 커러렁'

하고 목구멍을 헐그덕거리는 것이었다. 그때 갑자기 대문을 급히 두드리는 소리가 났다. 오렝카는 깜짝 놀라서 숨이 막혀 버릴 것만 같았다. 심장이 크게 두근거렸다. 반시간쯤 지나서 또 문을 두들기는 소리가 났다.

'틀림없이 하리코프에서 전보가 온 거야!'

그녀는 마음을 떨면서 생각하고 있었다.

"사아샤 엄마가 사아샤를 보내라고 전보를 친 거야. 어쩌면 좋을까!"

그녀는 절망에 빠졌다. 머리와 손발이 식어 버렸다. 이 세상에 자기처럼 불행한 인간이 없는 것같이 생각되었다. 또 1,2분이 흘렀다. 말소리를 들어보니 수의사가 클러부에서 돌아온 것임을 알 수 있었다.

'아아, 다행이야!'

하고 그녀는 생각했다.

차츰 무거운 짐이 마음에서 사라지고 다시 명랑한 기분으로 되돌아갔다. 그녀는 침대 위에 가로누워서 사아샤의 일을 생각하는 것이었

다. 사아샤는 곁방에서 깊이 잠들어 있었다. 그리고 이따금 잠꼬대를 하는 것이었다.

"죽여버릴 테야! 저리 비켜! 잔소리 말아!"

—안톤·체호프

가난한 사람들

폭풍우가 치는 밤, 가난한 어부 자니는 오막살이 집안 화덕 가에 앉아 넝마 조각으로 낡아빠진 돛을 깁고 있었다. 강한 바람에 비가 유리창을 갈기고, 파도가 바닷가를 치며 부서지는 소리가 요란스러웠다. 밖의 소리가 쉴새 없이 자니의 귀를 울리고 있지만 가난한 어부의 오막살이 방은 포근하고 아늑했다. 방바닥은 흙바닥 그대로 되어 있기는 하나 깨끗하게 쓸려 있고, 화덕에는 마른 나뭇가지가 빠짝빠짝 소리를 내면서 타고, 찬장에는 깨끗하게 닦은 접시들이 가지런히 얹혀 있고 방구석 한쪽에는 하얀 보료를 깐 낡은 침대가 놓여 있었다. 침대에는 아무도 없었으나 방바닥에 깐 요 위에는 어린것들 다섯이 시끄러운 파도 소리 속에서도 곤히 자고 있었다.

그녀의 남편은 지금 바다에 나가고 없었다. 이렇듯 어둡고 추운 날씨에도 사나운 밤바다로 고기를 잡으러 나간 것이다. 이런 날 일 나가는 것은 매우 무서운 일이지만 그러나 달리 살아갈 뾰족한 수가 없었고. 남편으로서 집안 식구들을 그대로 내버려 둘 수도 없었다. 자니는 파도소리와 사나운 바람소리에 귀를 기울이고 있었다. 이따금 애끊는 갈매기의 울음소리가 들려오기도 했다. 비는 줄기차게 퍼붓고 있었다. 자니는 괴로웠다. 그녀의 눈에는 난파선의 처절한 장면이 그림처럼 떠올랐다. 배는 바위에 부딪쳐 산산조각이 나고 사람들은 물에 빠져 허우적거리는 것 같았다. 아! 무서워!

낡은 괘종시계의 지친 듯한 소리가 똑딱똑딱 밤을 저미고 있다. 똑

딱…… 그래도 어린것들은 곤히 자고 있다.

그녀는 생각에 잠겼다. 살아간다는 것이 결코 쉬운 일이 아니다. 남편은 몸을 돌보지 않고 추위와 폭풍우를 무릅쓰고 바다에 나가 언제 다가올지도 모를 위험과 싸우고 있는 중이다. 그녀는 아침부터 밤까지 방에 틀어박혀 쉴새 없이 일해야 했다. 이렇게 힘들여 일해야만 살아 갈 수 있다니 얼마나 한심한 일인가? 어린 자식들은 여름 겨울 할 것 없이 맨발로 살아야 하고. 밀빵 같은 건 아예 엄두도 못 낸다. 귀리밥이 입에 들어가는 것만도 고마운 일이다. 하지만 이따금 생선은 먹는다. 아무튼 어린것들이 탈 없이 튼튼히 자라주는 것만도 하나님의 고마운 은총이다.

어쩌면 바다가 저렇게 사나운 소리를 내고 있을까! 그이는 지금 어떻게 하고 계실까? 하나님, 은혜의 손길로 그 이를 보호해 주옵소서. 은혜를 내려 주시옵소서.

아직 잠자리에 들기에는 일렀다. 자니는 일어나 두툼한 외투를 걸치고 간데라 불을 켜 들고 밖으로 나섰다. 남편이 지금쯤 돌아오는 것은 아닌지, 바다는 좀 잠잠해지지나 않는지, 등대 불은 제대로 켜져 있는지 모두가 궁금하고 초조해서였다.

밖은 칠흑같이 어두웠다. 가랑비가 오는가 했더니 억수처럼 퍼붓는 장맛비였다.

동네 어귀 바닷가에는 낡아서 반쯤 무너진 오두막집이 하나 있었다. 벽은 썩어서 시커멓고 낡은 문짝이 떨어질 듯 매달려 있었다. 바람이 몰아칠 때마다 문짝이 흔들리며 삐그덕거리고 소리를 냈다. 바람은 마치 그 초라한 오두막집을 날려 버리기라도 할 듯 몰아치고 있었다. 문짝은 가엾게도 부서지는 소리를 내고 지붕 위의 썩은 지푸라기는 구원이나 청하듯 바스락거렸다. 자니는 오두막집 문 앞에 걸음을 멈추고 찌그러진 창문으로 들여다보았다. 집안은 캄캄했다.

'그 가엾은 환자를 돌봐줄 걸 깜박 잊었구나! 밤이 되면 더 나빠진다고 바깥양반이 말씀하셨지. 정말 저 이는 외로운 분이야. 아무도 돌봐 줄 사람이 없으니' 하고 자니는 생각했다. 그래서 들여다본 것인데 인기척이 전혀 없었다. 그녀는 문 앞에 선 채 생각에 잠겼다.

'가엾어라! 자기 손으로 어린것들을 돌봐야 할 처지에 병이 들다니! 무슨 팔자가 그럴 수 있을까! 둘째 아이를 뱃속에 가진 채 과부가 됐으니 딱하기 그지없는 일이야. 제 몸 하나에 자식들의 목숨이 달려 있는데 병이 들다니! 무슨 팔자가 그런가!'

그녀는 몇 번 노크해 보았다. 여전히 대답이 없었다.

"이봐요, 별일 없어요?" 하고 자니는 소리쳐 보았다.

"그럼 좋아요, 주무시거든 그냥 계셔요."

바람은 멎질 않았다. 자니는 추위와 비에 젖어 와들와들 떨렸다. 집으로 돌아가려고 발길을 돌리는 순간 외투를 날려 버릴 듯한 강한 바람이 몰아쳤다. 그 바람에 그녀는 중심을 잃고 문에 부딪쳤다. 그로 인해 문짝이 활짝 열려 버렸다. 얼결에 자니는 집안으로 들어갔다. 그녀가 든 간데라 불이 캄캄한 집안을 비쳐 주었다. 집 안이라지만 바깥이나 다름없이 축축하게 젖은 채 침침하고 추웠다. 오랫동안 불을 때지 않았다는 것을 알 수 있었다. 천장 이 구석 저 구석에서 마치 키질하듯 빗물이 새어 내리고 있었다. 문을 등지고 벽 가에 지저분한 지푸라기를 쌓아 놓은 위에 과부의 사체가 놓여 있었다. 머리는 뒤로 내던져지고 싸늘하고 푸릇푸릇한 얼굴은 입을 벌렁 벌린 채 오뇌와 절망의 표정이 얼어붙은 채였다. 무엇인가 휘어잡으려는 듯이 내뻗은 푸르스레한 손은 맥없이 지푸라기 침대 위에서 아래로 내려뜨리고 있었다. 어미의 시체 발치 쪽에 덜렁 요람 속에 어린애가 둘이 있었다. 헬

쑥한 얼굴이기는 했으나 곱슬머리에 예쁜 뺨을 한 어린것들이 상을 찡그리고 금발 머리를 서로 비벼대며 고요히 깊은 잠에 빠져 있었다. 죽음이 다가오는 줄도, 폭풍우의 아우성도 모르는 듯. 어미는 죽어 가면서도 어린것들의 발을 큼직한 누더기 조각으로 감싸주고 자기의 옷을 어린것들에게 덮어 주는 것을 잊지 않았다. 한 아기는 오동통한 작은 손으로 뺨을 고이고 있었다. 다른 쪽 한 아기는 형의 목에 귀여운 얼굴을 맞대고 있었다. 아기들의 숨소리는 조용하고 순조로웠다. 그 무엇도 그들의 잠을 깨우지 못하리만큼 깊고 편안한 잠을 자고 있었다. 폭풍우는 점점 더 거세어지고 있었다. 천장에서 새어 내린 빗물이 죽은 어미의 이마 위에 떨어져 뺨으로 흘렀다. 수심에 일그러진 그녀의 얼굴 위의 눈물과도 같이.

자니는 줄달음질쳐 집으로 돌아왔다. 그녀는 외투 자락 속에 무엇인가 감춰 가지고 왔다. 그녀의 가슴은 몹시 뛰었다. 그녀는 누가 뒤를 쫓아오는 것만 같아 돌아볼 겨를도 없었다. 죽은 사람 집에서 무엇을 훔쳐온 것일까?

자니는 가지고 온 물건을 침대 위에 놓고 얼른 보료로 덮었다. 그리고 의자를 가져다 침대 곁에 놓고 주저앉아 침대 끝에 이마를 대고 엎드렸다. 그녀는 새파랗게 질린 채 흥분해 있었다. 양심의 가책을 받아 매우 괴로워하고 있는 것 같았다. 그녀는 이따금 비명 같은 고함을 질렀다.

'그이가 뭐라고 하든 난 몰라! 내가 무슨 짓을 했담! 아이들의 뒤치다꺼리에 지쳤어…… 나는 바보야, 아아 돌아오셨나요? 아니, 아니야…… 차라리 나를 실컷 때려 주기나 했으면 좋겠어, 난 매맞을 짓을 했어…… 아아, 그이가! 아아, 좋아, 차라리 내가!'

문소리가 났다. 누가 온 것 같았다. 자니는 몸을 부르르 떨면서 일어섰다.

'이번도 아니잖아! 하나님, 어쩌면 제가 이런 짓을 했을까요? 이런 짓을 하고 어찌 그이를 바로 볼 수 있어요!'

자니는 또 생각에 잠겨 오랫동안 침대 곁에 앉아 있었다. 먼동이 트기 시작했다. 바람은 여전히 사납게 울부짖고 바다도 역시 몸부림을 치고 있었다.

홀연히 문이 열렸다. 동시에 방안으로 축축하고도 신선한 공기가 한 줄기 흘러들었다. 키가 헌칠하게 크고 햇볕에 타 거무스레한 어부가 젖고 찢어진 그물을 질질 끌고 오막살이 안으로 들어왔다.

"자니, 나 왔소."

"오, 이제 오셨군요."

자니는 대답은 했으나 일어선 채 고개를 들지 못했다.

"참 사나운 밤이었어, 지독한 날씨야."

"참 그래요. 무서운 날씨였어요, 그래 많이 잡았어요?"

"망했어, 아주 망했어! 고기 꼬리도 걸리지 않아, 그물만 찢기고 왔지, 아주 멍들었어! 참 지독한 폭풍우였어! 간밤 같은 폭풍은 지금까지 만나 본 적이 없는 걸. 악마같이 울부짖으면서 배를 공기놀이하듯 들까불러댔어…… 밧줄이 끊어져 배와 함께 바다 속으로 묻히는 줄 알았지, 그래도 요행히 살아서 돌아온 거야…… 그런데 당신은 어떻게 지냈소?"

남편은 그물을 방안까지 끌고 들어와 난로 옆에 앉았다.

"저요?" 자니는 새파랗게 질려서 되물었다.

"전 앉아서, 여기 앉아서 뜨개질하고 있었어요…… 바람 소리가 어찌나 심한지 혼자 있기가 무서웠어요. 밤새도록 당신 걱정만 했어요……."

"그랬을 거야, 정말 지독한 바람이었거든. 그런데 어떡하지?"

남편은 중얼거리다 말끝을 흐렸다. 내외는 한참이나 말이 없었다. 이윽고 자니는 떨면서 무슨 죄나 저지른 사람처럼 머뭇거리며 입을 열었다.

"여보. 시몬 아줌마가 죽었어요. 언제 죽었는지는 몰라도. 아마 엊저녁 당신이 그의 집에 다녀온 될 거예요. 죽을 때 괴로웠을 거예요, 어린것들을 생각하면 가슴이 막히고 숨이 막힐 것 같아요. 젖먹이를 둘이나 남겨 놓고 죽었으니. 아랫놈은 아직 말도 못하고 위 놈은 이제 겨우 기기 시작했어요……."

자니는 입을 다물었다. 남편은 눈을 끔뻑거렸다. 선량하고 정직한 그의 얼굴은 엄숙하고도 심각한 표정을 짓고 있었다.

"참 안 됐어, 딱한 노릇이야……."

그는 참다못해 목덜미를 빡빡 긁으면서 말했다.

"어쩐담? 우선 어린것들을 데려와야지, 잠이 깨면 어미를 찾을 텐데. 어떻게든 해야지! 빨리 가서 데려오구려!"

그러나 자니는 자리에서 일어나려 하지 않았다.

"왜, 싫은가? 어린것들을 데려오는 게 마음에 걸린단 말이지, 자니 뭣하고 있는 거야? 어서……."

자니는 일어섰다. 그리고 아무 말 없이 남편을 침대 옆으로 끌고 가 보료를 치켜들었다. 거기에는 죽은 홀어미의 두 어린 아기들이 평화스런 꿈을 꾸고 있었다.

— 빅톨 유고

미리엘르 신부

1815년 샬·프랑소와·비앙브니·미르엘르는 디이뉴의 신부가 있었다.

어느 날 신부 집 문을 두드리는 자가 있었다.

"들어오시오."

하고 신부는 말했다. 문이 활짝 열렸다. 누군가 힘을 넣어서 콱 잡아챈 것 같았다.

낯선 사나이가 들어왔다. 그리고는 한 걸음 앞으로 다가서서, 등뒤에 문을 연 채로 걸음을 멈추었다. 어깨에는 배낭을 메고, 손에는 지팡이를 들고, 눈에는 거칠고 대담스러운 지친 듯하나 매서운 눈빛이었다. 난로 불이 그를 비치고 있었다. 신부는 선한 눈초리로 그 사나이를 바라보고 있었다. 그리고 들어온 그 사나이에게 무슨 일로 왔느냐고 물으려고 입을 열었을 때 사나이는 두 손에 지팡이를 모아 쥐고 신부를 바라보면서 말했다.

"들어보세요. 저는 쟌·발쟌이라는 자입니다. 저는 징역살이를 하고 나온 사람입니다. 저는 15년 동안 형무소에서 살았습니다. 저는 나흘 전에 석방되어 뽕딸리에에 가려고 떠나는 중입니다. 쯔롱으로부터 나흘 동안 걸어왔습니다. 오늘은 120리를 걸었습니다. 저녁 때 여기에 도착해서 여관에 갔으나 쫓겨났습니다. 노란 여권을 가지고 있기 때문입니다. 저는 다른 여관에도 갔습니다마는 재워 주지 않습니다. 아무도 저를 받아 주지 않습니다. 형무소에 가도 문지기가 열어 주지 않습니다. 개집에도 들어가 보았으나 개도 사람과 마찬가지로 저를 쫓아 버렸습니다. 아마 개도 제가 누군지 알고 있었는가 봐요. 저는 벌판으로 나가 별 아래 노숙하려고 생각했습니다만 별도 나오지 않고 게다가 비가 올 것 같았습니다. 비가 오지 않도록 해 주실 하나님도 없다고 저는 생각했습니다. 그래서 저는 어느 집 추녀 밑이나 찾아볼까 하고 다시 걸어 들어왔습니다. 그러던 참에 어떤 친절한 아주머니가 당신 집을 가리키면서 찾아가 보라고 말해 주었습니다. 그래서 여기까지 온 것입니다. 여기는 대체 무엇 하는 곳입니까? 내게는 돈도 있습니다. 적립금을 가지고 있습니다. 형무소에서 19년이나 일해서 모은 돈 109프랑 15수우입니다. 숙박료는 꼭 치러 드리겠습니다. 돈은 가졌으나 저는 아주 피로합니다. 120리나 걸었으니까. 배가 몹시 고픕니다. 묵어갈 수 있을까요?

마구로알 하고 신부가 말했다.

"식사준비 한 사람분 더 하시오."

사나이는 세 걸음 걸어서 식탁 위에 있는 남포로 다가갔다. 그리고는 알 수 없다는 듯이 말했다.

"좋습니까? 저는 징역살이하던 사람입니다. 형무소에서 나온 지 며칠 안 됩니다!"

그는 호주머니에서 큼직한 노란 종이를 끄집어내 펼쳐 보였다.

"이것이 저의 여권입니다. 보시다시피 노란 색입니다. 이것 때문에 저는 어디로 가든지 쫓겨납니다. 읽어보시렵니까? 저도 읽을 수 있습니다. 형무소에서 배웠습니다. 형무소에서 배우고 싶은 자를 위하여 학교를 만들었습니다. 여권에는 이렇게 써 있습니다.

〈쟌·발쟌 석방 죄수, 출생지……〉

이것은 아무래도 좋습니다.

〈15년간 복역한 자임. 주택 파괴, 절도죄로 5년. 네 번 탈옥을 시도했으므로 4년. 대단히 위험한 인물임.〉

"그래, 그렇습니다. 그래서 아무도 저를 받아주질 않습니다. 그런데 당신은 저를 재워주려 하십니까? 여기는 여관입니까? 저에게 먹을 것과 잠자리를 주려는 것입니까? 댁에는 외양간이 있습니까?"

"마구로알."

하고 신부가 말했다.

"침대에 흰 이불을 까시오."

마구로알 할멈은 명령대로 시행하려고 방을 나갔다. 신부는 사나이 쪽으로 고개를 돌렸다.

"여보시오, 어서 앉으시오! 그리고 불도 쪼이시고, 곧 식사가 됩니다. 그리고 식사하는 동안에 잠자리도 준비될 것입니다."

그제야 사나이는 똑똑히 알아차렸던 것이다. 그때까지 우울하고 딱딱하던 그의 표정이 의혹과 기쁨으로 멍해진 것같이 보였다. 그리고는 마치 미친 사람처럼 중얼거리기 시작했다.

"정말입니까? 저를 재워 주신다! 내쫓지 않으신다? 징역살이하고 나온 저를. 게다가 저를 '여보시오'라고 불러주신다! '너' 하고 부르지 않고. 저는 언제나 자식 꺼져버리라고만 들어 왔습니다. 당신도 저를 쫓아버리실 줄로 생각했습니다. 그런데 식사를 하고 침대에 보통 세상 사람과 다름없이 이불과 요를 깐 잠자리라니! 참으로 훌륭한 분이시군요! 제발 주인양반 당신의 존함이나 들려주십시오. 돈은 얼마라도 내겠습니다. 당신은 참 좋은 분입니다. 당신은 이 여관집 주인인가요? 그렇지 않습니까?"

"나는 신부입니다."

하고 그는 말했다.

"신부라구요? 아아, 당신은 이 큰 교회의 신부입니까? 참 그렇군. 저는 정신이 없었습니다. 당신의 둥근 모자를 알아보지 못했습니다."

그렇게 말하면서 사나이는 배낭과 지팡이를 한 구석에 놓고 여권을 호주머니에 넣고서야 의자에 앉았다. 그 동안 신부는 일어서서 열린 채로 있던 문을 닫았다.

마구로알 할멈이 돌아왔다. 그녀는 한 사람 분의 식사를 더 들고 와서 식탁 위에 놓았다.

"마구로알." 하고 신부가 말했다.

"그 식기를 난로 가까이에 두시오"라고 손님 쪽을 향하여 말했다.

"알프스의 밤바람은 매우 찹니다. 당신은 많이 추우시지요!"

신부가 그 당신이라는 말을 부드럽고 묵직하고 점잖은 목소리로 말할 때마다 사나이의 얼굴은 빛났다. 징역살이를 하고 난 사람에게 '당신'이라고 하는 말은 목마른 자에게 물 한 사발을 주는 것과 같다. 천대받는 자들은 남의 존경에 굶주려 있다.

"이 남포가 과히 밝지 못한데."

하고 신부가 말했다. 마구로알 할멈은 그 뜻을 깨달았다. 그리고는 신부의 침실 난로 위에서 은제 촛대를 가져다가 불을 켜서 받침대 위에 놓았다. 그녀는 신부가 손님이 있을 때면 그것에 불을 켜기 좋아함을 알고 있었던 것이다.

"당신은 좋은 분입니다."하고 사나이는 말했다.

"저를 업신여기지 않으시다니! 저를 집에 넣어주시고! 제가 어디서 왔는지 또 제가 어떤 인간이란 것도 숨기지 않았는데……"

신부는 조용히 징역군의 손을 잡으며 말했다.

"당신이 누구인가를 나에게 말하지 않아도 상관없습니다. 여기는 나의 집이 아니라 그리스도 님의 집입니다. 이 집의 문을 들어오시는 분에게는 이름을 묻지 않습니다. 그저 마음에 슬픔이 있느냐 없느냐를 묻습니다. 당신이 괴롭고 굶주림과 목마름을 느긴다면 환영합니다. 내가 당신을 이 집에 맞아들인 것이 아닙니다. 안식처를 필요로 하는 사람이라면 누구도 이 집의 주인이 될 수 있습니다. 여기 있는 모든 것은 당신의 것입니다. 어찌 내가 당신의 이름을 알 필요가 있겠습니까? 그리고 또 당신이 말하기 전부터 당신의 이름을 알고 있었습니다."

사나이는 놀라서 눈을 크게 떴다.

"정말입니까? 당신은 저의 이름이 무엇인지 알고 계셨습니까?"

"그렇습니다. 당신의 이름은 나의 형제라는 것이지요."

사나이는 말했다.

"저는 여기 들어올 때 매우 배가 고팠습니다. 그런데 당신이 어찌도 친절하신지 아주 놀라서 배고픈 것도 잊었습니다."

신부는 그를 바라보았다. 그리고 물었다.

"당신은 퍽 고생하셨군요!"

"아아, 붉은 옷, 다리에 동여맨 쇠고랑, 나무판자 침대와 추위, 더위, 노역, 구타, 아무 것도 아닌데도 두 겹의 쇠사슬로 묶입니다. 한 마디만 잘못 해도 곧 감금입니다. 항상 누워 있는 환자에게조차 쇠사슬을 채웁니다. 개가 훨씬 행복합니다. 그것이 19년간이나 계속되었습니다. 저는 금년 마흔 여섯 살입니다. 게다가 노란 여권이랍니다."

"참 그렇군!" 하고 신부가 말했다.

"당신은 그 슬픈 곳에서 나오셨다지요! 좀 들어보시오. 백 명의 바른 사람들의 백의(白衣)보다 회개의 눈물로 젖은 1명의 죄인의 얼굴에 대하여 하늘에는 더 많은 기쁨이 있습니다. 만약 당신이 그 비통한 곳에서 인간에 대한 증오와 분노의 마음으로 나오셨다면 당신은 가련한 인간입니다. 그러나 호의와 온화스러운 마음으로 나오셨다면 누구보다도 당신은 훌륭한 인간입니다."

그러는 사이에 마구로알 할멈도 저녁상을 다 차렸다.

신부의 얼굴에는 사람을 잘 대접하는 기질이 있는 사람에게 특유한 쾌활한 표정이 갑자기 떠올랐다.

"어서 식탁에 가까이 앉으시오."하고 신부는 큰소리로 말했다.

신부는 으례 하는 식으로 기도를 올리고 나서 국물을 따랐다. 사나이는 정신없이 먹기 시작했다. 갑자기 신부가 말했다.

"무엇인가 식탁에 부족한 것이 있는 것 같애……"

사실 마구로알 할멈은 필요한 세 사람 분의 식기를 준비했을 뿐이었으나 신부가 누구와 식사를 함께 할 때는 식탁에 여섯 벌의 식기를 모조리 내놓는 것이 이 집의 풍습이었다.

마구로알 할멈은 신부의 눈치를 채고 아무 말 없이 방을 나갔다. 그러자 이윽고 신부가 말한 대로 나머지 세 벌의 식기가 세 사람 앞에 한 벌씩 가지런히 놓여서 빛났다.

식사가 끝나자 신부는 테이블 위, 두 개의 은제 촛대 중에서 하나를 손에 들고 하나는 손님에게 주면서 말했다.

"자, 당신 방으로 안내해 드리지요."

사나이는 신부의 뒤를 따랐다. 그들이 신부의 방을 지나가노라니 마침 마구로알 할멈이 신부의 머리맡에 있는 찬장에 은제 식기를 넣고 있었다. 그것은 매일 저녁 그녀가 자기 전에 하는 마지막 일과였다.

신부는 손님을 예배소의 침실로 안내했다. 거기에는 하얀 새 침대가 마련되어 있었다. 사나이는 작은 책상 위에 은제 촛대를 놓았다. 신부는 안녕히 주무시라 하고 나가 버렸다.

대회당의 시계가 새벽 두 시를 쳤을 때 쟌·발쟌은 잠이 깼다. 그가 눈이 뜨인 것은 침대가 너무도 부드러웠던 까닭이었다. 그는 근 20년 동안이나 좋은 침대에서 자 본 일이 없었다. 그래서 그는 옷을 벗지는 않았으나 그 느낌이 아주 신기했으므로 잠이 깬 것이었다. 이것저것 여러 가지 생각이 머리 속에서 오락가락했다. 그 중에서도 쉴새 없이 나타나서 다른 생각을 물리치는 단 한가지 생각이 있었다.

그는 마구로알 할멈이 식탁 위에 놓은 여섯 벌의 은제 식기와 커다란 숟가락 하나에 눈독을 들였던 것이다. 그것들이 그의 머리에 꽉 붙어서 떨어지질 않았다. 그것은 몇 발자국 안 되는 곳에, 그가 있는 방에서 곁방을 지날 때 늙은 식모가 머리맡의 작은 찬장 안에 거두어 넣었던 것이다.

그는 그 찬장을 잘 보아 두었다. 식당으로 들어가면서 바른 편이다. 두툼한 옛날 은제품이었다. 큼직한 숟가락이라고 하면 그가 19년 동안 형무소에서 일해서 번 돈의 두 갑절은 될 것 같았다.

그는 한 시간 동안이나 마음속에서 싸우고 망설이고 있었다.

세 시가 울렸다. 그는 눈을 뜨고 침대 위에 일어나 앉았다. 그리고는 손을 내밀어 침실 한 구석에 내버려둔 배낭을 만져 보았다. 그리고 침대에 걸터앉아 다리를 내려뜨렸다.

그는 한참 동안 멍한 채로 있었다. 이윽고 그는 일어섰다. 그러나 아직도 망설이다가 귀를 기울였다. 집안은 고요했다. 이윽고 그는 구두를 호주머니 속에 쑤셔 넣고 배낭을 등에 걸머졌다. 그리고는 숨을 죽이고 조심조심 발소리를 내지 않고 이웃 방의 신부의 침실 쪽으로 다가갔다. 침실 문은 열린 채 있었다. 신부는 그 문을 닫지 않았던 것이다. 쟌·발쟌은 모자챙을 눈두덩까지 푹 내리 쓰고 신부 쪽은 보지도 않고 곧바로 찬장 쪽으로 갔다. 열쇠가 꽂힌 채로 있었다. 그는 열었다. 맨 처음 눈에 띈 것은 은제 식기가 들어 있는 바구니였다. 그는 그것을 손에 들자 아무런 조심도 하지 않고 발소리에도 조심 않고 성큼성큼 걸어서 방을 지나 예배실로 들어가서 지팡이를 들고 창을 열고 창문턱을 넘어 배낭에 은식기를 넣고 바구니를 버리고 정원을 가로질러 울타리를 타 넘고 자취를 감추었다.

이튿날 아침 해 돋을 무렵 신부는 정원을 거닐고 있었다. 마구로알 할멈이 허둥지둥 그의 곁으로 달려왔다.

"신부님! 어제 밤의 사나이가 은식기를 훔쳐 가지고 도망쳤습니다"

신부는 잠깐 가만히 있었다. 그리고 나서 엄숙한 얼굴을 들고 조용히 마구로알 할멈을 보고 말했다.

"그런데, 첫째로 그 식기가 우리 것이었는가? 나는 오랫동안 잘못 생각해서 그 은식기를 내 것으로 잘못 알고 있었다. 그것은 가난한 사람들의 것이다. 그런데 그 사나이는 가난한 사람이 아니었던가?"

잠시 후에 신부는 어제 저녁 쟌·발쟌이 식사하던 식탁에 앉아서 아침 식사를 하고 있었다. 식사를 끝마치고 식탁에서 일어서려는 순간에 누가 문을 두들겼다.

"들어오십시오."

문이 열렸다. 세 사나이가 한 사나이의 목덜미를 잡아 쥐고 있었다. 세 사나이는 헌병이고 한 사나이는 쟌·발쟌이었다.

신부는 노인이었으나 기운 있게 다가갔다.

"아아! 참 잘 오셨습니다."

하고 신부는 쟌·발쟌을 보면서 말했다.

"당신을 만나게 되어 반갑소. 그런데 어찌 되었소? 내가 당신에게 촛대도 드렸는데 그것도 역시 은제니까 2백 프랑쯤은 나갈 텐데 왜 그것도 함께 안 가져가셨소?"

쟌·발쟌은 눈을 들었다. 그리고 인간의 말로서는 도저히 형언할 수 없는 존경의 마음을 품은 눈으로 바라보았다.

"그러면 이 사나이가 말한 것이 참말입니까?"

하고 헌병이 물었다.

"우리가 이 사나이를 보았을 때 걷는 것이 꼭 도망치는 꼴이었습니다. 그래서 붙잡아 조사해 보았더니 은식기를 가지고 있던 걸요……"

"그리고 이렇게 말했을 테지요."

하고 신부는 미소를 지으면서 말했다.

"하룻밤 재워 준 늙은 신부가 주더라구요. 그래서 여러분들은 이 사람을 여기까지 데리고 왔군요. 그것은 여러분들의 오해입니다."

"그럼, 이대로 놓아주란 말씀입니까?"

"예, 물론이지요!"

하고 신부가 대답했다. 헌병들은 쟌·발쟌을 놓아주었다. 그는 뒤로 비틀거렸다.

'정말로 나는 용서된 걸까?'

하고 그는 마치 꿈을 꾸고 있는 사람처럼 중얼거렸다.

"그래, 용서된 것이야. 그것을 모르겠느냐?"

하고 헌병 한 사람이 말했다.

"자, 여보시오."

하고 신부는 그를 향하여 말했다.

"떠나실 때는 이 촛대도 가져가시오. 이것도 당신에게 준 것입니다."

신부는 난로가로 가서 은촛대 둘을 들고 와서 쟌·발쟌에게 주었다. 쟌·발쟌은 온몸을 와들와들 떨고 있었다. 그는 기계적으로 촛대를 받아 들고 멍하니 바라보고 있었다.

"그러면 편안히 다녀가십시오."

하고 신부는 그에게 말했다.

"참 한 마디 더 말해 두겠는데 다음 번 오실 때는 정원으로 돌아오실 필요는 없습니다. 어느 때라도 앞문으로 들어오셔도 좋습니다. 문은 밤이나 낮이나 걸개를 걸어두고 있을 뿐이니까."

그리고 나서 신부는 헌병들 쪽으로 향하여 말했다.

"어서들 돌아가십시오."

헌병들은 나갔다. 쟌·발쟌은 정신이 도는 것 같았다. 신부가 그의 곁에 와서 귓속말로 속삭였다.

"잊지 마시오. 결코 잊어서는 안 됩니다. 이 은 그릇은 정직한 인간이 되기 위하여 쓰겠다고 내게 약속한 일을."

아무 것도 약속한 적이 없는 쟌·발쟌은 그저 얼빠진 사람처럼 서 있었다. 신부는 이렇게 말을 이었다.

"쟌·발쟌! 당신은 나의 형제입니다. 당신은 이제부터 다시는 악에 속하지 않습니다. 선의 세계에 들어온 것입니다. 나는 당신의 심령을 샀습니다. 나는 당신의 영혼을 암흑의 정신 속에서 끌어내 하나님 앞에 바쳤습니다."

―빅톨·유고

스으라아트의 커피점

스으라아트는 인도의 도시 이름이다. 그 거리에 커피점이 있었다. 거기에 여러 나라에서 나그네들이 모여들어 이야기를 하고 있었다.

하루는 거기에 위대한 페르샤의 신학자가 나타났다. 이 신학자는 일생 동안 신의 본질에 관하여 연구해 왔다. 그는 신에 관하여 많은 글을 읽고 몸소 책을 쓰기도 하였다. 그 때문에 지식을 많이 얻어서 머리 속에 담았다. 그 결과 이 신학자는 신을 믿지 않게 되었다.

페르샤왕은 사실을 알자 그를 국외로 추방하고 말았다.

때문에 이 불행한 신학자는 일생을 바쳐 세계 제일의 신에 관하여 연구했지만 결국 아주 머리가 돌아버렸던 것이다. 그에게는 지식 이상의 것이 필요치 않았고 세계를 지배하는 것은 오직 지식밖에는 없다고 생각하게 되었다.

이 신학자는 아프리카인 노예를 데리고 있어서 어디든 그를 데리고 다녔다. 신학자가 커피점으로 들어가자 아프리카인 노예는 문 저편에 발걸음을 멈추고 햇볕이 쪼이는 상판 위에 걸터앉았다. 그리고 몰려드는 파리떼를 쫓고 있었다. 신학자는 커피점의 부드러운 의자에 앉아서 아편을 가져오라고 명령했다. 아편을 피우고 있노라니 머리가 몽롱해졌다. 신학자는 노예를 향하여 말하였다.

"여 이놈, 너는 신이 있는지 없는지 알고 있나?"

"물론 있습죠,"

하고 노예는 곧 허리띠를 풀고 작은 나무로 만든 우상을 하나 끄집어냈다.

"주인님, 이것이 신입지요. 내가 살아 있을 동안 나를 보호해 주는 신입지요. 신은 이렇게 고마운 나무로 만들어져 있으므로 우리 나라 사람들은 모두 믿고 있습지요."

신학자와 노예 이야기를 듣고 커피점에 모였던 사람들은 놀랐다. 신학자의 질문에 놀라기도 했지만 노예의 대답에 더 놀랐던 것이다. 노예의 대답을 듣고 있던 부라마교도 한 사람이 노예를 향하여 말했다.

"불쌍한 미치광이구려! 신이 허리띠 속에서 나와서야 될 말인가! 신은 한 분밖에 안 계시다. 그것은 부라마님이시다. 부라마님은 이 세상의 그 누구보다 위대하다. 이 세상은 부라마님께서 만드셨기 때문이다. 부라마님이야 말로, 한 분의 위대한 신이시다. 이 신을 위해서 간디스 강가에는 신전이 세워져 있고 마음에서 우러나오는 희생인 부라마교도들이 섬기고 있다. 우리 교도들은 모두 참 신을 알고 있다. 벌써 2만년 전 옛날부터다. 그리고 이 세상이 어떻게 뒤집힐지라도 우리 교도들은 조금도 변함이 없고 또 변하지도 않을 것이다. 오직 하나의 참 신인 부라마님이 우리를 보호해 주시니까."

부라마교도는 그러한 말로, 청중을 설복시키려고 생각한 것 같다. 그러나 거기에는 유대인 환전업자가 있어서 그에게 반론을 폈다. 환전업자가 말했다.

"참 신의 신전이 인도 따위에 있다니 말이 되나! 신께서 어찌 부라마교도들의 까다로운 위계(位階)의 구별 따위를 보호해 주실려구! 진짜 신은 부라마님 같은 게 아니라 아우라아마, 이사아카, 그리고 요코오와이시다. 그리고 진짜 신은 오직 우리들 이스라엘의 백성들만을 보호해 주신다. 신은 이 세상이 시작됐을 때부터 오직 우리 민족만을 사랑하시지. 지금은 비록 우리 민족이 이 지상에 뿔뿔이 흩어져 있기는 하나, 그것은 단지 신이 내리는 시련에 지나지 않는다. 신은 마침내 약속하신 바와 같이 신 자신의 백성을 예루살렘으로 모으실 것이다. 그 때 비로소 옛 기적이 일어나 예루살렘의 신전에 이스라엘 사람들을 모아 온 세계의 지배자로 삼으실 거야."

유대인은 그렇게 말하고 나서 울었다. 그는 좀더 말하고 싶은 것 같았으나 거기 있던 이태리 사람에게 말문이 막혔다. 그 이태리 사람이 말했다.

"거짓말 말게나. 자네는 신에게 옳지 못한 일을 빌고 있네. 신께서는 어떤 민족을 다른 민족 이상으로 사랑하실 수 없는 거야. 그와 반대로 만약 신께서 이스라엘민족을 보호해 주신다면 왜 신이 화를 내시고 그 노여움 때문에 이스라엘 민족을 갈가리 찢어 이 땅위에 흩어 버리시나? 그건 신앙을 펴시는 게 아니야, 멎게 하신 지 벌써 1800년이나 되지 않았는가? 신께서는 어떤 민족을 특별히 사랑하시는 일은 없다. 구원을 바라는 자는 모두 보호하시는 거야. 이러한 것은 참된 로마 카톨릭교회의 가슴속에만 있는 일이다."

이태리 사람이 이렇게 말하자 거기에 있던 신교도 목사가 얼굴이 새파래 가지고는 카톨릭교도에게 말했다.

"어찌 구원이 그대들의 종파에만 있다고 말할 수 있나? 성경에 말씀하기를 진실과 신령으로 예수의 법식을 따라 하나님을 섬기는 자는 모두 구원을 받는다는 것을 알아두십시오."

그때 스오라아트거리의 세관에 근무하고 있는 터키 사람도 거기에 앉아서 긴 담뱃대를 빨고 있던 참이었다.

터키인이 말했다.

"제멋대로 로마교회 따위를 믿어봐야 아무 소용도 없어. 당신들이 믿는 것쯤을 벌써 600년 이전에 마호메트의 가르침으로 바꾸어져 버린 거야! 그리고 당신들도 알다시피 마호메트의 가르침은 유럽이나 아세아의 각 지방에 이미 퍼져 많은 사람들이 신봉하고 있지 않은가? 오랜 옛날부터 이미 깨우친 나라 저 중국에까지도 널리 알려져 있지 않은가? 말하자면 신께서는 유대인들을 가까이하시기를 꺼리고 계시지. 그 증거로 유대인들에 의해서는 신이 아무 곳에도 전파되지 않을 뿐만 아니라 그 자신들도 어디서나 굴종과 괄시를 받으면서 살기 때문이지. 그러나 마호메트는 어디서든지 받들어지고 지금도 끊임없이 전파되고 있거든. 이야말로 마호메트의 종교가 참된 가르침이라는 증거 아닌가. 신의 최후의 예언자 마호메트를 믿는 자들은 구원을 받을 것이나 오마아르를 따르는 자만이 구원을 받지 못한다. 왜냐하면 오마아르를 따르는 자는 신앙이 없기 때문이다."

이런 말을 듣고 있던 아르의 종파에 속하는 그 페르샤의 신학자는 반대하려고 했다. 그러나 그때 커피점 안에 앉아 있던 여러 종파의 각양각색의 사람들 사이에 큰 논쟁이 벌어졌다. 거기에는 로마교의 수녀나 라마교의 승려나 배화교도들도 있어서 모두들 큰 소리로 떠들며 논쟁에 몰두하고 있었다. 그 자리에 있던 오직 한 사람의 중국인 공자의 연구가만이 점잖게 논쟁에 끼어 들지 않았다. 그 중국 사람은 차를 마시면서 사람들이 떠들어대는 논쟁에 귀를 기울이고 있었다. 그러면서도 그는 한 마디도 없었다.

마침 터키 사람이 논쟁을 하다가 그를 보고서 말을 걸었다.

"제가 말하는 것이 정말이지요? 저는 중국에도 요즈음에는 여러 종교가 들어가고 있는 줄 알고 있습니다만, 귀국 상인들이 제게 이렇게 말한 적이 있지요. 중국에서는 마호메트의 종교가 제일 좋은 것이라고 해서 모두 그것을 믿는다고 하더군요. 당신도 내 편이 되어 주시요. 그래서 진짜 신과 그 신의 예언자에 대하여 그대가 생각하고 있는 바를 말해 주십시오."

"그래, 그래, 제발 당신의 생각을 말씀해 주십시오."

하고 다른 사람들도 그 중국인 쪽으로 얼굴을 돌렸다.

공자 연구가인 그 중국인은 눈을 감고 무엇을 생각하고 있더니 이윽고 눈을 뜨고 넓은 두 소매 속에서 손을 뺐다. 그리고는 가슴 앞에 두 손으로 깍지를 끼면서 조용하고 평화스러운 목소리로 말했다.

"여러분, 저는 여러분 각자가 나름대로 자신과 인간에 대하여 사랑을 가지고 계시니 신앙 문제에서 일치할 수 없다고 생각합니다. 만약 고통스럽겠지만 참고 제 말을 들어주신다면 저는 예를 들어 말씀드리지요……"

"저는 영국 기선을 타고 중국에서 여기 스으라아트에 왔습니다. 도중에 음료수를 얻으려고 스말타 섬의 동쪽 해안에 기항하게 됐습니다. 오정 때쯤 우리가 상륙하여 도민들이 살고 있는 마을에서 과히 멀지 않은 야자수 그늘 아래에 자리를 잡았습니다. 모두들 각각 다른 나라에서 온 사람들뿐이었습니다. 그 때 우리들이 쉬고 있는 곳으로 장님이 한 사람 왔습니다. 나중에 안 일이지만 그 사람은 어째서 소경이 되었는고 하니 그는 너무 오랫동안 지나치게 열심히 태양을 바라보았기 때문이었지요. 그는 태양이 대체 무엇인지 알고 싶었던 것이지요. 그는 태양 빛을 자기 손에 넣으려 했고 그 방법을 알고 싶었던 것이죠. 그는 오랫동안 애써 연구도 하고 과학적인 방법으로 시도해 보기도 했습니다. 그는 햇빛을 조금 손에 넣고는 그것을 병 속에 집어넣어 두려고 생각했습니다. 그는 오랫동안 애썼습니다. 그래서 쉴새 없이 태양을 바라보게 됐던 것입니다. 그러나 아무 것도 얻지 못했습니다. 다만 그 때문에 눈의 시력이 망가져 마침내 소경이 되어 버렸을 뿐입

니다. 그때 비로소 그 사람은 말할 수 있었지요. '태양 광선은 액체가
아니다. 만약 액체라면 어떤 그릇에 담아 넣을 수도 있을 것이고 바람
이 불면 물결같이 흔들리기도 하겠지만, 태양 빛은 불도 아니다. 불이
라면 물을 끼얹으면 꺼질 것이다. 그것은 정령도 아니다. 왜냐하면 눈
에 보이기 때문이다. 육체도 아니다. 왜냐하면 스스로 움직일 수 없
기 때문이다. 만약 태양의 광선이 액체도, 불도, 정령도, 육체도 아니
라면 결국 그것은 무(無)이다.' 그는 그렇게 생각하였습니다. 그리고
늘 태양만 바라보고 태양만 생각한 결과 시력을 잃어버림과 동시에
이성(理性)마저 잃어버렸던 것입니다. 그가 완전히 소경이 되었을 때
그는 동시에 태양이란 것도 전혀 없는 것이라고 믿게 되었습니다. 그
런데 마침 그 장님이 우리들이 앉아 있는 곳으로 왔을 때 그에게 노예
하나가 따라왔으므로 노예는 주인을 야자수 그늘 아래에 앉혀 주었습
니다. 노예는 떨어져 있는 야자수 열매를 집어들고 황초를 만들기 시
작하였습니다. 열매의 속심으로 심지를 만들고 그것을 껍질 속에 짜
놓은 기름 속에 담갔습니다. 노예가 그런 일을 할 동안 장님은 한숨을
쉬면서 노예에게 이렇게 말했습니다. '이보게, 자네 거기 있나? 내가
진실을 말하자면 태양이란 것이 있기는 뭐 있어! 보라, 이렇게 컴컴
하지 않은가? 그런데 세상 놈들은 해님 해님하고 떠들어댄단 말이야.
대체 태양이란 것이 뭐야?' 그때 노예가 말하기를 '태양이 뭔지 저는
몰라요. 저는 몰라도 괜찮습니다. 단지 저는 그 빛을 알고 있습니다.
이렇게 황초를 만들고 있는 것은 밤이 되면 빛이 필요하기 때문이죠.
빛이 있는 덕으로 집안에서 주인님의 시중을 들 수도 있고 무엇이든
찾아볼 수도 있는 것입니다.' 하고 노예는 대답하였습니다."
　"그리고 노예는 열매 껍질을 집어들고 말하기를, '이것이 저의 태양
입니다.' 그때 거기에 지팡이를 짚은 절름발이가 있다가 이 두 사람이

주고받는 이야기를 듣고 웃어댔습니다. 절름발이는 장님에게 말하였습니다. '너는 태양이 무엇인지 알지 못하는가? 너는 타고난 장님이구나! 내가 태양이 무엇인지 가르쳐 주지. 태양은 불덩이다. 이 불덩이는 매일 아침 바다에서 올라와 밤마다 이 섬의 산 뒤에 숨어 버린다. 이런 일은 누구든지 보고 알 수 있는 일이야. 눈을 떠 보기만 하면 될 텐데.' 그 자리에 앉아 있던 어부가 이 말을 듣고는 절름발이에게 말했다. '너는 이 섬 밖으로 나가 본 일이 없구나! 만약 네가 절름발이가 아니고 바다로 배타고 나갈 수 있다면 태양은 이 섬 뒤에 숨는 것이 아니라, 매일 아침 바다에서 떠오르듯 매일 밤마다 밭에 숨는다는 것을 알 수 있는 거야. 이것은 아주 확실한 거야. 바로 내가 매일 이 눈으로 보는 일이니까.' 인도인이 이 말을 듣고 말하기를.

"이건 놀라지 않을 수 없는데요. 학문이 있을 만한 사람들이 그따위 어리석은 말을 하다니. 태양이 불덩이라면 바닷물에 떨어져 왜 꺼지지 않겠소? 태양이 불덩이라니 될 말인가? 태양은 신이시오. 그 신의 이름은 테에와이지요. 이 신은 스펠우부야의 금산(金山) 주위의 하늘 마차를 타고 빙빙 돌고 계시는 거요. 어느 땐가 한 번은 이런 일이 있었지요. 라구우라는 뱀과 케토우라는 몹쓸 뱀이 이 테에와님께 대들어 칭칭 휘감아 버리고 말았습니다. 그 때문에 한동안 세상이 캄캄하게 되기도 했었습니다. 그러나 테에와 신께서 자유로이 되시기를 빌자 곧 자유로이 되셨지요. 자기가 살고 있는 섬 밖으로는 나가 본 일이 없고, 세상을 모르는 당신네 같은 사람들이나 태양이 이 섬만을 비춘다고 생각하고 있는 거지요"

이번에는 역시 그 자리에 있던 에집트인 선장이 말하였다.

"아니야 그 말도 거짓말이야. 태양은 신도 아니고 인도의 금산 주위만을 돌고 있는 것도 아니오. 나는 흑해도 아라비아의 연안도 항해한 일이 있고, 마다커스칼에도, 필리핀 군도에도 가본 일이 있소. 그러나 태양은 그 어디나 마찬가지로 비치고 있었소. 인도뿐만 아니라 태양은 하나의 산 주위만을 돌고 있는 것이 아니오. 태양은 어느 나라의 바닷가에서도 돋는 것입니다. 그러니까 어떤 나라에서나 자기들 나라를 해 돋는 나라라고 부르는 것입니다. 또한 태양은 먼 서쪽 나라 영국의 섬에서도 떠오릅니다. 나는 그것을 잘 알고 있소. 왜냐하면 내 자신도 많이 보아 왔고 내 증조 할아버지에게서 많은 얘기를 들었기 때문이오. 나의 증조부는 지구의 이 끝에서 저 끝까지 항해하신 분이거든."

그 이집트인은 무엇인가 좀더 말하고 싶은 모양이었으나 우리들이 타고 있던 기선의 영국인 선원이 말을 가로챘습니다.

"태양이 어떤 길을 걷고 있는가를 알기 위해서는 영국밖에 없습니다. 영국에서만 태양의 모든 것을 알 수 있습니다. 영국에서는 태양이 질 때가 없기 때문이지요. 영국은 지구상의 어디에나 있지요. 진실을 말하자면 태양은 항상 지구의 주위를 돌고 있는 거요. 왜냐하면 우리 자신들도 마찬가지로 지구 위를 돌고 있기 때문인데, 간 곳마다 태양은 여기와 마찬가지로 아침에 나와서 밤이면 숨는데 지금까지 태양에 부딪친 일이 없기 때문이오."

그리고는 영국인은 단장을 쥐고 모래 위에 동그라미를 그리고 어떻게 해서 태양이 지구 주위를 걷고 있는가를 설명하려고 했습니다. 그러나 그는 잘 설명할 수 없었으므로 배의 키잡이를 가리키면서 말했습니다.

"그래, 저 사나이는 나보다 글이 많으니 더 잘 설명해 줄 것이다."

키잡이는 글이 있는 사람이라 모두들 잠자코 그가 하는 이야기를 듣고만 있었습니다. 질문이 들어오기까지는 가만히 듣고만 있었습니다. 그러자 이번에는 모두들 자기 쪽을 돌아보았으므로 그는 이야기를 시작하였다.

그는 말하였다.

"당신들은 모두 서로 속이고 있습니다. 동시에 자기 자신도 속고 있는 것입니다. 사실은 태양이 지구의 주위를 돌고 있는 것이 아니라 지구가 태양의 주위를 돌고 있는 것입니다. 스물네 시간 동안에 일본도, 필리핀군도도, 스마트라도, 아프리카도 유럽도, 아세아도, 그 밖의 모든 땅들도 태양을 향하여 자전(自轉)하면서 동시에 태양의 주위를 공전(公轉)하고 있는 것입니다. 태양은 단지 하나의 산이나 섬을 위하여 비치고 있는 것이 아닙니다. 지구를 비치고 있듯이 다른 많은 유성들도 비치고 있습니다. 우리들이 자기 발 밑에만 보지 말고 하늘을 우러러본다면 이 사실은 누구나 알 수 있습니다. 따라서 태양이 자기 혼자나 자기 나라만을 비치고 있다고는 생각하지 않게 될 것입니다."

현명한 키잡이는 이렇게 말하였습니다. 그 키잡이는 지구의 어느 곳에도 다 가보았고 참으로 하늘을 잘 관찰해 본 사람이었을 것입니다……

공자 연구가인 중국인은 이렇게 말하고는 또 말을 이었습니다.

"그렇지요. 사람들이 신앙에 대하여 잘못 생각하여 실제와 생각이 일치하지 않는 것은 인간이 자기 위주로 자기만을 사랑할 줄 아는 자아애가 원인입니다. 태양의 이야기는 곧 신의 이야기인 것입니다. 누구든지 자기만의 태양을 바랍니다. 모든 국민들은 자신들의 신전에 온 세계를 포용할 수 없는 그런 신을 모시려 합니다. 그러므로 어떻게 그와 같은 좁은 신전에서 모든 사람들을 하나의 신앙이나 가르침으로 결합시킬 수 있을까요? 모든 인간의 신전은 신의 세계를 상징하여 만들어져 있습니다. 그 안에는 세례반, 궁륭, 동화, 성상, 액자, 법률서,

희생, 제단, 사제가 두루 갖추어져 있지만 그 같은 신전에는 태양과 같은 세례반이나, 천공 같은 것이나 태양이나 달이나 별과 같은 동화는 있어도 진정으로 서로를 사랑하고 도울 수 있는 그러한 형상이 있을까요? 그 어디에 인간의 행복을 위해 준비된 신의 은혜를 기록한 액자가 있을까요? 인간의 마음에 쓰여진 것처럼 모두가 명백히 알 수 있는 법률 책이 어디 있을까요? 이웃에 대한 사랑 즉 자기 부정이라고 말할 수 있는 희생이 어디 있을까요? 신은 자신을 내어 던질 수 있는 그러한 희생을 받아들이십니다. 선한 사람의 심장과 같은 제물이 어디 있을까요? 신에 대한 신념의 정도가 높으면 높을수록 사람은 신에 대하여 겸손할 수 있습니다. 신을 잘 알면 알수록 사람은 신에 가까이 그리고 신의 은혜와 인간에 대한 신의 자애를 확신하게 됩니다. 이 세상 어디든지 빠짐없이 채우고 있는 빛을 한 점 남김없이 볼 수 있어야 합니다. 오직 자신의 우상 속에 거하면서 그 빛의 일부만을 보고 다른 사람의 신념을 비방하거나 업신여기지 말아야 할 것입니다. 뿐만 아니라 아예 장님이어서 빛을 볼 수도 없는 무신앙자들도 업신여기지 말아야 할 것입니다……"

공자 연구가인 그 중국인은 그렇게 말하였다. 그 커피점에 함께 앉아 있던 다른 사람들은 잠자코 말이 없었다. 그리고 누구의 신앙이 옳고 누구의 것이 그르다는 따위로 논쟁하기를 그만두고 말았다.

—베르날텐·드·산피엘

행상인行商人

1

채소 장수 제롬·크랭게빌르는 수레를 밀고 거리로 나가 "양배추
요, 무나 감자 사아려어!" 하고 외쳤다. 양파를 가지고 다닐 때는 "싱
싱한 아스파라가스 사아요오" 하고 외친다. 왜냐하면 양파는 가난뱅
이들의 아스파라가스이기 때문이다.

어느 행가 — 10월 12일경 정오 무렵의 일이었다. 그가 몽마르틀
거리로 수레를 밀고 가노라니까 구둣방 여편네 바아얄 부인이 가겟방
에서 뛰어 나왔다. 그리고는 채소 수레 곁으로 다가와서는, 마치 더러
운 것을 만지듯이 양파 한 단을 손에 들면서 말했다.

"이건 물이 좋지 않군, 얼마요?"

"15수우올시다, 아주머니 이렇게 좋은 양파는 좀처럼 드뭅니다"

"이런 하치가 15수우라구?"

그렇게 말하고는 얼굴을 찡그리고 양파단을 수레에다 도로 던졌다.
그때 64호라는 번호가 붙은 순경이 와서 크랭게빌르에게 말했다.

"이봐 얼른 가지 못해!"

크랭게빌르는 벌써 50년 동안이나 아침부터 저녁때까지 수레를 밀
고 다녔다. 그에게 순경의 명령은 다른 무엇보다도 지켜야 할 규범이
고 모두가 이 세상에서 잘 살기 위한 질서라고 생각하고 있었다. 그
래서 이 때도 얼른 수레를 밀고 갈 차비를 하면서 구둣방 여편네에게
마음에 드는 것을 빨리 골라잡아 달라고 말했다.

"아무리 골라 봐두 마찬가지야!"

하고 구둣방 여편네는 불만스럽게 뇌까렸다. 그리고 수레에 있는 팟단을 모조리 들쳐보고 나서 겨우 마음에 드는 놈을 한 단 골라잡고 그 팟단을 집어 안았다.

"14수우만 해요. 14수우면 되지 뭐요! 곧 가게에 가서 돈을 갖다 드릴게. 난 돈도 안 가지고 뛰어 나왔는 걸"

그리고는 팟단을 들고 돌아갔다. 때마침 구둣방으로 어린애를 안은 손님이 들어갔다. 64호 순경이 크랭게빌르에게 말했다. 두 번째였다.

"이봐 안 갈 테야!"

"전 파값을 받아야 가겠는걸요." 하고 크랭게빌르가 대답했다.

"나는 너더러 파값을 받지 말라고 안 했어. 교통 방해하지 말고 얼른 가라는 거야."

순경은 딱딱하게 말했다. 그러는 동안 구둣방 가게에서는 여편네가 어린애 구두 칫수를 재고 있었다. 손님은 매우 급한 모양이었다. 팟단은 파릇파릇한 대가리를 내밀고 테이블 위에 누워 있었다. 크랭게빌르는 수레를 밀고 거리를 다니던 50년간 순경 나리가 하는 말에는 절대로 복종해야 한다고 명심하고 있었다. 그러나 이 경우 그는 권리와 의무에서의 매우 예외적인 처지에 놓여 있었다. 그리고는 사적인 권리를 집행하는 것이 사회적 의무를 수행하는데 방해가 된다는 사실을 잘 이해하지 못하고 있었다. 그는 14수우의 돈을 받는 일에 정신을 집중하고 있었다. 그리고 수레를 밀고 앞으로 나가지 않으면 안 될 사회적 의무에 대하여서는 깊이 생각해 볼 여유가 없었다.

네 번째로 64호 순경이 얼른 가라고 명령했다. 조용하고도 침착한 태도로.

"너는 내가 곧 가라는 말이 들리지 않는 거냐?"

크랭게빌르의 눈은 마치 그곳에 머물러 있지 않으면 안 될 중요한 이유나 있다는 듯이 빛났다. 그리고 그는 또 솔직하고 퉁명스럽게 대답했다.

"나리님이야 말로 알지 못 하는구려! 저는 돈을 받으려고 기다리고 있다고 말하지 않았어요?"

그러자 순경이 말했다.

"뭐라구? 내 생각에는 네가 관헌 반항죄로 끌려가고 싶은 것 같아, 끌려가고 싶거든 그렇다고 말해!"

순경의 말을 듣고도 크랭게빌르는 그저 어슬렁어슬렁 어깨를 쭈그리고 슬픈 듯이 순경을 쳐다보았다. 그리고는 그 시선을 하늘로 치켜올렸다. 그 시선은 이렇게 말하는 듯하였다.

"내가 죄인인지 아닌지는 하나님이 알고 계시다!"

그러나 순경은 그 시선이 말하는 것을 이해하지 못했을 것이고, 또 그 시선 속에서 그가 명령에 복종하지 않는 충분한 이유를 찾을 수 없었던 순경은, 재차 엄중하고 거친 어조로 말했다. 그는 이 채소 장수가 자기가 명령한 것을 귀담아 들었는지 어떤지를 알고자 해서 물었던 것이다.

바로 그때 몽마르틀거리는 유달리 차마가 폭주하고 복잡했다. 쌍두마차, 사두마차, 짐마차, 승합마차, 짐 달구지까지 서로 부딪치고 밀고 끼고 엎치고 있었다. 그리고 여기저기에서 욕지거리 소리가 터졌다.

또 저편 뒤에서는 마부들이 술집 계집들과 쌍소리를 주고받는 소리가 요란했다. 승합마차 차장은 크랭게빌르가 혼란을 일으키는 장본인이라고 짐작하고는 그를 팟대가리 같은 바보라고 욕을 퍼부었다.

그러는 동안에 보도에는 구경꾼들이 모여들어 모두들 이 싸움에 흥미를 기울였다. 그러자 순경은 모두들 자기를 바라보고 있는 것을 알아차리고는 이제는 하는 수 없이 경찰관의 직권을 행사할 도리밖에 없다고 생각했다.

"좋아!" 하고 순경은 뇌까렸다. 그는 주머니에서 때묻은 수첩과 몽톡한 연필을 꺼내들었다.

크랭게빌르는 무엇인가 저항할 수 없는 내부에서 나오는 힘에 지배되듯이 꼼짝도 하지 않았다. 이쯤 되고 보니 이제는 도리 없이 마차를 앞으로도 뒤로도 움직일 수 없었다. 게다가 불행하게도 그의 수레바퀴가 우유 배달 수레바퀴하고 얽혀 버렸다.

그는 절망적인 기분이 되어 자기 머리카락을 잡아채면서 외쳤다.

"파 값을 기다리고 있다고 말하지 않았습니까? 이게 참 무슨 꼬락서니야! 아아 참! 이렇게 운이 나빠서야! 하나님 맙소사!"

그것은 반항이라기보다 절망을 탄식하는 소리였으나 64호 순경은 그 말속에는 자신에 대한 모욕적인 의미가 있다고 생각했다. 순경에 대한 모든 모욕은 무엇이든 이러한 말 — 즉 전통적인, 정당한, 습관적이고 그러나 침범할 수 없는, 그리고 그렇게 말할 수 있다면 매우 수식적인 표현인 '바로 돼지지 못한 소 같은 자식'(파리의 도둑끼리 쓰는 순경에 대한 은어)이라는 말로 정리할 수 있을 것이다. 그리고 대부분의 순경은 이 흔히 듣는 욕지거리에서 죄인이 말하는 것이거니 하고 받아들이며 실감한다. 그러나

"무어랬지? 너 나 보고, 바로 돼지지 못한 소 같은 자식이라고 했지? 좋아! 본관(本官)을 따라와!"

채소 장수는 무슨 영문인지 알 수 없었다. 그리고는 휘둥그렇게 뜬 눈으로 64호 순경을 절망적으로 바라보았다. 두 손을 푸른 웃옷을 마주잡고 그는 외쳤다.

"제가 바로 돼지지 못한 소 같은 자식이라구 했다구요? 뭐, 제가?"

이 우스꽝스러운 체포 광경을 보고 술집 계집들과 거리의 아이들이 웃어댔다. 그 때 구경꾼을 헤치고 아래위를 까맣게 입고 높은 모자를 쓴 노인이 다가왔다. 노인은 순경 곁으로 다가가서 조용하고 간단하나 매우 똑똑한 어조로 말했다.

"당신이 잘못이오. 이 노인은 당신을 모욕한 것이 아니오."

"남의 일에 참견할 필요는 없소."

순경은 그 노인에게 말했다. 그러나 상대방이 훌륭한 옷차림을 한 사람이라고 생각했던 탓인지 그 말은 아주 온순한 목소리로 대꾸했다. 아주 침착하고 은근하게 노인은 채소장수를 변호해 주었다. 순경은 그러면 경찰서까지 가서 그렇게 말씀해 주시지요 라고 노인에게 말했다. 그때 크랭게빌르는 다시 외쳤다.

"제가 바로 돼지지 못한 소 같은 자식이라고 했다구요? 헤헤 제가?"

그가 이런 우스꽝스러운 말을 외치고 있을 때 구둣방으로부터 바아알 부인이 파 값을 쥐고 나왔다. 그러나 순경은 그때 벌써 그의 멱살을 휘어잡고 있었다. 그녀는 경찰에 잡혀가는 사내에게는 파 값쯤은 주지 않아도 좋다고 생각하고 가지고 왔던 14수우를 행주치마 주머니 속에 집어넣고 말았다.

크랭게빌르는 불현듯이 채소 수레가 압수되었다는 것, 자기는 감금되게 되었다는 것, 떨어져 들어갈 구멍이 발 밑에 열렸다는 것, 그리고 해가 떨어져 가고 있다는 사실을 깨닫게 되었다. 그래서 그는 중얼거렸다.

"제기랄 될 대로 돼라!"

낯선 노인은 경찰서에 가서 자기는 마침 길거리에서 마차가 매우 혼잡했으므로 걸음을 멈추고, 그 사건을 모두 목격하였다고 말했다.

노인은 순경이 모욕당한 사실이 결코 없었다는 것, 그것은 순경의 오해에 지나지 않는다는 것을 진술했다. 노인은 자기의 직업과 이름도 밝혔다. 그는 다윗·마아체라고 하는 암부루우즈·빠아레의 병원장이며 근위 사단의 기사이기도 했다.

그러나 크랭게빌르는 석방되지 않았다. 밤까지 경찰서에 유치되었다. 그리고 아침이 되자 죄수 마차에 실려서 구치소로 보내어졌다.

구치소는 그에게는 못 살 곳도 괴로운 곳으로도 생각되지 않았다. 이렇게 된 것도 팔자 소관이라고 그는 아예 단념해 버렸다. 감방에서 그가 무엇보다 놀란 것은 벽과 마루가 아주 깨끗한 것이었다. 그는 중얼거렸다.

"이런데 치고는 아주 깨끗한데! 이 정도라면 마룻바닥에 앉아서라도 밥을 먹을 수 있겠는걸!"

홀로 되자 그는 의자를 움직여 보려 했으나 그것은 벽에 딱 붙여 놓은 것이었다. 채소 장수는 놀라서 무의식중에 커다란 소리로 말했다.

"허허! 이게 뭐냐? 아주 이런 곳인 줄 몰랐거든! 허 참 이런 곳일 줄 몰랐어!"

그는 걸상에 걸터앉아 얼떨떨해서 손으로 주위에 있는 것들을 만져 보았다. 마침내 적막과 고독이 그의 마음을 누르기 시작했다. 그는 답답했다. 그는 초조해서 채소 구루마 생각을 해보았다. 양배추, 무, 양파, 상치가 가득 실려 있었는데 ―. 그는 우울하게 스스로 물어 보았다.

"놈들은 내 수레를 어디로 가져갔을까?"

사흘째 되는 날 변호사 레메리 씨가 찾아왔다. 법조계에서 가장 젊은 신진 변호사였다. 크랭게빌르는 사건의 전말을 모두 이야기할 생각이었다. 그러나 겨우 몇 마디밖에는 모르는 그로서는 아주 힘든 노릇이었다. 다른 사람의 도움을 빌리지 않고서는 전혀 이야기를 마칠 수 없는 형편이었다. 변호사는 이상하다는 듯이 고개를 흔들고 서류를 뒤적거리면서 혼잣말처럼 중얼거렸다.

"음, 그렇다면 이것은 아예 사건도 되지 못 하겠는걸."

그리고 지친 듯한 표정으로 자기의 금발 머리를 쓰다듬으면서 말했다.

"나는 노인께서 이 사건의 전말을 처음부터 끝까지 전부 인정하는 편이 유리하다고 생각하오. 내 혼자 생각으로는 댁처럼 이것저것 모두 부인해 버리는 것은 어렵다고 생각하오."

답답한 일이었다. 대체 무엇을 인정하라는 것인지 크랭게빌르는 그것을 알아야 인정을 할 텐데 도무지 아는 것이 없었다.

✕

부우리시 재판장은 크랭게빌르를 심문하는데 귀중한 6분을 소비했다. 그 심문은 묻는 것에 피고가 대답할 수만 있었더라면 좀더 희망 있는 결과가 되었을 것이다. 그러나 크랭게빌르는 심문 받는 일을 겪어본 일이 없었다. 그뿐 아니라 이러한 나리들 앞에 나오면 공포와 존경심이 그의 입을 틀어막아 버리는 듯했다. 그래서 행상인은 침묵을 지키고 있었다. 그러고 보니 재판장 자신이 묻고 대답하는 형편이 되었다. 피고의 유죄는 움직일 수 없게 되었다. 재판장은 마지막으로 말했다.

"그러니 결국 피고는 바로 뒈지지 못한 소 같은 자식이라고 말한 것을 인정하는 것입니다."

그러자 피고 크랭게빌르의 목구멍 속에서 녹슨 쇠를 비벼대는 듯한, 혹은 유리가 깨지는 듯한 애처로운 소리가 튀어나왔다.

"순경 나리가 바로 돼지지 못한 소 같은 자식이라고 말하길래 저도 그렇게 말한 것인데, 정말 그런 것인뎁쇼."

그는 자신에 대한 고발(告發)이 기억이 없는 대단히 난처한 것임을 말하려고 애썼다. 그러나 어리둥절해 정신이 혼미한 그였으므로 종이에 받아쓰지 않고서는 알 수도 없을 만큼 두서 없이 겁나는 듯한 말을 정신 없이 지껄이는 것이었다.

부우리시 재판장은 그의 말을 이해할 도리가 없었다.

"피고는……"

하고 재판장이 말했다.

"……순경이 먼저 그런 말을 했다고 하는 거냐?"

이는 너무도 어려운 문제였다.

"피고는 변명이 없군. 바로 그 점이 제일 근본적인 점이야!"

그리하여 재판장은 증인을 불러내도록 명령했다. 64호 순경은 바스챤·마트로라는 이름이었다. 그는 사실만을 진술하기로 선서했다. 그리고 나서 그는 이렇게 진술하였다.

"본관은 10월 20일 정오 지나, 직무를 집행 중 몽마르틀 거리에서 행상인이라고 생각되는 사나이 하나를 보았습니다. 그 사나이의 짐수레는 3백 28호 가옥 곁에 불법으로 장소를 점령하여 차마 통행에 대단한 혼잡의 원인이 되고 있었던 것입니다. 본관은 그에게 구인하겠다는 경고를 발한즉 그는 바로 돼지지 못한 소 같은 자식하고 외쳤습니다. 그러므로 이 말을 듣고 본관은 참을 수 없는 모욕을 느꼈던 것입니다."

그 간결한 답변은 분명히 법정에 모인 사람들에게 호감을 주었다. 경호인이 바아얄 부인과 다윗·마아체 씨를 안내해 들였다. 그 부인은 구둣방 여편네고 그 신사는 암불루즈·빠아레 병원장이며 근위 사단 기사였다. 바아얄 부인은 아무 것도 보지 못하였고 듣지도 못했다고 답변했다. 마아체 씨는 행상인더러 빨리 가도록 강요하고 있던 순경을 둘러싼 군중 속에 있었다고 말했다. 마아체 씨의 진술은 이상한 결과를 초래했다.

"저는 이 사건을 처음부터 끝까지 보고 있었습니다."

하고 마아체 씨는 계속했다.

"저는 순경이 오해하고 있는 줄로 압니다. 아무도 그를 모욕한 자는 없었습니다. 저는 순경 곁으로 가서 그렇게 주의를 환기시켰습니다. 그럼에도 불구하고 순경은 행상인을 체포하고 또 나더러 경찰서까지 따라오라고 명령했습니다. 그래서 저는 경찰서까지 가서 제가 본대로 증언해 주었습니다."

"앉아도 좋습니다."

하고 재판장은 말했다.

"경호원, 마트로 순경! 그대가 피고를 체포했을 때 마아체 씨가 그것은 오해라고 그대에게 주의를 주지 않던가?"

"예, 즉 마아체 씨는 저를 모욕했던 것입니다."

"마아체 씨는 그대에게 뭐라고 말했는가?"

"씨는 제게 바로 돼지지 못한 소 같은 자식이라고 말했습니다."

소곤거리는 소리와 웃음소리로 법정이 술렁거렸다.

"가도 좋아."

하고 재판장은 입빠르게 말했다. 그리고는 방청석을 향하여 서로 소곤거리던가 웃어대는 따위 부주의한 일이 있으면 방청을 금지하겠노라고 경고했다. 경호원은 그 명령을 듣자 뽐내고 다녔다. 사람들은 그때 누구나 다 크랭게빌르가 무죄라고 믿었다. 법정이 다시 조용해졌을 때 레메리 씨가 일어섰다. 그는 자기의 변론을 경찰관의 직무를 지시하는 것부터 시작했다.

"그것은 참으로 사회에 대한 겸허한 봉사입니다. 얼마 안 되는 보수를 받으면서 노역을 참고 끊임없는 위험을 무릅쓰면서 매일매일 영웅적인 일을 완수하고 있는 직무인 것입니다. 이것은 말하자면 병사 아닌 병사입니다. 병사여! 하는 이 한 마디가 벌써 모든 것을 말해 주고도 남음이 있습니다."

그리고는 레메리 씨는 병역의 도덕성에 대하여 그의 높은 식견을 설명하기 시작했다. 레메리 씨의 말에 의하면 레메리 씨 자신도 어떠한 말로서라도 군대, 특히 국민군을 손상시키는 언사를 용서하지 않는 사람 중의 한 사람이라는 것, 그리고 레메리 씨 자신도 그 국민군에 속하는 명예를 가지고 있다는 것을 말했다. 재판장은 쉴새 없이 그렇다는 듯이 고개를 끄덕거렸다.

레메리 씨는 사실 국민 의용병 중위였다. 그리고 뷔엘·오도리에트 부대의 국민후보생이었다. 레메리 씨는 말을 이었다.

"나는 참으로 파리 시민들의 매일 매일의 안녕을 유지하고 있는 그 공순하고도 고귀한 직무를 잘 알고 있습니다. 고로 여러분들이여! 만약 제가 변론하고 있는 피고가 이 병사 아닌 병사를 모욕하는 장면을 보았다면 저는 정말 결코 크랭게빌르의 변호를 맡지 않았을 것입니다. 피고는 바로 돼지지 못한 소 같은 자식이라고 폭언한 죄목으로 기소되어 있는 것입니다. 이 말의 뜻은 아주 명백한 것입니다. 만약 여러분들이 백과 사전을 찾아보면 이러한 것을 알게 될 것입니다. 즉 소는 성질이 우둔하다. 별로 하는 일도 없이 소처럼 느릿느릿 돌아다니는 것같이 보이기 때문인지, 이 말이 경찰에 대하여 쓰일 때는 경관을 의미합니다 라고. 그리고 바로 돼지지 못한 자식이라는 뜻은 사회의 어떤 그룹에서 쓰이는 상용어(常用語)입니다. 그러나 문제는 크랭게빌르가 어찌 하여 이 말을 입에 담았던가 하는 데 있지 않겠습니까? 그리고 과연 그는 이 말을 하였을까요? 이 자리에서 이러한 의문을 제시하는 것을 여러분들께서 용서하여 주십시오. 저는 결코 악감정으로 말미암아 마트로 순경을 의심하는 것은 아닙니다. 마트로 순경은 우리들이 아다시피 대단한 노역에 종사하고 있습니다. 그 결과 때로는 피로하여 지쳐 버리는 일도 있을 수 있을 것입니다. 그럴 때면 어떤 환청(幻聽)의 증상이 있을 수 있다는 것도 쉽게 알 수 있는 사실입니다. 그리고 마트로 순경은 다윗·마아체 씨도 그에게 바로 뒈지지 못한 소 같은 자식이라고 폭언하였다고 말하고 있습니다. 마아체 씨도 말하자면 근위사단이며 암부루우즈·빠아레 병원장이기도 한 과학자이며 상류사회의 신사가 아닙니까? 우리들은 이 점에서 보더라도 마트로 순경은 일종의 신경쇠약증의 희생이 되어 버린 것, 그리고 만약 지나친 말이거든 여러분들의 너그러운 용서를 바라는 바이나, 마치 최면술에 걸린 것처럼 착각에 빠진 것이라고 생각하지 않을 수 없는 결과에 도달합니다. 그 때문에 이와 같은 경우, 설사 크랭게빌르가 사실 바로 뒈지지 못한 소 같은 자식이라고 외쳤다고 할지라도 이 말이 그의 입에서 과연 악의적인 뜻을 가지고 말했는지 어떤지 하는 것을 알아볼 필요가 있습니다. 크랭게빌르는 주정과 음탕 때문에 망친 소매상인의 사생아(私生兒)입니다. 그는 유전적으로 알코올 중독자입니다. 게다가 그는 이미 60이 넘은 빈궁한 노인입니다. 그의 말년에 가까워 가고 있는 모습을 바로 여러분들 눈앞에서 보고 있는 것입니다. 여러분! 저는 이 가련한 노인에 대한 여러분들의 관대한 용서를 바라는 바입니다."

레메리 씨는 착실했다. 부우리시 재판장은 빠진 이빨 사이로 판결문을 낭독했다. 크랭게빌르는 2주일의 금고와 50프랑의 벌금형을 언도 받았다. 법정은 마트로 순경의 진술을 신뢰했던 것이다.

길고 어둠침침한 재판소의 복도를 호송되어 갈 때 크랭게빌르 노인은 누구한테서나 동정을 얻고 싶은 강한 욕구를 느꼈다. 그는 그를 호송하고 있는 간수를 세 번이나 불렀다.

"나으리! 나으리! 여보, 나으리!"

노인은 한숨을 푹 내쉬었다.

"만약 당신이 2주일이나 전에 이렇게 되리라고 말씀해 주었더라도!"

그리고 그는 자기가 생각하고 있던 것을 계속해 말하였다.

"그 나으리 양반들은 너무 말이 빨라. 훌륭한 말씀을 하기는 하나 너무 빨리 말하는 걸. 그렇게 빨리 말씀하니 천천히 생각해 대답할 수도 없는걸. 어때 간수님 당신도 그 나으리님들의 말이 빠르다고 생각하지 않아요?"

그러나 간수는 묵묵히 걷고만 있었다. 한 마디 대꾸도 없이 노인이 말하는 것에 고개조차도 끄덕거리지 않았다. 크랭게빌르는 간수에게 물었다.

"왜 당신은 대답이 없는 거요?"

간수는 잠자코 있었다. 노인은 화가 나서 외쳤다.

"개하고 지껄이고 있는 것도 아닌데 당신은 왜 아무 말도 대답이 없는 거요? 당신은 입을 벌려 본 일이 없는 게로군. 옳아! 당신은 입안에 바람이 들어갈까 봐 무서워하는 게로군!"

2

또다시 감방에서 홀로 된 크랭게빌르는 무서운 고독감에 빠져 벽에 기대어 놓인 걸상에 걸터앉았다. 그는 재판이 잘못 되었다고는 생각할 수 없었다. 그 으리으리한 분위기로 해서 법정은 그에게 내려진 불평등의 약점을 아주 감추어 버리고 있었다. 노인은 자기가 옳고 자기에게 알 수도 없는 판결을 내려 버린 그 변변치 못한 관리들이 틀렸다고는 믿을 수 없었다. 단지 노인은 그토록 훌륭한 경축일 같은 의식 속에서 치러지는 것이 도대체 무엇인지 이해할 수 없었다. 교회에도 가본 일이 없는 노인으로서는 그 법정 이상으로 으리으리한 곳을 본 일이 없었다. 그는 자기가 "바로 뒈지지 못한 소 같은 자식"이라고 말하지 않았음을 잘 알고 있었다. 그럼에도 그런 말을 했다는 죄목으로 2주일의 금고형을 언도 받았던 것이다. 그의 머릿속에는 일련의 모든 것이 대견한 큰 비밀인 것같이 생각되었다. 마치 선남선녀들이 믿는 미신과 같이. 그리고 존경과 공포가 동시에 수반되는 말로 표현할 수 없는 비밀의 계시와 같은 것으로 노인은 생각했다.

이 가엾은 노인은 자기가 무엇인가 신비스러운 것 속에서 64호 순경을 본의 아니게 모욕한 것으로 생각하고 자기 죄를 시인하게 되었던 것이다. 그것은 마치 카테키즘의 교육을 받은 아이가 이브의 죄를 자기의 죄라고 생각하게 되는 것과 마찬가지였다. 감방에 가두어 놓고 '나리님'들은 그가 '바로 뒈지지 못한 소 같은 자식'이라고 외쳤다고 말했다. 그러니 노인 자신도 자기도 모를 어떤 비밀스러운 방법으로 정말 그렇게 외친 것이라고 생각하게 되었던 것이다. 그는 초자연적인 세계로 끌려든 것이었다. 그리고 그에 대한 재판은 무엇인가 하나님의 계시(啓示)와 같은 것이라고 생각되었다.

만약 그가 자기의 죄에 대하여 명확한 생각을 얻을 수 없었다면 벌에 대하여서도 그 이상 뚜렷한 생각을 얻을 수 없었을 것이었다. 그에게는 법정이 마치 자랑스러운 경축제와 같이 생각되었다. 눈부시고 황홀한 광경으로 생각되었다. 그 곳은 이해할 수도 없는 곳이며 다툴 수도 없는 곳이고, 그것에 대하여서는 기쁨도 슬픔도 가질 수 없는 것으로 생각되었다.

3

감옥에서 나온 후 크랭게빌르는 예나 다름없이 몽마르틀가로 채소 구루마를 끌고 다녔다. 그리고는,

"양배추요, 무요, 감자 사아려!"

하고 외쳤다. 그는 자기가 금고형을 받았던 것을 자랑으로 하지는 않았으나 부끄러워하지도 않았다. 그는 그 사건에 대한 괴로운 기억을 벌써 잊어버리고 있었다. 그것은 그의 머릿속에서 마치 연극 같기도, 여행 같기도, 꿈같이도 생각되었다. 어떤 노파가 수레 곁으로 와서 상추를 고르며 그에게 말했다.

"어디 갔다 왔수? 크랭게빌르 영감. 석주일 동안이나 보이지 않았으니, 몸이라두 편치 않았수? 그리고 보니 조금 여윈 것같이 보이는구려!"

"난 근사한데 다녀 왔다우! 마리오오시 할멈,"

하고 노인은 대답했다.

그의 생활에는 과히 변화가 없었다. 그저 그 날은 여느 때보다는 술집으로 자주 들락거렸을 뿐이었다. 왜냐하면 그에게는 이런 모든 일이 경축제와 같이 생각되었고 또 아주 지위가 높은 사람들을 알게 된 것이 기뻐서 여느 때보다 기분이 좋아 자기의 골방으로 돌아갔다. 그리고 침대 위에 배를 붙이고 호두 장수가 채소 값으로 저당 잡혀 두고 간 주머니를 뒤집어쓰고 그는 생각했다.

'감옥에서는 고생스러운 일이라곤 아무 것도 없었어. 인간에게 필요한 것은 모두 있었어. 그래도 뭐라고 해도 제 집이 제일 좋은 걸!'

그러나 그의 행복의 상태는 오래 가지 못하였다. 마침내 그는 단골 손님들이 예전과는 달리 날카로운 눈초리로 자기를 보는 것을 알아차렸다.

"좋은 상추가 있어요! 깡토로 아주머님!"

"안 사요."

"안 사신다구요? 왜 그러시우? 공기만 먹고는 살 수 없는 걸요."

그러나 깡토로 아주머니는 대답이 없었다. 그리고 파릇파릇한 푸성귀와 꽃으로 가득 찬 그의 수레 오기를 기다리던 단골 아낙네들이나 점원들도 그를 멀리하는 것이었다. 그는 자기가 금고형을 살게 되었던 모든 사건의 발단인 구둣방 가게 앞에 서서 외쳤다.

"바아얄 아주머니! 바아얄 아주머니, 외상값 15수우 주소!"

그러나 바아얄 부인은 계산대 옆에 앉은 채 얼굴조차도 돌이켜 보지 않았다. 몽마르틀가의 누구 할 것 없이 크랭게빌르가 감옥살이를 하고 나온 줄 알게 되었던 것이다. 그리하여 누구 하나도 그를 보는 척도 하지 않았다. 그가 금고 살이를 했다는 소문은 리이세가의 시끄러운 구석까지 떠들썩했다. 그는 점심 때 지나 그 거리에서 로올 부인을 만났다. 로올 부인은 그에게 신용 있는 가장 중요한 단골이었다. 그녀는 채소 장수 아이말테에레의 수레를 손짓해서 불러서는 커다란 양배추 단을 손에 들었다.

그것을 보니 크랭게빌르는 가슴이 아팠다. 그는 자기의 수레를 말테에레수레 곁으로 끌고 가서는 애원하는 목소리로 로올 부인에게 말했다.

"아주머님 제게는 왼눈도 거들떠보시지 않으니 너무 심하군요!"

로올 부인은 크랭게빌르에게는 한 마디 대꾸도 없었다. 왜냐하면 그는 전과자(前科者)이기 때문이었다. 늙은 행상인은 이 모욕에는 참을 수 없어 목이 터져라고 외쳤다.

"더러운, 갈보 같은 년!"

로올 부인은 양배추 단을 손에서 떨어뜨렸다. 그리고는 고함쳤다.

"말조심해! 이 우라질 늙은 놈아! 감옥에서 나온 지 며칠이라구 벌써 누구에게 싸움을 거는 거야!"

크랭게빌르는 침착한 때라면 결코 이러한 일로서 로올 부인을 욕하지는 않았을 것이다. 그러나 그때 그는 올바르게 정신을 가질 수가 없었다. 그는 세 번이나 로올 부인을 욕했다. 즉 첫번에는 "갈보 같은 년", 둘째 번에는 "덜 돼 먹은 년", 셋째 번에는 "호박 같은 년"이라고 욕했다. 그 때문에 크랭게빌르는 마침내 몽마르틀가나 리이세가의 모든 사람들로부터 외면당했다.

노인은 혼자 소리로 중얼대면서 떠나갔다.

"참 기막힌 갈보년이야! 저런 갈보년은 생전 처음 보는걸!"

로올 부인 하나만이 그를 거들떠보지 않는 것이 아니라, 누구 하나도 그를 되돌아보는 사람조차 없었다. 참으로 딱한 처지가 되고 말았다. 그리하여 그의 성질은 날마다 거칠어 갔다. 로올 부인과 다투고 난 그는 지금은 누구하고도 말다툼을 하게 되었다. 사소한 일에 대하여서도 그는 단골 손님들에게 욕설을 퍼부었다. 만약 물건 고르기에 시간이 걸려도 그는 당장에 '얼간'이라든가, '느림보'라고 욕했다. 그리고 주막에서는 동료들과 쉴새 없이 말다툼을 했다. 그의 친구인 호두 장수는 크랭게빌르 영감은 진짜 고슴도치가 되어 버렸다고 말했다. 그렇지 않다고 부정할 수는 없었다. 그는 정말로 싸움을 좋아하고 거칠고 추잡한 욕지거리만 하는 어쩔 수 없는 인간이 되고 말았다. 그는 교양이 없는 집안에서 태어났기 때문에 사회학과 교수님 이상 현대 사회 조직의 불완전성이나, 필연적인 개혁에 관하여 자기 생각을 발표하는 것이 불가능했다. 그는 여러 가지로 잡다한 생각으로 골몰하고 있었던 것이다. 그의 머리 속에 아무 이유도 없이, 되는 대로 무질서한 상태가 계속되었다.

결국 그 사건은 그 노인을 몹쓸 인간으로 전락시켜 버렸다. 그는 털끝만큼도 나쁜 일을 하지 않은 자, 때로는 자기보다 약한 자에 대해서까지 화풀이를 하게 되었다. 그래서 그는 어느 땐가 술집 어린 아들을 몹시 때리기도 했다. 그 아이가 그에게 감옥은 재미있는 곳이냐고 물었던 것이 원인이다.

"너 이 벽창호 같은 꼬마 놈아!"

하고 그는 어린아이에게 고함쳤다.

"네 놈의 애비 놈이야말로 감옥에 끌려가야 할 놈이다. 이런 독약을 팔아먹고 신사들의 호주머니를 털어먹는 더러운 도둑 같은 놈이야!"

드디어 그는 아주 심성이 거칠어지고 정신이 돌고 말았다. 인간은 그와 같은 상태에 빠지면 다시는 일어날 수가 없게 된다. 그리하여 그의 곁을 지나치는 사람들이 모두 그를 마음으로 짓밟아 버리고 말았다.

4

가난이 찾아왔다. 아주 시궁창 같은 가난이 찾아왔다. 한 때는 몽마르틀 가에서 하루에 15프랑이나 벌던 이 늙은 채소 장수는 이제 1스우의 돈도 가지고 있지 못하였다. 겨울이 다가왔다. 골방에서도 쫓겨난 그는 수레 밑에 곳간을 짓고 자야만 했다. 근 한 달 동안이나 내리

장마비가 퍼부었다. 하수도가 넘어서 그 곳간 속까지 침수되었다. 구린 냄새가 모질게 풍기는 더러운 물에 잠겨 있는 수레 안에 쪼그리고 앉아서, 노인은 암흑 속에서 생각하고 있었다.

그 주위는 쥐와 거미와 고양이의 세계였다. 하루 종일 아무 것도 먹지 못하였다. 그리고 지금은 덮어쓰고 잘 보자기조차 없었다. 노인은 자신의 잠자리에서 편히 자고 제 때에 먹을 것을 먹던 그때 일을 생각했다. 그는 굶주림에도, 추위에도, 시달리지 않는 죄수들이 부러워졌다. 그러던 참에 불현듯이 그의 머릿속에 이런 생각이 떠올랐다.

"옳지! 나도 그 방법을 알고 있는 걸! 어째서 여태까지 그것을 안 했담!"

그는 일어나서 거리로 나갔다. 밤 열 한 시가 지났다. 흐리텁텁하고 축축한 날씨였다. 서리가 내려서 비 올 때보다 더 춥고 몸이 오그라드는 것 같았다. 어쩌다가 지나가는 통행인들도 바싹 건물 벽에 붙어 걷고 있었다.

크랭게빌르는 웨스타피교회 곁을 지나서 몽마르틀가로 가려고 했다. 거리는 아주 텅 비어 있었다. '질서 유지의 지팡이'는 교회 입구의 가스 등 밑 인도 뒤에 서 있었다. 가스등 주위를 보니 가랑비가 내리고 있는 것을 알 수 있었다. 순경은 두건을 푹 쓰고 아주 굳어 버린 것처럼 우두커니 서 있었다. 어두운 곳보다는 밝은 곳이 나은지 그렇지 않으면 그저 걷는 것이 귀찮은지 순경은 전광등 아래를 사이 좋은 친구 곁에나 있듯이 떠나질 않았다. 떨리는 듯 흔들리는 가로등은 어두컴컴하고 인기척 하나 없는 밤에는 그의 오직 하나인 말동무인 것이다.

순경의 부동자세는 마치 인간이 아닌 것같이 보였다. 호수처럼 되어 버린 보도에 비친 그의 장화 그림자는 그의 모양을 물 속으로 뻗치게 하여 멀리서 보면 반쯤 물 속에서 나온 거대한 짐승같이 보였다. 가까이 가보면 두건을 쓴 그 순경은 마치 승려나 병사와 비슷했다. 그의 커다란 얼굴 윤곽은 두건 그림자 때문에 한결 더 크게 보였다. 그의 얼굴은 조용하고 슬퍼 보였다. 순경은 짤막하나 잿빛이 섞인 짙은 수염을 기르고 있었다. 그는 40을 넘은 늙은 경사였다.

크랭게빌르는 조용히 그의 곁으로 다가서서 떨리는 가느다란 목소리로 말했다.

"바로 뒈지지 못한 소 같은 자식!"

그리고는 이 신성한 말에서 나올 결과를 기다리고 있었다. 한데! 아무 일도 일어나지 않았다! 순경은 짧은 비옷 속에 손을 집어넣은 채 잠자코 꼼짝도 않고 서 있었다. 어둠 속에서도 빛나듯 크게 뜨인 그의 눈은 슬픈 듯 그리고 약간 가엾이 여기는 듯한 눈초리로 노인을 바라보고 있었다. 크랭게빌르는 놀랐다. 그러나 다시 기운을 내서 말했다.

"나는 자네에게 바로 뒈지지 못한 소 같은 자식이라고 했어!"

침묵이 한참이나 흘렀다. 그 사이 그저 가랑비만이 내리고 짙은 어둠이 지배하고 있을 뿐이었다. 마침내 순경이 입을 열었다.

"그런 소리를 하는 게 아니오…… 나는 진정으로 충고하지만 그런 소리를 해서는 안 돼요. 영감 같은 나이가 되면 좀더 분별이 있을 법도 한 건데…… 어서 빨리 가시오!"

"왜 당신은 날 체포하지 않소?"

하고 크랭게빌르는 물었다. 순경은 작은 두건 속에서 머리를 흔들었다.

"실례되는 말을 한다구 모두 잡다가는 할 일이 너무 많게요, 또 잡아 봤댔자 무슨 소용이 있소."

크랭게빌르는 순경의 너그러운 멸시에 놀라서, 알 수 없다는 듯이 어리벙벙해 한참 동안이나 큰 연못과 같은 젖은 포도(鋪道)에 서 있었다. 그러나 거기를 떠나기 전에 그는 사연을 설명해 주려고 했다.

"나는 당신에게 바로 뒈지지 못한 소 같은 자식이라고 한 것이 아니야, 나는 다른 놈 때문에 말한 것이야. 나는 내 목적이 있어서 그렇게 말한 것인데!"

순경은 엄격한 침착성을 띠고 그에게 대답했다.

"어떤 목적이 있든, 누구 때문이든 그런 소리 해서는 안 돼요. 왜냐하면 인간이 자기 의무를 다 하고 그 때문에 적지 않은 고통을 참고 있다면 그 사람을 하찮은 말 따위로 모욕되어서는 안 되기 때문이오…… 나는 다시 한번 말하겠는데 어서 빨리 집으로 돌아가시오!"

크랭게빌르는 고개를 숙이고 손을 내저으면서 비 내리는 어두운 밤 속을 어디론지 사라져 버렸다.

—아니톨·프랑스

첫 슬픔

1

그리이샤는 발코니에 나와서 크고 푸른 눈을 깜박거렸다. 그는 활
짝 열어젖힌 외양간 문짝 안에 둥그스름하고 아름다운 코로료크의 잔
등을 보았다. 안장도 놓여 있었고 그 곁에는 소매 없는 외투를 입은
마부 이그나아트가 서 있었다. 그것을 보고 그리이샤는 참다못해 짧
은 바지 주머니 속에 두 손을 찌른 채 발코니 층층계를 내려가 잡초
가 우거진 넓은 뜰을 가로질러 곧장 외양간 쪽으로 갔다.

"무얼 하고 있어?"

그는 이그나아트에게 물으면서 마음에 드는 듯 외양간을 두루 살펴
다가,

"이 놈은 아직도 다리를 절고 있겠지?"

"예, 절고 있어요. 절고 말고요."

이그나아트는 꾸지람 듣기를 기다리고 있기나 하듯이 대답했다.

"이젠 다 나았어?"

"지금 고치고 있는 걸요."

"안 돼! 오늘은 코르료크를 아무 데도 보내선 안 돼!"

"도련님이 싫더라도 할 수 없는 걸요. 정거장하고 시골로 가야 하니
까. 준비하라는 분부가 있었으니 저는 채비를 해야 해요."

"그래도 난 싫어. 이건 내 말이야. 내 말이야!"

소년은 고함치듯 말하다가 물었다.

"보리는 주었어?"

"분부도 없었는데 어떻게 줘요?"

이그나이트는 대답했다. 긴 수염을 기르고 언제나 음울한 느낌을 주는 그의 얼굴은 교활한 표정을 짓고 있었다.

"아버님의 분부가 없었으니깐요."

"보리도 안 주었단 말이지!"

그리이샤는 절망하듯 외쳤다. 북받쳤던 눈물이 쏟아져 나왔다. 이그나이트는 재미난다는 듯이 웃어댔다.

"그러면 못써요. 도련님 울면 되나요!"

그는 나직이 말했다.

"걱정 마세요. 도련님의 코르료크를 조금도 못살게 굴지 않을게요. 저는 코르료크에게는 언제나 친절하게 해주니깐요."

이그나이트는 정답게 소년의 눈을 들여다보았다. 그리고는 큼직하고 거친 손으로 머리를 쓰다듬어 주었다. 그리이샤는 울음을 그치고 늘 하는 장난을 시작했다. 많은 마차를 차례차례 타보고 오르락내리락했다. 그리고 만족스러운 듯이 마차를 조사해 보는 것이었다.

"훌륭한 마차야!"

그리이샤는 마치 훌륭한 감정가나 된다는 듯한 말투로 말하는 것이었다.

"암은요, 훌륭한 마차구 말구요."

이그나이트도 동감이라는 듯이 맞장구를 쳐주었다.

"다른 것들은 어떻게 했어?"

"만지면 기름이 묻어요. 도련님!"

마부는 주의를 주었다.

"할멈이 알면 또 꾸중을 들어요."

이그나이트는 1년 전부터 이 별장에 와 있었다. 오자마자 그리이샤 하고 의좋게 되어 두 사람 사이에는 이상하면서도 따뜻한 애정이 교감했다.

"내가 루포크스키 영감 댁에 있었을 때였지요 ……"

이그나이트는 이야기를 시작했다.

"이런 말들이……"

"아저씨는 우리 집에 오기 전에 거기에 있었나요?"

"그런 게 아니라 도련님 댁에 오기 전에 어떤 장사꾼 집에 있었지요. …… 그러나 가난이란 놈 때문에 어쩔 도리가 있어야지요. 그런데 난데없는 재판에 걸리다니 참! 내가 재판에 걸릴 이유가 어디 있나 말이오. 내가 뭘 훔치기라도 했다면 모르지만."

"그 장사꾼이 아저씨를 재판에 걸겠다고 했나요?"

"마음대로 하라지! 나는 저희들을 생각해서 그랬었지요, 하기야 내가 말하고 마차를 가지고 나갔지요. 그러나 놈은 1년이나 급료도 안 주고 게다가 휴가를 보내 달라고 해도 안 보내 주었어요. 나에게도 어머니가 있는데……, 놈은 내가 여행권이 없는 것을 악용한 거지요. 그래서 별수 있어야지요, 나는 마토료나하고 어머니를 모시고 밤중에 마차를 준비했지요. 그리고는 고향으로 돌아가 버렸지요. 걸어갈 수가 없고 해서…… 아무튼 아이는 어리고 집까지는 아직도 60웰스트나 있었으니까요. 그러자 놈이 뒤를 쫓아와서 우리들은 붙잡혔지요. 나는 말을 돌려주었지요. 잠깐 동안 빌렸을 뿐인데, 그런데 개자식! 아주 화를 내더라구요. 공짜로 일해주던 머슴이 집으로 돌아가려고 했던 것뿐인데, 그걸 재판에 붙이다니, 도둑질했다고 하면서 말이지요……"

"아저씨는 재판에 걸렸나요?"

"그러고 있는 모양이지요."

"그럼 아저씨는 어떻게 할 참이어요?"

"별수 있나요."

이그나이트는 어물어물 대답했다. 그는 짙은 눈썹을 귀찮다는 듯이 찌푸려 댔다. 그리고는 내내 우울하고 괴로운 표정을 짓고 있었다.

"훔친 일이 없다고 하면 되지 않아요?"

그리이샤는 걱정스러운 얼굴로 말했다.

"그것이 무슨 소용 있나요. 요즈음 재판이라는 것은 아주 엉망인 걸. 재판에 걸리기만 하면 나는 도둑놈이 되고 마는 거야, 아주……"

"왜 그래요?"

소년은 열심히 물었다.

"자아, 그만두지요 그런 이야기는."

이그나이트는 상을 찌푸린 채 울적한 웃음소리를 내면서 말했다. 그래서 두 사람의 이야기는 다른 화제로 넘어갔다.

"마토료나는 아저씨의 색시지?"

그리이샤가 또 물었다.

"왜 아저씨하고 같이 빵을 굽지 않나요?"

이그나이트는 웃었다.

"빵 말씀이요? 마누라는 내게 여러 가지 이야기를 해 주어요. 정말 여러 가지를."

"이야기라구?"

소년은 열심히 물었다.

"우리 엄마는 아빠와 이야기는 조금도 안 해요…… 포리카는 아저씨 아들이죠?"

"그래요."

"아저씨는 아이가 그 애 뿐인가요?"

"그 애 뿐이지요."

"어째서 더 낳지 않아요?"

이그나이트는 웃었다. 그리고는 고개를 저었다.

"아니, 도련님은 무슨 그런 소릴 다해요."

"왜 웃어요?"

그리이샤는 딱한 듯이 자기가 말하고 싶은 것을 설명하듯이 말을 이었다.

"우리 아빠하고 엄마는 아이를 셋이나 낳았어요. 정말이에요, 아저씨."

그는 정답게 마부 아저씨 눈을 들여다보면서 말했다.

"한번 나하고 같이 시내로 들어가요. 그때까지〈코로료크〉의 다리를 잘 고쳐 주셔요."

"그래, 그래요, 알았어요."

하고 이그나이트는 말했다.

"그러나, 도련님 말씀이죠. 내가 그 전에 떠나게 되지 않게 되거든 말입니다……"

"어디 가는데요?"

소년은 놀라서 물었다.

"아니 그저, 조금……"

그는 여전히 흐릿하게 대답했다. 이 두 친구의 이야기는 늘 할멈 때문에 중단되는 것이었다.

"어머나, 그리센카 이런 데 계셨어요!"

할멈은 마구간을 돌아보면서 말했다.

"어쩌면 귀한 도련님을 마구간 속에 두다니……"

그녀는 꾸짖듯이 말을 이었다.

"어머님께 일러줄 테요! 도련님. 큰일 날 친구가 생겼군요! 어서 저리 갑시다. 어서 어서!"

그리고는 이그나이트쪽을 돌아보고 말했다.

"넌 도련님한테 나쁜 짓을 가르쳐 주면 안 돼!"

"저런! 내가? 안나·겔시모우나…… 어찌 나쁜 짓을……"

이그나이트는 어리둥절해서 변명하듯이 말했다.

"정말 야단날 선생이구려!"

하고 할멈은 깔보면서 말했다.

"어서 갑시다. 도련님, 어서 어서!"

그리이샤는 점심때나 겨우 부모와 만날 정도였다. 아버지는 노상 사업으로 바빴고 어머니는 하루 종일 누워서 앓고만 있었다. 두통이 없으면 어딘가 다른 곳이 아팠다. 그래서 아이들의 시끄러운 목소리나 햇빛조차도 피하고 있었다. 그리이샤는 이따금 생각나듯이 어머니 곁으로 달려가기만 하면 그녀는 그를 쓰다듬어 주고 몇 번이고 뜨거운 키스를 퍼부어 주는 것이었다. 그리고 나서는 시끄럽게 굴지 말고 저리 가라고 명령하는 것이었다. 그리이샤는 때로는 싫다고 말하기도 했다.

"엄마! 떠들지 않고 있을게."

그는 말하고 안락의자에 걸터앉아 두 손을 무릎 위에 얹는 것이었다.

"몸은 아픈데 없니?"

어머니는 불안스러운 듯이 물었다.

"없어요."

그는 이상스러운 생각에 잠기면서 마음은 딴 곳에 두고 대답했다.

그리고는 열심히 묻는 것이었다. 그는 주위의 고요한 분위기를 깨뜨리지 않으려고 나직한 소리로 물었다.

"엄마, 더운 때는 왜 땀이 나요?"

"너 더우냐?"

"더워요…… 셔츠를 세 개나 입고 있는 걸요."

"한 벌이 아니냐?"

"아뇨, 이것 봐요."

그리이샤는 무늬 돋은 셔츠를 걷어 올려 가슴을 보이면서 큰소리로 대답했다. 어머니는 괴로운 듯이 얼굴을 찌푸렸다.

"왜 너는 그렇게 큰소리를 지르니?"

어머니는 나무랐다.

"아아 참 난 잊었어요."

소년은 잘못했다고 말하고는 입을 다물었다.

"그런데 엄마아……"

잠깐 있다가 그는 또 작은 목소리로 물었다.

"왜 꼬리가 있어요?"

"꼬리? 꼬리라니 무슨 꼬리냐?"

"말이나 개에 말예요."

"왜라니? 꼬리는 꼬리지. 그렇게 돼 있는 거야. 조금도 이상할 것 없지 않니?"

"이상할 것 없지 않아요. 파리를 쫓기 위해서요. 말이나 개는 꼬리로 파리를 쫓고 있어요."

소년의 쓸데없는 소리가 어머니의 신경을 거슬리기 시작했다. 그러나 그녀는 그리이샤가 지껄이다 실증이 나면 그만두고 나갈 줄로만 생각해 잠자코 참고 있었다. 그러나 그리이샤는 안락의자에 등을 기대고 다리를 모으고는 비벼대기 시작했다.

"그런데 엄마, 벼룩은 어디서 나오는지 아셔요?"

어머니는 참다못해 얼굴을 찌푸렸다. 그리고는 눈을 감아 버렸다.

"아니, 이 애는 무슨 소리를 하는 거야?"

"말고삐 안에서 생겨나요. 한 번 잘 소제해 두어야지……"

"그래 넌 또 외양간에서 놀았구나! 가을이 되면 가정교사를 구해 두어야지, 정말 도리 없는 아이로군."

"어째서요?"

"자아 이젠 괜찮으니 저리가 있어, 할멈한테 가요. 누나하고 놀고 있어, 너는 혼자 있기 싫으면 그 사나이하고 같이 노는 게로군."

그리이샤는 깊은 한숨을 푹 내쉬었다. 그리고는 일어섰다. 일어서서는 다시 한번 한숨을 쉬었다. 그는 이 시원한 방에서 아직 나가고 싶질 않았다. 병 때문에 음산하기는 하나 정답고 좋아하는 어머니 곁을 아직 떠나기가 싫었다.

"뽀뽀해 주렴."

어머니는 조용히 말했다. 그는 키스했다. 그리고는 어머니 얼굴에 자기 얼굴을 비벼댔다. 어머니는 소매 아래로 그의 여윈 어깨를 만져 주었다. 그리고는 슬픈 목소리로 말했다.

"너는 정말 여위었구나. 그리이샤 너는 요사이 왜 이렇게 여위었니?"

"장난을 하니까 그래."

그는 여느 때와 마찬가지로 대답했다. 그러나 어머니의 정다운 목소리가 그의 신경을 건드렸다. 그는 어쩐지 슬퍼졌다.

"정말 너는 걱정스러운 애로구나. 엄마는 여간 괴롭질 않아 그리이샤!"

그러자 어머니의 정다움에 감동되어 어머니가 말하는 것이 무슨 뜻인지 모르는 채 그리이샤는 어머니 어깨 위에서 훌쩍거렸다.

"왜 이러니 정말 왜 이러니?"

어머니는 놀라 물었다. 그리고 열이 있지나 않나 하고 그의 이마를 짚어 보았다. 그리이샤는 곧 울음을 그치고 나가 버렸다. 그리고 출입문에도 채 가기 전에 자기의 까닭 없는 눈물을 잊어버리고 또 새로운 생각에 정신이 없었다. 그리고는 기쁨에 가슴을 두근거리면서 깜박 잊었던 주머니 안에 든 말고삐를 만져보고는 그걸로 무슨 장난을 하면 재미있게 놀 수 있을까를 생각하는 것이었다.

2

그럭저럭 하는 동안 그리이샤에게는 큰 슬픔이 다가와 있었다.

어느 날 아침 아버지는 배달된 신문에서 눈을 떼지 않은 채 테이블 너머로 어머니께 말했다.

"당신은 알고 있었소? 이그나이트가 이번에는 정말 잡혀가게 됐소."

"어느새 그렇게 됐어요?"

어머니는 놀라 무엇인가 생각하면서 채 마시지 않은 컵을 테이블 위에 내려놓았다.

"어떻게 해 줄 방법은 없을까요? 아이도 있고 한데."

"어쩌자고!"

아버지는 어깨를 움츠려 보이면서 말했다.

"괜히 관여하지 말고 부질없는 꼴을 당하지 않는 게 수지. 상대편 장사꾼이 굉장한 악질이라고 하니까. 나는 잘 모르기는 하나."

"그러니까 더 돌봐 주어야죠."

"무엇을 더욱 돌봐 주자는 거요? 어쨌든 자물쇠를 끊고 말을 가지고 도망쳤다니 도둑이라는 말을 들어도 별수 없는 거야, 그건 누구나 다 알고 있는 일이니까."

"그러나 그것이 어쨌다는 말씀이에요."

"그 상인은 여행권을 빼앗고, 급료도 주지 않고, 그저 공짜로 일을 시켜 먹었다잖아요. 이그나이트는 그런 노예 같은 데서 도망쳤을 뿐이잖아요?"

"그러나 어쨌든 말을 끌고 나가는 짓을 해서는 안 되지. 지금 와서 뭐라고 해도 소용없는 걸."

아버지는 슬픈 듯이 말하고는 또 신문에 정신이 없었다. 그리이샤는 열심히 듣고 있기는 했으나 무슨 영문인지 알 수 없었다.

"엄마! 이그나이트 아저씨를 어디로 데리고 가나요?"

그의 커다란 눈이 휘둥그래져서 물었다. 어머니는 우물쭈물하면서 그를 보았다. 그리고는 마부와 아주 의좋게 지내는 것을 생각하고 울음이 터져 나올 것 같아서 시선을 돌렸다.

"이그나이트 아저씨께 누가 왔나요?"

그리이샤는 집요하게 물었다.

"왜 말해 주지 않아!"

아버지는 불만스러운 듯이 말했다.

"쓸데없는 것을 두려워서 무엇이나 숨기려고 하니까 아이들이 훌륭한 인간이 못 되거든. 아무리 나이 먹어도 꼭 어린애 같은 걸……"

"아니에요. 이 애한테 말해서는 안 돼요!"

어머니는 눈물이 글썽해서 대답했다. 그리고는 손으로 이마를 짚고 일어섰다.

"무어야! 무어야!"

아버지는 그녀의 뒤에 고함을 질렀다.

"이그나이트는 말을 훔쳐서 징역 가는 거야, 알았나?"

그는 엄격하게 말했다. 그리이샤는 새파랗게 질렸다.

"이그나이트는 도둑질을 했어! 그의 아내 마토료나는 그를 도와주었고!"

"포리카는?"

그리이샤가 물었다.

"포리카라니? 애 말이냐? 아이는 데리고 못 가는 거야. 어찌할 건지 잘 모르기는 하지만……"

그리이샤는 아버지를 바라보았다. 그의 눈은 이글이글 불타고 있었다. 그리고 얼굴빛은 더욱 더 새파랗게 되었으나 아버지가 무서워서 될 수 있는 대로 참고 있었다.

"왜 그런 짓을 해요?"

그는 나무라듯이 물었다.

"도둑질을 했으니까 라고 하지 않았나? 그건 도둑질한 거나 다름없는 거야."

"아니에요! 아버지도 아까 저쪽 장사꾼이 나쁜 사람이라고 하시지 않았어요?"

"그런 말은 했다만……"

"그런데 왜 그래요? 그렇다면 왜 그래요? 왜 그래요 왜 그래요?"

아버지는 갑자기 꾸짖어댔다.

"그만 두지 못해! 시끄러워!"

그리이샤는 억지로 참고 일어서서 방을 나갔다. 그리고는 문 밖으로 한 발짝 나서자 모든 것에 대한 분노와 비난이 그의 목구멍에 얽혔다. 그는 복도를 달려 발코니로 뛰어 올라갔다. 그는 우선 이그나이트를 만나 보고 싶었다. 하나 마구간의 문짝은 닫혀 있었다. 거기에 이그나이트가 보이지 않는 것이었다. 저쪽에서는 할멈이 걸상에 앉아서 차를 마시고 있었다. 그 맞은편에는 그리이샤가 한 번도 본 일이 없는 제복을 입은 사나이가 있었다. 그 사나이는 예절 있게 깡통에서 잼을 찍어 먹으면서 차를 마시고 있었다. 그리이샤는 그것을 보고 할멈이 그 손님을 대접하고 있는 것이라고 짐작했다. 그러나 생각조차 못한 이그나이트의 행방불명에 정신이 없어서 제복을 입은 사나이에게는 별로 주의도 하지 않았다.

"할멈! 누가 이그나이트에게 왔나요?"

그는 목소리를 떨면서 물었다. 할멈은 얼른 대답을 하지 못했다.

"그래! 지금 곧 여기서 도련님하고 의좋은 친구가 잡혀가는 거요. 도련님은 이제 저기에 가서는 안 돼요!"

"어떤 사람이 왔어요?"

"그 사람은 이제 돌아오지 않아요. 어떤 사람이 왔느냐구요? 바로 이 분이야."

그리이샤는 얼른 알아차리지 못했다. 이그나이트와 마토료나를 감옥으로 끌고 가는 사나이는 무섭고 고약한 인상을 한 사나이에 틀림없으리라고 생각하고 있었다. 그러나 할멈하고 마주앉아 있는 손님은 햇볕에 탄 선량한 얼굴로 그리이샤를 바라보고 있었다. 그리고는 좀 딱하면서도 어쩐지 얼빠진 듯한 웃음을 띠고 있었다. 그 사나이와 할멈밖에는 아무도 없었다. 그제서야 그리이샤는 모든 것을 알아차릴 수 있었다.

"당신이에요?"

그 사나이를 뚫어지게 바라보면서 놀랍다는 듯 그리고 의심스러운 듯이 물었다.

"그래! 나야."

사나이는 크게 웃으면서 대답했다. 그리고 도련님에 대하여 자리에서 일어서야 좋을지 어쩐지 몰라 어리둥절한 얼굴로 앉아 있었다.

"이 자식! 이 자식! 내가 쫓아 보내줄 테야!"

그리이샤는 외치면서 그에게 덤벼들었다. 갑자기 그의 얼굴은 일그러지고 입술이 떨렸다. 그리고는 커다란 소리로 울기 시작했다. 그것은 순진한 어린이의 울음 소리였다. 순경은 난처한 듯이 웃고 손을 저으면서 보고 있었다.

그리이샤는 방으로 내달았다. 그리고 구석진 침대 위에 숨어서 몸을 벽에 딱 붙이고 두 손으로 가슴을 꼭 눌러 보았다. 어쩔 수 없는 분노가 온몸에서 끓기 시작하고 터져 나올 구멍을 찾고 있었다. 그는 방바닥에 누나의 인형이 떨어져 있는 것을 보자 발로 짓밟다가 저쪽 구석으로 내던져 버렸다. 벽에는 자기가 그린 그림이 걸려 있었다. 그 것을 갈기갈기 찢어서 방바닥에 내던졌다. 그렇게 해서 난동을 부리고 있노라니 신경이 차차 가라앉았다. 그는 침대에 이마를 대고 공상에 잠기기 시작했다. 그는 힘에 관하여 공상하기 시작했다.

원수를 갚기 위해서는 그에게 힘이 필요했다. 모든 잔인하고 부정한 인간들을, 즉 이그나이트를 유죄라고 선고한 재판관, 그를 데리고 가는 순경, 그리고 아버지까지도 혼을 내주기 위해서는 힘이 필요했다. 그리이샤는 아버지가 이그나이트의 운명에 대하여 매정한 것에 화가 났다. 아버지는 이그나이트를 위해서 어떻게든지 힘써 주었어야 한다. 순경을 돌려보내야 한다. 그런데도 태연히 앉아서 신문을 읽고만 있는 게 아닌가? 그리고는 '도둑놈과 마찬가지'라고까지 하지 않는가?

그리이샤는 자기와 의좋은 친구를 괴롭히는 이 모든 사람에게 복수를 하고 싶었다.

그는 어떻게 하면 아버지나 할멈이나 순경을 혼내줄 수 있을 것인가를 생각했다. 그리고는 침대에 슨 녹을 손톱으로 긁었다. 그러다가 돌연 귀를 기울였다. 아버지의 큼직한 목소리와 이그나이트의 가엾은 목소리가 들려 오는 것이었다. 그는 일어서서 하인 방 쪽으로 뛰어갔다. 방 한 가운데 이그나이트와 마토료나가 고개를 숙이고 서 있었다. 마토료나는 아이를 내려다보고 있었다. 마토료나 곁에는 치맛자락에 코를 파묻고 포리카가 서 있었다. 마토료나는 아이를 내려다보고 있었다. 그 얼굴에는 놀라움이나 슬픔보다는 멍하니 어쩔 줄 모르는 걱정이 떠 있었다. 그들의 뒷문 쪽으로 구경이나 있다는 듯이 다른 하인들이 보고 있었다.

"그렇지."

그리이샤의 아버지가 큼직한 목소리로 말했다.

"이쯤 되면 볼 장은 다 본 거야. 포리카의 걱정은 말게나. 잘 돌보아 줄 테니. 신이 돌보아 주실 거야. 이 아이만은 꼭 잘 길러줄 테니. 자아 어서 그럼 이그나이트! 어찌된 거야?"

아버지는 손을 흔들었다. 그것이 마지막 작별이라는 것을 알려 주려는 것이었다. 그러나 아무도 거기를 떠나려고 하지 않았다. 이그나이트는 아무 말 없이 아래만 내려다보고 있었다.

"이 아이는 꼭 책임지고 맡아보겠어요!"

어머니가 떨리는 목소리로 말하고는 포리카에게 손을 내밀다가 얼른 도로 움츠리고 말았다.

"이제는 어찌할 도리가 없는 거야."

아버지가 다시 말했다. 아버지는 이그나이트와 마토료나가 절망해 버리고 언제까지나 잠자코 있는 것이 짜증나기 시작했다.

"이렇게 되면 별수 없는 거야! 형기가 짧으니까 곧 지나가 버릴 거야. 어찌된 거야?"

마토료나는 조용히 포리카를 떼었다. 그리고는 앞으로 나와서 어머니 앞에 꿇어앉아 얌전하게 절했다.

"마토료나!"

어머니가 외쳤다. 어머니 눈에서는 눈물이 흘렀다.

"그런 것은 안 해도 좋아요! 안심해요! 이 아이는 내가 꼭 맡을게. 씩씩하게 길러 줄 테니, 정말이야. 무릎을 꿇다니, 그런 짓을 해서는 안 돼요!"

어머니는 몸을 굽혀서 떨리는 손으로 마토료나의 어깨를 다독거렸다. 그리고 자기도 함께 방바닥에 꿇어앉았다.

"참는 게 제일이야. 누구나 참는 게 제일이야."

어머니는 나직이 소곤거렸다.

"참는 거 말이야 ……"

"자아 그만하면 됐어, 됐어!"

참지 못하겠다는 듯이 아버지가 말했다.

"나도 안됐다고 생각하네. 이그나이트, 너는 참 일을 잘 해주었어. 형기가 끝나거든 또 우리 집에 와서 일해 주게나 알아듣겠지? 아이 걱정은 말고 잘 지내게."

아버지는 어머니 손을 붙잡아 끌고 나가려 했다. 그러나 어머니는 그 손을 뿌리치고 마토료나를 껴안았다.

"참는 거야 참아야 해!"

어머니는 다시 속살거렸다.

마토료나는 일어섰다. 그녀는 딱한 듯이 방안을 휘돌아 보았다. 그리고 그리이샤를 보았다. 그 순간 그녀와 소년은 눈과 눈이 마주쳤다. 이윽고 그리이샤는 잠자코 조심조심 계단을 내려 앞으로 나갔다.

"안녕히 가셔요!"

그는 작으나 아주 정다운 목소리로 말했다. 그러나 마토료나는 아무 말 없이 그를 바라보고만 있었다. 아직도 어쩐지 딱한 듯한 표정을 하면서, 그리이샤는 이그나이트 곁으로 다가갔다. 그리고는 손을 내밀었다. 이그나이트는 그 손을 마주잡고 갑자기 자기 곁으로 끌어 당겼다.

"포리카를 귀여워해 주겠어요?"

"귀여워해 주고 말구요."

그리이샤는 진실하고 엄숙한 목소리로 대답했다. 그리고 의좋은 친구의 얼굴을 씩씩하고 빛나는 눈으로 바라보았다. 이그나이트는 소년의 머리를 쓰다듬어 주었다. 그리고는 성상을 향하여 바삐 십자를 긋고 그냥 문 쪽으로 걸어갔다.

"마토료나!"

하인 하나가 불렀다. 이그나이트는 밖에 나가서 기다리고 있었다.

"빨리 나와요. 마차가 벌써 와 있어요."

마토료나는 몸을 떨고 있었다. 그녀의 어리벙벙하고 딱한 안색은 놀란 빛으로 바뀌었다. 그 곁에는 포리카가 아직도 옷자락에 얼굴을 파묻은 채 떨고 서 있었다. 마토료나는 가만히 되돌아보고는 밖으로 나갔다.

소년은 북받쳐 나오는 울음을 참고 처음에는 걷다가 나중에는 달음박질쳐서 어린이 방으로 뛰어 들어갔다. 그리고 또 침대 위에 걸터앉아 침울한 얼굴로 앞을 내다보고 있었다. 복도에서 아버지 발소리가 들려 왔다. 그리고 어린이 방으로 들어와서 그리이샤 앞에 섰다.

"게서 뭘 하고 있는 거야? 할멈에게 가 있어!"

아버지가 말했다. 소년은 잠자코 꼼짝도 안 했다.

"그리이샤!"

아버지는 엄격한 목소리로 말했다.

"아버지 말하는 것이 안 들리나?"

그리이샤는 고개를 들었다. 그리고는 아버지에게 진지하고도 적의에 가득 찬 날카로운 눈초리를 돌렸다.

"착한 아이지!……"

아버지는 일부러 목소리를 부드럽게 해서 말했다.

"너는 나한테 무엇을 화내고 있느냐? 말해 봐. 내가 무슨 나쁜 일이라도 했나? 나야말로 너를 꾸짖어야 해. 너는 왜 순경에게 욕을 했니? 대답 못 하겠어!"

아버지는 참다 못 해 고함쳤다. 그는 아들의 강한 시선이 자기를 억누르는 듯한 느낌에 초조해서…….

"괜찮아요."

하고 그리이샤는 조용히 말했다.

"무엇이 괜찮단 말이냐?"

"아무리 꾸지람 받아도 괜찮아요. 난 이젠 아무렇지도 안아요. 난 이젠 아무렇지도 않아요!"

아버지는 약간 당황했다.

"좋아! 아버지는 이제 아무 말도 안 할 테야! 아무 것도 모르겠어!"

그렇게 말하고는 문 쪽으로 걸어갔다. 그 뒤에서 그리이샤가 고함쳤다.

"아버지도 역시 할멈과 마찬가지로 순경에게 잼을 대접하셨나요?"

아버지는 걸음을 멈추었다.

"사람은 누구나 제각기 맡은 일이 있는 거야! 자기 임무를 다하고 있는 거야. 순경은 이그나이트를 잡아오라고 명령을 받았으니까 온 거야. 그 순경은 착한 사람이야. 그런데 너는 그렇게 실례되는 말을 했어. 그리고 너는 아버지나 할멈께도 악을 쓰고 있구나. 대체 그건 무슨 까닭이냐?"

그리이샤는 천천히 시선을 돌렸다. 그의 얼굴에는 분명히 어쩔 줄 모르는 당황함과 괴로움이 가득했다.

"정말 철없는 아이야!"

아버지는 꾸짖듯이 말하고 방을 나갔다. 그리이샤는 꼼짝도 않고 앉아 있었다. '정말 철없는 아이야!'라고 하던 꾸짖는 듯한 아버지의 말, 그러나 어딘지 애정이 들어 있는 말을 그는 생각하고 있었다.

'철없어? 악을 써?' 하고 소년은 괴로운 듯이 생각만 하고 있었다. '나는 악을 썼어…… 그러나 모두들 이그나이트만 못 살게 굴고 있지 않아? 왜 그럴까?'

그리이샤는 고개를 숙이고 울상을 했다.

"모두에게는 제각기 할 일이 있댔지……. 그런데 어째서 이렇게 악하고 그릇된 일이 일어날까……?"

그는 눈을 위로 올렸다. 그의 눈에는 괴로움에 찬 의문이 가득히 고이고 있었다.

—L·아뷔로

도망자逃亡者

파시카는 끝없이 펼쳐진 들길을 어머니와 함께 비에 젖으며 몇 마일이나 걸었다. 처음에는 볏 그루가 많은 논을 가로질렀고 다음에는 누런 나뭇잎이 파시카의 장화에 들러붙는 질퍽한 숲 속을 지나서 새벽까지 줄곧 걸었다. 그리고도 또 두 시간이나 어두컴컴한 현관 앞에 서서 문이 열리기를 기다렸다. 현관 앞은 물론 바깥보다는 따뜻하고 건조하기도 하였으나 살을 에는 듯한 바람에 비도 사정없이 뿌렸다. 그런데 현관이 환자로 점점 가득 차자 파시카는 그 속으로 비비고 들어가서 냄새나는 양가죽 코트에 얼굴을 파묻고 졸았다.

이윽고 빗장이 미끄러지더니 문이 열렸다. 파시카도 어머니도 대합실 안으로 들어갔다. 그러나 아직도 한참 기다려야만 했다. 환자는 모두 벤치에 걸터앉았다. 아무도 입을 벌리지 않고 꼼짝 않고 있었다. 파시카는 가만히 군중들을 바라보고 있노라니 우스운 것들이 눈에 띄었으나 아무 말도 하지 않았다. 어떤 소년이 한 발로 방안을 뛰어들어왔을 때 어머니의 옆구리를 팔꿈치로 찌르고 이빨을 보이며 말했다.

"보아요, 엄마— 참새가!"

"잠자코 있으라니깐!"

자그마한 창가에 졸린 듯한 조수의 얼굴이 보였다.

"이리 와서 이름을 대시오."

우스운 절름발이 소년과 기다리던 환자들은 모두 창가에 모여들었다. 조수는 각자의 성과 이름, 동네 이름, 그리고 병이 난 날짜, 등 여러 가지를 물었다. 어머니의 대답으로 파시카는 자기의 이름이 파울 가라크티오노프라는 것, 나이는 일곱 살이라는 것, 그리고 병은 부활제부터 났다는 것을 알았다.

이름이 기록되고 나자 또 긴 시간이 흘렀다. 이윽고 흰 에이프런을 두르고 어깨 위에 수건을 걸친 의사가 대합실을 지나갔다. 절름발이 소년 앞을 지나쳤을 때 그는 어깨를 으쓱해 보이며 말했다.

"너는 바보로구나! 내가 월요일에 오라고 했는데 화요일에 오다니! 내가 맡아보니까 큰 걱정은 없겠지만 조심하지 않으면 다리가 아예 없어질지도 모를 거야!"

절름발이 소년은 눈을 깜박거리며 마치 구걸이나 하듯이 가련하게 얼굴을 찌푸리고 말하기 시작했다.

"이반 니크라뷔치! 제발 용서해 주셔요."

"뭣이 이반 니쿠라뷔치냐!"

하고 의사는 놀려대듯이 말했다.

"내가 월요일이라고 했으면—너는 그대로 하면 되는 거야, 너는 바보란 말이야!"

진찰이 시작되었다. 의사는 자기 방에 앉아서 차례로 환자를 불러 들였다.

이따금 귀를 찌를 듯한 고함소리, 아이들의 흐느껴 우는 울음소리, 의사의 짜증난 듯한 소리가 그 방에서 들려왔다.

"소린 무슨 소리를 질러, 죽이지는 않을 테니! 가만히 있으라구!"

겨우 파시카의 차례가 왔다. 파울 가라쿠티오노프라고 의사가 불렀다.

파시카의 어머니는 호출은 생각도 못 했다는 듯이 눈이 아찔한 것 같았으나 곧 정신을 차려 파시카의 손을 잡고 의사의 방으로 데리고 갔다. 의사는 테이블 앞에 앉아서 장도리로 두꺼운 서적을 기계적으로 두들기고 있었다.

"어디가 아파?"

그는 들어온 사람 쪽은 보지도 않고 물었다.

"이 애의 팔꿈치에, 선생님, 글쎄 종기가 났어요!"

파시카의 어머니가 대답했다. 그 말속에는 파시카의 종기 때문에 자기의 마음이 아프다는 뜻이 넘쳐 있었다.

"옷을 벗어!"

파시카는 가슴을 두근거리면서 두건을 먼저 벗고 소맷자락으로 콧물을 훌쩍 닦고 나서 코트의 단추를 벗기기 시작했다.

"아주머니! 당신은 여기에 손님으로 온 거요?"

의사는 짜증난 소리로 말했다.

"왜 빨리 벗기지 않아! 기다리고 있는 사람들은 당신만이 아니야!"

파시카는 엉겁결에 코트를 마룻바닥에 내던졌다. 그리고 어머니도 합세해서 셔츠를 벗겼다. 의사는 흥미 없다는 듯이 그를 보았다. 그리고는 발가벗은 그의 배를 손바닥으로 철썩 두들겼다.

"이런 파시카 노형!"

하고 그는 소리쳤다.

"너는 또 쓸데없이 살이 쪘구나!"

라고 말하고 그는 한숨을 내쉬었다. 그리고는

"팔꿈치를 내봐!"

하고 덧붙여 말했다. 파시카는 유리 항아리에 담긴 핏물을 보고는 무서워서 의사의 에이프런을 보자 울음을 터뜨렸다.

"바보오!"

의사는 놀려대면서 말했다.

"색시를 얻어도 좋을 만큼 큰 사내자식이 우는 거냐? 바보야!"

애써 울음을 참는 파시카는 '병원에서 울었다고 집에 가서 아무에게도 말하지 말아요 예!' 하는 표정이었다.

의사는 자세히 보고 나서는 또 거기를 꼬집어보고 한숨을 푹 내쉬고 입술로 투르레 불고는 또 팔꿈치를 만졌다.

"애 어머니! 아줌마는 욕깨나 얻어먹어도 시원치 않겠소!"

하고 그는 이었다.

"왜 좀더 일찍 오질 않았소? 애 팔은 다 틀린 것 같소! 이걸 보시오, 관절이 썩은 게 보이지 않소?"

"예, 말씀대롭니다. 선생님."

하고 파시카의 어머니가 말했다.

"선생님이 다 무엇이요? 아이 팔꿈치가 다 썩어질 지경인데! 선생님이구 대감이구가 다 어디 있소! 팔이 없고서야 무슨 놈의 직공이 되겠소? 어머니가 평생 먹여 살려야지! 자기 일이라면 콧등에 여드름 하나 나기만 해도 큰일났다고 금세 뛰어오면서 자기가 낳은 자식새끼는 반년이나 썩혀두었군! 그런 당신이 부모요?"

그는 시거에 불을 붙였다. 그것이 탈 동안 파시카의 어머니를 향해 욕도 하고 콧노래도 부르고 머리를 멋지게 내저어 보기도 하고, 그리고는 또 무엇인가 생각하기도 했다. 발가벗은 파시카는 그의 앞에서 그의 콧노래를 듣기도 하다가 내뿜는 담배연기를 바라보기도 했다. 시거가 다 타버리자 의사는 벌떡 일어서서 나지막한 소리로 말했다.

"여보, 아줌마! 고약도 다른 약도 이렇게 되면 쓸데없소! 이 애는 여기에 두어야겠소!"

"그렇게 해야 된다면 선생님! 그렇게 할게요."

"꼭 수술을 해야 한단 말이오! 그러니까 파시카! 너는 여기에 남아 있는 거야!"

의사는 그의 어깨를 어루만지면서 말했다.

"엄마는 집으로 가더라도 넌 나하고 같이 여기에 있겠지? 여기도 나쁜 곳은 아니야 응! 저 나무를 봐, 나하구 말이야 응, 파시카! 병이 다 났거든 메추리 잡으러 가자 응? 그리고 여우도 보여 줄게, 둘이 같이 가자 응? 여기 남아 있겠지? 그리고 엄마도 내일 또 올 거야."

파시카는 어떻게 하면 좋을지 하고 어머니를 보았다.

"넌 여기에 남아 있어야 돼!"

하고 어머니가 말했다.

"물론이지, 이 애는 여기 남아요."

의사는 유쾌하게 말했다.

"뭐 여러 말 할 것 없어! 내가 이 아이에게 산 여우도 보여 줄 테니까. 시장에 같이 가서 과자도 사주지. 마리아 데니소우나! 이 애를 2층으로 데려가시오!"

의사는 확실히 유쾌하고 수다스러운 사람이었다. 게다가 파시카는 여태껏 시장에 가본 일도 없었고, 여우도 보고 싶었다. 그런데 엄마는 어떻게 하실까? 많은 생각을 해 보았다. 엄마도 함께 남아 있게 해달라고 의사에게 부탁해 볼 생각이었다. 그러나 아직 입도 채 떼기 전에 간호원이 2층으로 데리고 갔다. 입을 딱 벌린 채 사방을 살펴보았다. 층층대도 마룻바닥도 문기둥도 모두 곱게 노랗게 칠해 있었다. 그리고는 집안에서는 축제 때나 맡아 볼 수 있는 치즈의 그윽한 냄새가 났다. 곳곳에 등잔불이 걸려 있었고, 군데군데 양탄자가 깔려 있었다. 놋쇠의 수도꼭지가 벽마다 내밀고 있었으나 그 중에서 무엇보다도 파시카가 기뻐했던 것은 두툼한 회색 이부자리가 깔린 침대였다. 그는 베개와 이불을 손으로 만져 보았다. 그리고는 의사가 아주 좋은 집에 살고 있구나 하는 결론을 내렸다.

그것은 자그마한 병실이고 침대는 셋밖에 없었다. 첫째 침대는 비었고, 둘째 침대는 파시카의 것이었다. 그리고 셋째 것에는 흉측스러운 눈의 늙은 할아버지가 앉아 쉴새없이 기침을 하고는 타구 속에 가래침을 내뱉고 있었다. 파시카는 자기의 침대에 누워서 열어 젖혀놓은 문 사이로 건너편 병실을 들여다볼 수 있었다. 거기에는 침대가 둘이 있었고 하나에는 여위고 핏기 없는 사나이가 머리 위에 고무 얼음 주머니를 놓고 누워 있었다. 다른 침대에는 농부 한 사람이 팔을 뻗고 머리에는 붕대를 감은 채 꼭 할머니 같은 모습을 하고 있었다.

파시카를 침대 위에 눕혀 주고 나간 간호원은 곧 의복을 한 아름 안고 들어왔다.

"이게 다 네가 쓸 거야. 어서 입어봐요."

파시카는 자기의 헌 옷을 벗고 기쁘게 새 옷을 바꿔 입었다. 셔츠에다 즈봉과 회색 코트를 입고는 싱글벙글 웃으면서 제 몸을 살펴보았다. 그리고는 이 새 옷을 입은 채 동네를 돌아다녔으면 얼마나 좋을까 하고 생각해 보았다. 그의 즐거운 상상은 날개를 달고 엄마 심부름으로 냇가의 채소밭으로 돼지에게 먹일 양배추 잎을 따러 갈 때 동네 아이들이 자기를 둘러싸고 부러운 듯이 입을 딱 벌리고 있는 광경이 떠올랐다.

다시 간호원이 돌아왔을 때 그녀는 양재기 두 개와 빵 두 개, 스푼 두 개를 들고 들어왔다. 양재기 하나는 할아버지에게 주고 하나는 파시카에게 주었다.

"어서 먹어요!"

하고 말했다. 파시카는 그 양재기 안에는 기름기 많은 국물이 가득 담겨 있고 그 밑바닥에 고기 한 조각이 들어 있는 것을 보았다. 그래

서 그는 또 의사가 꽤 잘 살고 있고 아까 화냈던 것에 대해서는 잊게
되었다. 국물을 장난삼아 한 숟가락 떠 넣고서는 쫄쫄 빨아 맛을 보면
서 먹었다. 그리고 고기 한 점만 남았을 때 그는 늙은이 쪽을 곁눈질
로 보고는 부러워했다. 푹 한숨을 내쉬고는 고기 조각을 먹기 시작했
으나 될 수 있는 대로 오랫동안 아끼면서 씹으려고 했으나 고기는 어
느새 없어지고 말았다. 그러고 보니 빵만 남았다. 대체 아무 것도 바
르지 않은 빵이란 맛이 없는 법이다. 그러나 별수 없었다. 이것저것
생각하다 결국 먹어 버렸다. 마침 그가 빵을 다 먹어 버리자 간호원이
또 양재기 두 개를 들고 들어왔다. 이번에는 양재기 안에 불고기와 감
자가 들어 있었다.

"넌 빵을 어쨌니?"

간호원은 꾸짖듯이 말했다.

"그럼 불고기는 무얼 해 먹을래?"

그녀는 나가더니 또 빵을 가져 왔다. 파시카는 생전 불고기를 먹어
본 일이 없었다. 먹어보니 아주 맛이 있었다. 그러나 어느 사이에 다
없어지고 또 빵만 남았다. 그 빵은 아까 번 것보다 더 큼직했다. 노인
은 다 먹고 나더니 그 빵을 서랍 속에 넣어 두는 것이었다. 그래서 파
시카도 그렇게 할까 생각했으나 한참 우물쭈물하다가 그것마저 먹어
버렸다.

식사 후 그는 탐험(探險)하러 떠났다. 건너 병실에는 아까 침대에
서 본 사람들 이외에도 네 명이나 있었다. 그 중에서도 한 사람이 유
달리 그의 눈에 띄었다. 그는 키가 크고 여윈 바싹 마른 농부였는데
미간을 찌푸린 텁석부리 얼굴로 침대 위에 남아서는 쉴새 없이 머리
를 저으며 시계추처럼 팔을 흔들고 있었다. 파시카는 거기서 눈을 뗄
수 없었다. 그는 처음에는 그 농부가 시계추같이 규칙적으로 흔드는

것은 보는 사람을 웃기려고 하는 장난이라고 생각했으나 농부의 얼굴을 가만히 보고 있노라니 그것은 참을 수 없는 고통임을 알고 농부가 불쌍해졌다. 제3병실에는 검붉은 얼굴― 마치 진흙을 발라놓은 것같이 붉은 얼굴의 사나이 둘이 있었다. 그들은 침대에 꼼짝도 않고 앉아 있는 폼이 꼭 그 괴상한 얼굴빛과 뭔지 분간 못할 얼굴은 이교도의 신과 같았다.

"저 사람들은 왜 저러고 있는 거예요?"

간호원에게 물었다.

"저 사람들은 두창 환자야."

파시카는 자기 방으로 돌아와서 침대 위에 앉아서 의사가 메추리 잡이도 하고 시장에도 가자고 데리러 오기를 기다렸다. 그러나 의사는 좀처럼 오지 않았다. 건너편 병실 문간에 조수가 와서 잠깐 서 있었다. 그는 얼음주머니를 머리에 얹은 환자에게 허리를 굽히고 소리를 질렀다.

"미하이로!"

그러나 잠든 미하이로는 듣지 못했다. 조수는 손을 내저으면서 가 버렸다. 의사를 기다릴 동안 파시카는 곁 침대의 사람을 보았다. 노인은 연거푸 기침을 하고서는 타구 속에 가래침을 뱉었다. 기침은 길게 꼬리를 끌고 목구멍에서 그르렁 그르렁댔다. 그러나 파시카에게 아주 재미난 것은 노인이 기침을 하면서 숨을 들여 쉬면 무엇인지 가슴속에서 그르렁거리고는 다시 묘한 가락으로 노래를 부르는 것이었다.

"할아버지! 할아버지 뱃속에서 뭐가 우는 거예요?"

파시카는 물었다. 노인은 대답하지 않았다. 파시카는 한참이나 기다리다 못해 또 물었다.

"할아버지! 여우는 어디 있어요?"

"무슨 여우?"

"살아 있는 거 말예요."

"어디 있느냐구? 숲 속에 있지 뭐야."

오랫동안 기다렸으나 의사는 끝내 오지 않았다. 그러고 있노라니 간호원이 파시카에게 차를 가져다주고는 빵을 다 먹어 버렸다고 또 꾸짖었다. 조수는 다시 와서 미하이로를 깨우려 했다. 등잔에서 불이 꺼졌다. 그러나 의사는 여전히 오지 않았다. 시장이든 메추리 잡이든 간에 너무 늦었다. 파시카는 침대 위에 드러누워 생각하기 시작했다. 의사가 약속하던 과자며 어머니 얼굴과 목소리며 자기 집의 침실이 너무 어두운 거며 혼자 중얼거리는 에고로나 일도 생각났다. 그러자 어쩐지 속이 답답하고 슬퍼졌다. 그러나 아침이면 어머니가 오리라고 생각하고는 싱긋이 웃고 잠이 들었다.

그는 무슨 소리에 잠이 깼다. 사람들이 건너편에 들어가서 나지막 한 소리로 이야기하고 있었다. 등잔불과 램프의 어둠침침한 빛에 미 하이로의 침대 근처에서 사람의 움직이는 그림자 셋이 보였다.

"침대 채로 들고 갈까? 아니면 시체만 가져갈까?"

하고 하나가 물었다.

"시체만이야. 침대를 둘 데가 있어야지. 참 죽어도 더러운 때에 죽 어가지고…… 나무아미타불!"

그래서 하나가 미하이로의 어깨를 뒤로 또 한 사람은 다리를 치켜 들어 올렸다. 그러자 웃옷 앞자락이 펄럭 들렸다. 셋째 번 사나이가, 그는 여자 같은 농부였다. 십자가를 그었다. 그리고는 세 사람 모두 다리를 질질 끌면서 웃옷자락을 밟으면서 병실을 나갔다.

곁에서 자고 있는 할아버지의 가슴에서는 찍찍 소리가 나고 여러 가락으로 노래 소리가 들렸다. 파시카는 그 소리를 듣고서는 무서워서 컴컴한 창을 내다보았다. 그러다가 엉겁결에 침대에서 뛰어 내렸다.

"엄마아!" 하고 소리를 질렀다.

그러고는 지체 없이 건넌방으로 뛰어들어갔다. 램프불과 조위등불로 간신히 어둠을 면하고 있었다. 미하이로가 죽은 데 충격을 받은 데다가 그들의 그림자와 움직이고 있는 환자들은 모두 도깨비같이 보였다. 멀찍이 떨어진 구석에서는 농부 하나가 쉴새없이 고개를 끄덕거리고 손을 시계추처럼 내흔들고 앉아 있었다. 파시카는 문 쪽은 돌아다보지 않고 곧장 환자 방을 빠져서 복도를 건너 머리카락이 긴 얼굴의 도깨비들이 있는 넓은 방으로 들어갔다. 부인 환자실을 뛰어나와서 또 복도로 나오니 거기에는 난간이 있었다. 엉겁결에 아래층으로 뛰어 내렸다. 그러자 거기에는 아침에 앉아 있던 대합실이 있었다. 그는 대뜸 문을 찾아 헤맸다.

문고리 소리가 찰칵 나더니 차가운 바람이 불어왔다. 파시카는 걸어채어 엎어질 뻔하면서 뜰로 뛰어 나갔다. 머릿속에는 도망치자! 도망치자! 하는 생각밖에 없었다. 그는 길을 몰라도 쉴새없이 달리기만 하면 곧 어머니와 만날 수 있으리라는 생각이었다. 침침한 하늘에 시커먼 구름 속으로 달이 비치고 있었다. 파시카는 곧장 앞을 향해 달려서 어떤 오두막을 돌아서니 가시덤불 숲이 나왔다. 잠깐 거기에 서 있다가 이윽고 병원 쪽으로 달려가서 그 주위를 빙 돌며 달렸다. 그러다가 어떻게 하면 좋을지 하고 멈추었다. 난데없이 눈앞에 하얀 십자가가 우뚝 서 있었기 때문이었다.

"엄마아!"

하고 외치고는 또 돌아섰다. 그리고는 달려서 검정색 무서운 건물을 지나쳤을 때 그는 겨우 불빛이 비치는 창을 보았다. 컴컴한 어둠 속에 환한 새빨간 불이 그를 무섭게 했다. 그러나 마음이 바빠진 파시카는 어디로 도망쳤으면 좋을지 생각이 나지 않아 그쪽으로 달려갔다. 창가에는 계단과 흰 게시판이 달려 있는 방문이 있었다. 파시카는 층층대를 뛰어 올라 창안을 들여다보았다. 갑자기 숨이 막힐 듯한 기쁨이 넘쳤다. 그 창안에는 테이블이 놓여 있고 거기에는 쾌활하고 수다스러운 그의 의사가 손에 책을 들고 앉아 있었던 것이다. 파시카는 기뻐 웃으면서 소리를 지를까 했다. 그러나 무언가 알 수 없는 힘이 숨을 꼭 눌러 발목이 휘청거렸다. 그래서 비틀거리다가 그만 맥이 탁 풀려 층층대 위에 쓰러졌다.

그가 제 정신을 차렸을 때는 벌써 훤하게 날이 밝았다. 그리고 시장과 메추리와 산 여우를 약속하던 목소리가 귀에 이렇게 속삭였다.

"너는 바보야! 파시카, 응 너는 바보가 아니구 뭐냐? 너는 매를 좀 맞아야겠다."

— 안톤 체홉

상심傷心한 자

　여관에 도착했을 때 바깥은 매우 더웠으므로 나는 발코니에 나가 앉아 있었다. 눈앞에는 햇빛에 반사되어 이글거리는 행길이 멀리까지 뻗어 있었다. 그 길은 산을 돌아서 가늘고 길다랗게 바닷가까지 가 있었다. 붉은 술로 장식한 노새 몇 마리가 방울을 찰랑거리면서 술통을 싣고 간다. 보고 있노라니 그것의 걸음걸이가 여간 신중한 것이 아니었다. 천천히 걸어갔다. 그런데 그 노새의 행렬은 맞은편에서 달려오는 마차 때문에 흩어졌다.

　마부가 채찍을 휘저으면서 큰 소리로 외쳤다. 노새의 행렬은 낭떠러지로 몸을 바싹 붙였다. 마부는 마차를 향해서 욕지거리를 퍼부었다. 그러나 먼지 속에 파묻힌 마차는 그대로 내달려서 내가 앉아 있는 발코니 아래서 멈추었다. 마부는 뛰어내려서 말을 풀기 시작했다. 국제 수비병의 전모를 머리 위에 얹어놓은 건장한 여관주인이 마차 문을 열었다. 그리고 마차 안에 타고 있는 귀족같이 보이는 풍채 좋은 손님에게 절을 두 번이나 했다. 그러자 그때까지 마부석에서 졸고 있던 시종이 비로소 정신이 들어 하품을 하며 내려섰다.

　'마부석에서 저렇게 졸며 대식가(大食家) 같은 꼴로 저렇게 하품을 하는 것을 보니 저 시종은 틀림없이 러시아 사람일 거야.'

　나는 이런 생각을 하면서 그 사나이의 얼굴을 바라보았다. 먼지를 쓰고 와서 검붉은 고동색이 되어버린 노란 수염, 넓적한 코, 콧수염에서 시작하여 얼굴의 반쯤이나 가린 구레나룻, 그밖에도 여러 가지로 러시아 사람 특유의 모습이 나로 하여금 그 시종이 펜자지방이나 탐 바지방 아니면 시베리아지방 태생이 틀림없을 것이라고 생각하였다. 어떠한 이유로도 또 아무리 그런 척해 보이더라도 어쨌든 먼 이국 땅 에서 동구인을 만났다는 것이 가슴 설레게 하는 것이었다. 그 마차 안 에서 30전후의 사나이가 내려왔다. 행복하고 유쾌하며 즐거운 모습 의 얼굴이었다. 아주 폭이 크고 부드럽게 느껴지는 그는 소화기능도 매우 활발하고 신경질이라곤 아주 없는 사람으로 보였다. 가는 줄이 달린 코안경을 건 그 마차의 손님은 사방을 둘러보았다. 그리고 어린 애처럼 순진한 표정으로 아직 마차에서 내리지 않은 동행의 사나이에 게 말했다.

"참 훌륭한 경치군요. 이태리입니다. 참으로 이태리답군요. 푸른 하늘은 마치 천국 같지 않습니까? 이것이야말로 진짜 이태리구려!"

"아뷔니옹에서부터 자네는 이번까지 꼭 같은 말을 여섯 번이나 하 고 있네" 하고 동행의 사나이는 거칠고 신경질적인 목소리로 말하면 서 천천히 마차에서 내려왔다.

동행 사나이는 여위고 키가 크고 나이가 더 든 사나이였다. 산뜻하 게 눈에 띄는 초록색 외투에 흰 삼베 모자 아래는 먼지를 쓴 백발이 엿보였다. 힘없는 눈은 짙은 눈썹으로 그림자가 지고 환자인 듯 윤기 없는 얼굴빛은 잿빛이라기보다 누런빛이 섞인 초록빛으로 보였다.

상심한 듯한 그 사나이는 잠자코 동행자가 가리키는 쪽을 바라보았 다. 그러나 경탄도 하지 않고 만족의 빛도 보이지 않았다.

"이것은 모두 감람나무입니다. 감람나무뿐입니다."

젊은 사나이가 말했다.

"감람나무의 초록빛은 단조로워서 싫증이 나네."

누런빛을 띤 초록빛 사나이가 말했다.

"러시아의 흰 벚나무 편이 훨씬 아름답네."

젊은 사나이는 그렇지 않다는 듯이 머리를 저었다. 그러나 그대로 말대답하기를 그치고 눈을 위로 돌리고 말았다. 나는 그 사내의 얼굴을 본 것 같은 기억이 났으나 어디서 언제 보았는지 생각이 나지 않았다. 러시아 사람은 외국에 나가면 묘하게도 잘 알아볼 수가 없다.

러시아에서는 독일식으로 수염을 짧게 깎고 다니는 사나이도 외국에 나오면 러시아식으로 거의 믿을 수 없으리만큼 빨리 수염을 덥수룩하게 기르기 때문이다.

그러나 나는 길게 생각할 필요가 없었다. 젊은 사나이는 감람나무를 보고 기뻐하던 그대로 선량하고 걱정 없는 듯한 표정을 하고 내 곁으로 달려왔다. 그리고는 러시아말로 소리쳤다.

"여! 이것 뜻밖입니다. 아주 뜻밖입니다. 개도 걸어다니면 돌부리에 채인다더니 저를 몰라보겠소? 옛 친구를 잊다니, 좀 심한데."

"생각나는군요, 알겠소. 아무튼 아주 모습이 달라져 버렸으니까. 첫째로 그 수염이 그렇게 자랐으니 참 탐스럽군요. 꼭 우유로 기른 것 같구려."

"수염은 자라도 이빨은 안 빠졌습니다."

그는 배속에서 울려나오는 듯한 웃음소리를 내면서 대답했다. 그리고는 늑대도 울고 갈 만한 이빨을 드러내 보였다.

"그러나 당신도 늙었습니다. 아주 변했습니다. 어떻습니까? 요 근래는 무슨 재미있는 일이라도 있습니까? 벌써 헤어진 지 4년이나 되었으니. 유수 같은 세월이군요!"

"참, 그렇군요! 그런데 당신은 어떻게 이런 곳까지 오게 되었습니까?"

"환자를 동반해서……"

이 사나이는 모스크바대학의 의사였다. 그리고 해부학의 조수 노릇도 했었다. 꼭 6년 전 나도 해부학을 공부한 일이 있었으므로 그때 서로 알게 되었던 것이다. 선량하고 직무에 충실한 청년이었다. 아주 부지런하고 열심히 공부하고 있었다. 그러나 참으로 요량이 좋은 사나이여서 해결 못할 문제에는 아예 머리를 쓰지 않았고 해결된 문제는 무엇이나 똑똑히 기억했다.

"그렇습니까? 그러나 환자는 어쩌면 안색이 저런가? 마치 초록빛이 아닌가? 왜 그렇습니까?"

"저런 환자는 이런 이태리 같은 곳에서는 절대로 찾아볼 수 없습니다. 아주 이상한 사람입니다. 머리는 아무 일 없으나 여기가 조금 나쁩니다(그렇게 말하면서 그는 손가락 끝으로 자기의 가슴을 가리켰다) 그래서 내가 그를 치료하고 있습니다만 이런 곳에서 옛 친구를 만났다고 말하면 깜짝 놀랄 것입니다. 저런 환자에게는 기분 전환이 필요합니다. 아주 심한 우울증이어서 정신 이상의 징조를 나타내고 있습니다. 때로는 하루 종일 한 마디도 하지 않을 때가 있습니다.

그런가 하면 어떻게 해서 아주 수다스럽게 되기도 합니다. 그리고 나서는 머리카락을 곤두세우고 흥분하기도 합니다. 무엇이든 상대를 하지 않습니다. 하여튼 정신상태가 아주 이상합니다. 여자 문제가 원인이었다는 소문도 있습니다만 확실한 것은 모르겠고 그런 일이 있기는 있었던 모양입니다. 성질은 누그러지고 말았지만 친척들은 모두 저 사람을 먼 곳 어딘가로 보내치우려 했습니다. 저 사람은 문지기나 하인에게도도 무슨 이야기나 하지 않을까 걱정하는 것 같습니다. 잘은 몰라도 땅 문제인 것 같더군요. 저 사람은 시골로 가겠다고 말했지만 저 사람 누님이 저 사람 소유 토지에 무슨 관계가 있어서인지 누님이 반대하더군요. 농부들에게 공산주의 선전을 하게 되면 곤란하다는 등의 소리를 하면서. 아마 빚을 준 돈인지 뭔지 문제가 얽혀 있는 것 같더군요. 그래서 결국 남부 이태리로 치료차 떠나는 것이 좋다고 억지로 승낙하고 말았습니다. 그래서 카라부리아를 목적지로 해서 떠난 것입니다. 당신의 옛친구가 충실한 시의 노릇을 맡은 거지요. 하여튼 도둑과 중밖에 없다는 곳이라니, 나는 '말세이유'로 오는 도중에 권총을 샀습니다. 4연발 짜리지요."

"그렇군! 그러나 어지간한 일이 아니겠군, 늘 그런 환자와 함께 있고서야."

"그러나 벽으로 기어오르거나 흙벽을 씹어먹는 따위 환자는 아니니까요. 저래도 저 사람은 내가 마음에 드는 모양이지요. 그렇다고 그런 말을 한 마디도 입 밖에 내지 않습니다만 무엇이든 말을 듣는 것이 싫은 모양이지요. 그러나 나는 만족합니다. 아주 만족입니다. 아무튼 모든 비용은 저쪽 편에서 부담하고 게다가 1년에 5만 환을 받게 되니까요. 담배 한 개비도 내 돈으로 살 필요가 없습니다. 저 사람은 그런 점에 대해서 매우 꼼꼼합니다. 하여튼 세상에는 뜻하지 않은 일도 있습니다. 어쨌든 저의 기특한 속죄제물을 만나 보시오. 이리로 데리고 올 테니까요. 사실 한 시간쯤 함께 지내면서 식사라도 하게 되면 대단히 선량하고 게다가 아주 평범한 사나이라는 것을 알게 됩니다."

"네, 정신이상만 아니라면."

"어느 편이든 마찬가지입니다만. 어쨌든 불행한 사람입니다. 좀 놀라게 해서 기분 전환을 시켜주는 것이 좋습니다. 그것이 제일 좋은 효과가 있으니까."

"나를 약 대신에 쓰시려는 겁니까?"

내가 이렇게 말하는 동안 의사는 벌써 복도를 달아나듯이 뛰어가 버렸다. 나는 그의 그러한 희망이나 남의 의사에는 아랑곳없는 러시아식인 데가 마음에 들지 않았으나 그 초록색 환자가 공산주의 지주라는 점이 나에게 흥미를 주었다. 그래서 기다렸다. 이윽고 환자가 차에서 내렸다. 어물어물하고 부끄러운 듯한 표정을 했다. 그리고 필요 이상으로 공손히 절하고 신경질적인 미소를 띠었다. 그의 얼굴의 근육이 이상하게도 잘 움직였다. 그리고 그 때문에 표정은 기묘하고 겉잡을 수 없는 동요를 보였다. 쉴새 없이 변했다. 우울한 표정에서 웃는 얼굴이 되는가 하면 때로는 아주 무표정하게 되기도 했다. 그의 눈은 거의 아무 것도 보고 있지 않는 것같이 보였다. 그러나 그 속에는 늘 무엇인지 한 가지 일에 전심전력으로 집중하려는 습관 같은 것을 볼 수 있었다.

머릿속에서 이루어지는 무엇인지 대단한 노고를 볼 수 있었다. 눈썹 위에 내리 덮일 듯이 온 이마에 깊이 잡혀 있는 주름살은 그 노고의 산물에 틀림없었다. 그와 같이 주름 잡힌 이마 뼈 아래에 처박혀 있고서야 두뇌가 1년인들 견디어낼 수가 없음이 무리가 아니다. 안면 근육이 그렇게 쉽사리 움직이는 것도 당연한 일이다.

“요게니·니크라빗치!” 하고 의사가 말했다.

“소개해 드리겠습니다. 참으로 뜻밖의 일입니다. 이런 곳에서 옛 친구를 만나다니…… 더구나 함께 고양이나 개를 해부하던 친구랍니다.”

요게니·니크라빗티는 미소를 띠고 중얼거리듯이 말했다.

“대단히 기쁘게 생각합니다. 참으로 생각도 못하던 곳에서……”

“당신은 기억하고 있습니까?”하고 의사는 말을 이었다.

“우리들이 수이체프의 개를 붙잡아다가 해부해서 미주신경(迷走神經)을 연구하던 일을?”

요게니·니코라빗치는 상을 찌푸렸다. 그리고 창 밖을 내다보면서 두어 번 기침을 하고 나서 나를 보면서 말했다.

"러시아를 떠난 지 얼마나 됐습니까?"

"5년째입니다."

"그러시다면 이곳 생활에는 익숙하시겠군요?"

요게니·니코라뷧치는 말하고 얼굴을 붉혔다.

"예, 아주 익숙해졌습니다."

"그러나 외국생활이란 대단히 불편하고 단조롭습니다 그려."

"그것은 러시아도 마찬가지입니다."

하고 의사는 예사롭게 말했다. 그러자 갑자기 뜻밖에도 요게니·니코라뷧치는 몹시 웃어대기 시작했다. 그리고 한참 동안이나 그 웃음을 멈추려 애쓰면서 겨우 들릴까말까 한 소리로 말했다.

"자네는 언제나 내 말에 반대하는군. 필립·다니로뷧치군! 하하하, 내가 이 지구를 되다만 유성이나 그렇지 않으면 병에 걸린 유성이라고 하니까 이 사람은 그렇지 않다는 것입니다. 게다가 또 내가 외국의 생활은 단조롭다고 하니까 그 반대로 러시아의 생활이 단조롭다고 합니다."

그리고 마침내 이마에 핏대가 일어섰다. 의사는 교활하게 나에게 눈짓을 했다. 이것 보라는 듯이. 그 의사의 태도를 보니 나는 그 환자가 이상하게도 가엾게 생각되었다.

"어찌해서 지구가 병든 유성이 아니라고 말할 수 있는가?"

하고 요게니·니코라뷧치는 진지한 얼굴을 하고 물었다.

"병든 인간이 있는데도."

"그것은……."

하고 의사가 내 대신에 대답했다.

"유성은 느낄 수 없기 때문이지요. 신경이 없기 때문이지요. 신경이 없는 것에는 병도 없습니다."

"자네는 우리 인간을 중심으로 말하지만 병에는 신경 따위가 필요 없네. 포도에도 병은 있고 감자에도 병이 있지 않은가? 나는 알고 있네. 드디어 지구가 깨어져 버리고 궤도에서 벗어나 어딘지 모르게 날아가 버린다는 것을 알고 있네. 아주 재미있는 일이 생기네. 카라부리야도 니코라이·빠우로빗치도 제자도 나도 자네도 모두 날아가 버린다네. 그리고 자네의 권총 따위는 아무 소용도 없게 되어 버릴 거야."

그렇게 말하고 나서 그는 또 웃기 시작했다. 그러나 곧 내 쪽으로 돌아서서 아주 긴장해서 말했다.

"이대로 살 수는 없습니다. 어떤 일이 이 지구상에서 시작되어야 합니다. 현재의 진화는 정말 실패작입니다. 반드시 무슨 일이 일어납니다. 우주 창조의 때부터 지구가 떨어져 나왔을 때부터 무엇인지 잘 못돼 왔습니다. 당연한 과정을 밟지 않았습니다. 처음부터 질병의 징조가 현저했습니다. 지구가 지질학적인 변화를 일으킬 당시부터 무언지 모를 병렬(病熱)을 속에 감추고 있었습니다. 달과 해는 그 위를 달려가고 있으나 질병은 더욱 더 기승을 부리고 있습니다. 평형이라는 것이 없어지고 유성은 공간에서 공간으로 방황하기만 합니다. 처음에 나타난 양(量)적인 것, 예컨대 큰집 만한 도마뱀이 있었습니다. 또 잎사귀 하나로 큰 운동장을 덮어버릴 수 있을 만한 커다란 양치류(羊齒類)가 무성해 있었습니다. 그러나 마침내 그런 것들은 모두 사멸해 버리지 않았습니까. 이 굉장한 큰 몸집을 한 것이 어떻게 살 수 있었겠습니까? 그러나 현대에 있어서는 모든 것의 질(質)적인 방면에서 한층 더 악화된 상태가 되었습니다. 뇌수도 신경도 혼란이 극도에 도달하고 총명과 우매의 구별조차 모르게 되었습니다. 이윽고 역사는 인류를 멸망시켜 버릴 것입니다. 그렇습니다. 당신이 무어라 해도 또 아무리 놀라더라도 인류는 멸망해 버릴 것입니다.”

단숨에 거기까지 떠들고 나서 요게니·니코라볫치는 입을 다물어 버렸다.

얼마 후 식사시간이 되었을 때 그는 적게 먹고 술도 조금밖에 마시지 않았다. 그리고 식사 중에는 그저 “그렇습니다”라든가, “아니요”라든가, 할 뿐, 그밖에는 아무 말도 하지 않았다. 식사가 끝날 무렵에 그는 갑자기 용기를 내서 컵에 하나 가득히 술을 따르기는 했으나 한 모금 마시고 상을 찌푸리고 잔을 내려놓았다.

“왜 그러십니까?” 하고 의사가 물었다.

“맛이 없습니까?”

“맛이 없어!”

하고 환자가 대답했다. 그래서 의사는 여관 주인을 나무라고 급사에게 야단을 쳤다. 그들의 탐욕에 자못 크게 놀란 척해 보이고 그들의 이기주의를 꾸짖었다. 그리고 35%나 물을 타서 손님을 속인다고 책망했다.

요게니·니코라볫치는 오불관언이라는 태도로 의사가 왜 노하는 건지 자기는 모르겠다고 하며 또 여관집 주인이 왜 차라리 65%의 물을 타지 않았는지 이유를 모르겠다고 농담을 했다. 그래도 사 마시는 손님이 있으니까 태연히 혼합주를 팔고 있는 여관집 주인이 꽤 현명한 인간이라고 말하기까지 했다. 그래서 그의 이러한 도덕적인 의견을 들으면서 우리는 식사를 마쳤던 것이다.

　　※

이 병든 지주와 처음 만나 서로 이야기를 주고받을 때부터 나는 그의 병적인 두뇌가 아주 독자적이고 대담스러운 데가 있는데 놀랐다. 그에게 분명히 ‘모자라는 데’가 있었으나 의사의 의견에 의하면 그는 부유한 지주로, 일생을 통해서 큰 불행이나 혼란을 겪지 않았다고 했으나 나는 사람 좋은 이 옛친구의 관찰을 그대로 믿을 수는 없었다.

우리는 함께 제노아로 갔다. 거기서 우리는 지나간 동란 때문에 몰락한 귀족이 경영하는 여관에 머물렀다. 요게니·니코라빗치는 내 얘기에는 과히 흥미를 보이지 않았으나 의사와의 사이에는 늘 언쟁이 벌어졌다.

음침한 우울증세가 나타날 때면 그는 남들과 떨어져서 방안에 들어박혀 있었다. 그리고는 파르스레한 얼굴빛이 되어 학질이라도 걸린 듯이 와들와들 떨었다. 때로는 그 눈이 우는 것같이 보였다. 그럴 때 의사는 혹시 자살이나 하지 않을까 하고 두려워했다. 그래서 여러 세세한 부분까지 주의하고 있었다. 면도칼이나 권총을 감추어 버리고 신경을 진정시키는 여러 약을 처방해 주면서 그를 도왔다. 때로는 향기 나는 따뜻한 목욕탕에 넣어 주기도 했다. 환자는 그런 일을 당할 때마다 기분이 상해 짜증을 내고 귀찮아 반항하기도 하고 때로는 응석받이 어린애처럼 시키는 대로 복종하기도 했다.

우울증이 지나면 그는 조용하고 말이 적은 인간으로 돌아갔다. 그런가 하면 갑자기 저수지의 댐이 터진 것처럼 사설을 늘어놓기 시작하는 것이었다. 숨이 넘어가는 듯한 웃음을 터뜨리고는 신경질적으로 목구멍을 색색거리다가 도중에 심한 기침이 나오면 이야기를 멈추었다. 그렇게 되면 듣던 사람들은 기분 나쁜 조바심을 느꼈다. 그의 기묘한 역설적 의견은 그 자신에게는 마치 99표처럼 간단해 보이고 그 견해는 어떤 면에서는 정확하고 순서 정연하게 끄집어 나오는 것 같았다.

그는 알기도 많이 알지만. 그러나 그 무엇에도 권위를 갖지는 않았다. 그래서 관학적(官學的)인 의사의 의견과 항상 충돌하는 것이었다. 의사는 어떤 일에도 결론 단계에 들어가면 큐붸나 볼트를 끄집어 냈다.

"그러나 왜 나마저."

하고 요게니·니코라뷧치가 말했다. 훈볼트의 생각대로 생각해야 한단 말인가? 훈볼트는 박식하고 세상의 여러 곳을 돌아다녀 본 사나이다. 그가 본 일이나 그의 생각을 아는 것은 매우 흥미 있는 일이긴 하지만 나도 그와 똑같은 사고방식을 가져야 할 의무는 없어! 훈볼트가 푸른 옷을 입었다고 해서 나도 푸른 옷을 입어야 할 이유도 없어! 현재 자네도 모세를 믿지 않지!"

"그러나 말이오."

하고 모욕을 느낀 듯이 의사는 내 쪽으로 고개를 돌리면서 말했다.

"요게니·니코라뷧치는 종교와 과학의 구별을 인정치 않는 걸요. 그게 대체 뭡니까?"

"구별이 없어!"

요게니·니코라뷧치는 확신을 가지고 말했다.

"종교와 과학은 두 가지가 다른 낱말로 표현된 동일한 것에 지나지 않아."

"그러나 종교는 기적에 기초하지만 과학은 이성에 기초합니다. 종교에 필요한 것은 신앙이지만 과학에 필요한 것은 지식입니다."

"기적은 종교나 과학에도 있는 거야. 다만 종교는 기적에서 출발하는 것이고 과학은 기적을 확인하려는 것의 차이가 있을 따름이야. 종교는 천계(天啓)의 이름 아래 있어서 지식으로는 이해할 수 없는 것이야. 동시에 이렇게도 말할 수 있지. 즉 인간보다도 총명한 지식이 있어서 그 지식이 이러 이러하다고 설명하는 것이라고. 과학은 공상한단 말이야…… 그러나 어느 편도 마찬가지야. 본질적으로 인간은 모든 것을 알 수 있는 능력이 없거든. 다만 누가 이렇게 이해한다는 사실을 증명하려 할 뿐이야. 그러나 사람들은 이 사실을 인정하려고 하지 않거든. 인간이 타고난 약점 때문에 어떤 사람은 모세를 믿고, 어떤 사람은 큐베를 신뢰하지 않을 수 없는 것이야. 어디에 참된 신뢰가 있을까? 어떤 자는 신이 짐승이나 초목을 창조했다고 말하고 어떤 자는 생명력이 그러한 것들을 창조한 것이라고 말하고 있어. 실제에 있어서 지식과 천계(天啓) 사이에는 상반되는 것이 아무 것도 없네. 다만 신앙에 대한 회의와 승인의 두 중간에 상반되는 것이 존재할 따름이지."

"그래, 그러한 경우에는 그럴 필요가 없어. 자네는 모르겠으나 어떤 사람은 그 관성이라는 것을 알지 못하니까 신앙에 의하여 승인해야 하는 것이야."

"참, 근사한 이론이신데."

하고 나는 농담 삼아 그의 두 손을 잡고 말했다.

"당신이 완쾌되어 니코라이·바우로빗치가 당신을 문교장관으로 임명하더라도 나는 당연하다고 생각하고 조금도 놀라지 않은 것입니다."

"모욕하지 마십시오. 제발 저를 모욕하지 마십시오."

그는 진정으로 말했다.

"그리고 제가 생각하는 것을 허튼 소리로 취급하지 마십시오. 나 자신도 루소를 골려 먹은 일이 있습니다. 그래서 불텔이 루소에게 편지를 쓴 것도 알고 있습니다. 허나 나는 이 세상 모든 악이 어디서 생겨났는지를 이해하기까지 많은 고생을 겪었습니다. 그리고 그것을 이해하고 나서 이렇게 몸을 망쳐 버렸습니다. 나는 아무에게도 이야기를 하지 않고 잠자코 있었습니다만 사람들의 고뇌와 신음소리가 점점 높아가고 악이 더욱 노골적으로 나타나기 시작하기 때문에 나는 진리를 세상에 공표하기로 결심했습니다. 우리는 멸망될 것입니다. 우리는 영원한 타락의 희생입니다. 그리고 우리 선조들의 죄악의 대가를 치르고 있는 것입니다. 어떻게 우리가 구원을 받겠습니까? 아마 다음 세대는 이해할 것입니다."

"당신의 지론이시군요, 인간이 건강한 상태가 되는 것은 진화 대신에 퇴화가 인류를 찾아올 때에만 가능하다고 하는 것이지요? 고대의 원숭이로 되돌아갈 목적으로 인류가 퇴보해 갈 때에 말씀이지요?"

하고 의사는 새로 담배에 불을 붙이면서 말했다.

"인간이 동물에 가까이 가려는 시도는 천사가 되려는 시도와 마찬가지로 마땅히 실패할 것입니다. 모든 동물에는 제각기의 당연한 존재상태가 있는 것입니다. 본질을 바꾼다는 일은 항상 위험합니다. 개울물은 바닷물보다 친밀하고 깨끗합니다. 그렇다고 해서 강물에 바다 생물을 집어넣으면 죽어버립니다. 인류는 우리가 상상하는 것처럼 풍부하게 자연의 혜택을 입지는 못합니다. 허나 인류의 신경이나 두뇌의 병적인 발달은 어떤 사람들을 현혹시켜서 본질적이 아닌 그리고 인류에게는 지나치게 높은 병적인 것으로 파멸해 가는 것입니다. 인류가 이 병적인 상태를 파괴할 때에 평안을 얻게 되는 것입니다. 그리하여 평안한 상태가 될 수 있다면 인류는 만족하고 행복하게 될 수 있을 것입니다. 예를 들어 인도 사람들을 보시오. 자연은 풍성합니다. 삶에 대한 국가적이고 정치적인 상처는 없었습니다. 유기적인 삶을 지배하는 두뇌만의 우월은 인정되지 않았습니다. 세계의 역사도 그들을 잊고 있었습니다. 그들은 인간으로서 좋은 삶을 살았으나 저주하고도 남을 동인도회사(東印度會社)라는 것이 생겨서 그들의 삶을 파괴해 버리지 않았습니까?"

"그렇지만 말이죠." 하고 의사가 말했다.

"민중은 그런 것은 조금도 생각하지 않습니다."

"그래, 그 점이 나의 이론에 대한 가장 중요한 증명이야. 자네가 민중이라고 하는 것을 이 경우에 좀 크게 인류라고 말해도 마찬가지야. 그러나 인류에게는 자신의 원대로 삶이 주어져 있지 않네. 이 점에 불행이 있는 것이야. 교육을 받으려면 매우 비싼 값을 치러야 해. 관습·종교·정치는 하층 계급에 기아를 가져올 따름이야. 하급민중의 눈앞에서 자기 재산을 계산하고, 사악한 취미를 자랑하고 불필요한 요구를 당연시하고 그 필요를 만족시키기 위해 민중의 손발을 빼앗을 따름이야. 얼마나 불행하고 가슴 아픈 상태인가? 아래에는 노역에 시달리고 굶주림에 허덕이는 대중이 득실거리고 또 굶주린 대중에는 먹을 것이 없고, 보수가 적음을 생각다 못해 사색에 지쳐 버린 또 다른 가엾은 인간들이 목말라 자멸해 가고 있어. 그 같은 질병과 고뇌에 휩쓸려 몹쓸 삶의 형편 때문에 열병에 걸리고, 미칠 듯한 심경 때문에 폐병에 걸리는 상황에서 문명의 꽃이 피고 문명의 총아들이 놀고 있는 것이오. 모든 것을 향락할 수 있는 인간들은 도대체 어떤 인간인가? 그들은 우리의 친구인 지주들이고 혹은 이 근처에서 보는 장사꾼들이야. 그러나 세계의 자연은 그것을 나무라지 않지. 그리고는 사형집행인보다 더 잔인한 배신에 스스로 도장을 누르고 있는 것이야."

하고 그는 방안을 이리 저리 왔다 갔다 하면서 말을 이었다. 그리고는 갑자기 거울 앞에 섰다.

"보시오. 이 얼굴을. 하하하, 얼마나 무서운 얼굴입니까! 이 얼굴을 어떤 농부의 얼굴과 비교해 보십시오. 그 무서운 복잡성을 알 수 있을 것입니다. 나의 이 찌그러진 얼굴에 관리나 상인이나 학자나 귀족이나 기타 그러한 부류가 속한 이른바 사회의 세례를 받은 자들이 속하는 것입니다. 허약한 골격이나 근육으로 신경통에 걸리고 어리석고 악덕하고 보잘것없는 무지하고 야비한 자들이 속해 있는 것이다. 예컨대 나처럼 35세에 벌써 폐인이 되어 힘도 없고 쓸모 없는, 겨울의 후춧잎같이 무익한 인간들 속에 내가 있는 것입니다. 참으로 얼마나 부끄러운 일입니까! 아니 그러나 이러한 일은 오래 갈 리가 없어요. 너무도 어리석고 썩어 문드러져 있어요. 자연의 야생적인 평화가 필요하오. 바벨론 탑 같은 사회조직을 세우는 것은 이젠 질색이오. 현재의 모든 것을 멈추어라! 그렇지! 이미 불필요한 것은 추구하지 말라! 자연 그대로의 부드러운 잠자리가 있는 집에 들어서 신선한 공기를 마시고 자치적(自治的)인 야생의 의지를 존중하고 자유를 얻어야 할 때가 왔다!"

그렇게 말하고 요게니·니코라빗치는 얼굴을 붉혔다. 그의 이마의 핏대는 시퍼렇게 일어섰다. 그리고 갑자기 괴로워서 얼굴을 찡그리고 심각한 표정을 짓고 말았다.

—A·겔첸

성탄절에 있었던 일

나에게는 어릴 때부터 같이 지냈던 친한 벗이 있다. 그는 부자는 아니지만 그렇다고 가난뱅이도 아니다. 머슴 두어 명을 둘 정도의 여유가 있으나 하나도 두지 않고 혼자 산다. 인색해서가 아니라 시끄러움 때문이다. 왜냐하면 하인들이 그에게 무슨 짓을 할는지도 모르고 또 혼자 사는 그의 세간으로는 머슴에게 시킬 일도 특별히 없기 때문이었다.

만약 머슴을 들였다면 할 일이 없어 짜증을 내거나 게다가 싸움까지 할지도 모를 일이니 편하기는커녕 도리어 불쾌할 것이다. 온순하고 조심성 많은 친구는 그럴 일을 절대 벌이지 않을 것이다. 그는 강변의 길가에 널찍한 정원을 두고 행복하게 살고 있었다. 그에게는 이리 저리 일상 생활을 보살펴주는 집지기 뿐이었다.

그는 외출할 때마다 직접 문을 잠그고 열쇠를 갖고 다녔다. 작은 집이기는 해도 방이 셋이나 있었다.

그럭저럭 조심스럽게 살던 그에게 성탄절에 난데없이 큰 일이 일어나고 말았다.

그런데 나는 늘 그 친구와 서로 주고받던 이야기가 있었는데 고향에서 있었던 사건에 대해 말하고 이야기를 계속해야 이해가 쉬울 것 같다.

고향에 한 장사꾼이 있었는데 그는 아무리 부탁을 해도 도둑의 심판인이 되기를 거절했던 사건이 있었다.

옛날 그 거리에 도둑 셋이 살고 있었는데 그 거리는 옛날부터 도둑이 많은 거리로 유명했다. 그런데 그 도둑놈들이 어떤 큰 상인의 곳간을 털 궁리를 했다. 그러나 곳간은 단단한 돌로 만들어졌고, 아래쪽으로는 작은 창문 하나도 없었는데 지붕 밑으로만 아주 작은 창이 하나 있었다. 그 창을 오르려면 높은 사다리가 필요했는데 그렇게 힘들게 올라간다 해도 창문이 너무 작아서 들어갈 수가 없었다.

그러나 도둑놈들은 일단 그 상인의 곳간을 털 결심을 한 이상 계획을 버리지 않았다. 창고에는 온갖 값진 물건들로 가득 차 있어서 도둑들이 그냥 놔두기에는 너무 아까웠다. 그래서 도둑들은 꾀를 냈다.

그들 중 가족이 없는 도둑이 가족 있는 도둑에게 이렇게 말했다.

"내게 좋은 생각이 있는데 자네에게는 네 살 된 아이가 있지 않나, 그놈은 아직 어려서 뼈가 연할 거야, 그 애를 창으로 밀어 넣으면 어떨까. 한몫 끼면 수고비는 두둑이 줄 테니, 자네는 마누라나 잘 꼬셔서 아이를 성탄절에 데리고 나오게. 마누라에게는 이렇게 말하라고. '오늘은 모두 함께 아침 예배드리러 가자고' 말야. 그렇게 해서 우리들 셋 중 하나가 아래에 서고 그를 어깨에 무동을 태워 한 사람이 위에 올라탄다. 그렇게 무동을 태우면 사다리 없이도 창문까지 갈 수 있단 말이야. 그리고 그 아이에게는 불빛이 새어 나가지 않는 손전등을 묶어주는 거야. 그리고 그놈을 창안으로 밀어 넣어 곳간 속에 있는 값진 것들을 모조리 꺼내 동아줄에 묶으면 우리가 그 줄을 끌어올리는 거야. 한 밑천 챙긴 물건을 우리 셋이 똑같이 나누자고. 우리 둘은 똑같이 한 몫씩 갖고, 자네는 아이의 몫까지 한 몫 반이 돌아가는 셈이지. 우리도 수고한 자네 아들에게는 맛좋은 과자도 좀 사줄 테니."

아버지 도둑은 이 말을 듣고 "손해 보진 않겠는걸, 이번 일만 잘 되면 한 밑천 잡겠는걸!" 하고 찬성했다.

드디어 성탄절 전날, 이브가 되자 그는 아내에게 말했다.

"오늘은 아이들도 같이 교회에 가게 준비시켜."

아내도 동의해서 남편과 함께 아이를 교회에 보냈다. 그러나 세 도둑은 예배당에 가지 않고 모스크바로 가는 길가의 술집에 모여 술을 마시며 어두워지기만 기다렸다. 데리고 온 네 살 된 아들 보고는 그동안 조금 자 두라고 일러놓았다. 밤이 점점 어두워지고 이윽고 술집 주인 영감이 가게문을 닫기 시작하자 그들은 겨우 자리에서 일어나 등불을 켜고 밖으로 나갔다. 물론 아이도 함께 데리고 나갔다. 그리고 계획대로 진행하였다. 일은 처음부터 순조로웠다. 아이는 뜻밖에도 영리하고 약삭빠르게 곳간 안으로 들어가자 사방을 돌아보고 나서는 재빨리 눈에 띄는 값나갈 물건을 연거푸 동아줄에 달아맸다. 밖에 있던 그들도 열심히 동아줄을 끌어올려 마침내 산더미같이 쌓이게 되었다. 더 이상 쌓을 자리가 없을 정도로 많은 물건을 훔쳐냈다.

그러자 제일 밑에 있던 놈이 가운데 놈에게, 가운데 놈이 맨 위 놈에게 말했다.

"그만 하면 됐네. 이 이상 더 끌어올릴 수 없네. 어서 아이에게 동아줄로 몸을 매라고 하게. 밖으로 끌어내야 하니까."

맨 꼭대기에 있던 놈이 창문에 대고 아이에게 속삭였다.

"그만, 이제 그만 해라. 어서 동아줄로 네 몸을 잡아매라. 끌어올릴 테니."

아이는 동아줄로 몸을 꽁꽁 묶었다. 그러자 그들은 아이를 끌어올리기 시작했다. 거의 창문 가까이 끌어올렸을 때 어두워서 사방을 분간할 수 없었다. 그 동안 너무 많은 물건을 꺼내느라 창틀의 벽돌에 동아줄이 다 닳은 것을 아무도 발견하지 못했다. 동아줄에 묶인 아이를 창 밖으로 끌어올리는 순간 갑자기 뚜두둑 하며 끊어지고 말았다.

그 아이는 밖으로 나오지 못하고 곳간 속으로 그만 곤두박질돼 버렸다. 도둑들은 이 뜻밖의 사고에 새파랗게 질려서 어리둥절하고 있을 뿐이었다. 그러자 곧 사방이 소란스러워지더니 곳간 밖에 매어두었던 주인의 개가 날뛰며 무섭게 짖어댔다. 곧 이웃 사람들이 잠에서 깨어 몰려올 것이고 그렇게 되면 꼼짝없이 잡히고 말 것이다. 성탄제 새벽 기도에 갈 시간이 다가오고 있었다.

겁이 난 도둑들은 먼저 훔쳐낸 물건만 들고 도망쳤다. 상인 집에서는 모두 일어나 등불을 들고 곳간으로 달려왔다. 곳간 안을 보니 모든 물건들이 뒤죽박죽 되고 많은 물건이 없어진 것을 알았다. 그리고 심하게 다친 한 어린아이가 마룻바닥에 엎어져 울고 있었다.

점원들은 곧 사태를 알아차리고 재빨리 거리 쪽으로 난 창문으로 가보니 거기에는 도둑들이 꺼내다 둔 물건이 거의 그대로 있었다. 당황한 도둑들은 손에 잡히는 대로만 갖고 도망쳤기 때문이었다.

모두들 어찌할 줄 모르고 경찰에 신고를 해야 할지, 그 도둑들의 뒤를 쫓아야 할 것인지, 의견이 분분하였다. 깜깜한 어둠 속에서 어느 방향으로 가서 도둑을 잡을 수 있을지? 게다가 그들을 찾는다고 해도 어떤 해를 끼칠지 두렵기도 했다. 그러나 그 집주인은 매우 훌륭했다. 총명하고 선량하고 이해심이 많은 그는 기독교 신자이기도 했다. 그는 젊은 점원들을 모아놓고 이렇게 타일렀다.

"그만 두게나, 소용없는 일일세. 물건이 그대로 있으니 이따위 일로 뒤를 쫓아갈 것까지는 없지 않은가."

"그것도 옳은 말씀입니다. 하나님이 악인의 죄에 본때를 보여 주시려고 아이를 남겨두셨습니다. 증거가 확실하니 모든 것을 모조리 밝혀낼 수 있을 겁니다. 어느 놈의 아이인지 확인만 하면 모든 것은 불을 본 듯 뻔할 테니 염려 마십시오."

하고 점원이 말했다. 그러자 주인은 말했다.

"아니야, 그렇지 않아. 어린아이에게는 아무 죄도 없어. 아무 것도 모르고 꾀임에 넘어갔을 뿐이야. 아이를 고발하는 것은 옳지 못해. 그러기보다는 이 아이를 잘 보살펴주어야 하네. 어린이는 하나님의 사도일세. 몸을 따뜻하게 해서 잘 녹여 돌보도록 해. 저기 저 아이 좀 보게나. 온 몸이 얼어 있고 무서워서 떨고 있지 않은가. 저 아이에게 여러 가지 물어보거나 귀찮게 하지 않도록 하게. 자식에게 자기 아버지를 욕하는 것은 기독교인이 할 짓이 아니야. 저 아이가 이곳에 떨어지게 된 것도 하나님의 뜻일 걸세."

그래서 모두들 입을 조심하고 누구 하나 아이를 괴롭히지 않았다. 아이는 이곳에서 기거하게 되었다. 주인은 자기의 친자식처럼 그를 키우고 일을 가르쳐 주었다. 상인은 선량하고 마음이 바른 사람이었기에 아이도 훌륭하게 자랄 수가 있었다. 그는 씩씩하고 영리한 청년으로 성장하였으며 식구들 모두가 그를 사랑했다.

상인에게는 딸이 하나 있을 뿐 아들이 없었는데 청년은 상인의 딸을 사랑하게 되었다. 그런 소문이 나돌게 되자 상인은 아내와 의논하였다.

"딸아이도 이제 시집 갈 나이가 되었으니 마땅한 신랑감을 누구로 하면 좋겠소? 우리처럼 돈이 좀 있으면 딸아이보다 돈을 탐낼 테니 말이오. 그러니 우리가 반듯하게 기른 그 아이와 결혼시키면 어떻소? 그러자 그의 아내도 찬성했다. 그리하여 청년과 그 딸은 결혼을 하였다. 세월이 흘러 상인 내외는 세상을 떠났고 젊은이와 딸은 예쁜 자식을 낳고 행복하게 살았다. 그런데 그 지방에 어떤 사건으로 재판이 열렸는데 노인이 된 그도 배심원으로 참석하게 되었다. 도둑에 관한 일심 공판이 열렸는데 그는 떨면서 앉아 있었다. 잠자코 듣고만 있었으나 그의 얼굴은 새파랗게 질리기도 하고 시뻘겋게 달아오르기도 하였다. 그런 그는 갑자기 눈물을 흘렸다. 온 법정에 그의 울음소리가 흘러나왔다.

의아한 재판장이 물었다.

"어찌 된 일입니까?"

"제 걱정은 마세요. 저는 사람을 재판할 수 없습니다."

"무슨 이유입니까?"

하고 여러 사람들이 물었다.

"여기는 법정입니다. 죄가 없는 깨끗한 사람이 재판해야 합니다."

그는 대답했다.

"옳은 말씀입니다. 그러나 저는 죄인입니다. 비록 재판은 받지 않았을망정 저도 도둑이었습니다. 부탁합니다. 여러분들 앞에서 저의 죄를 고백하도록 허락해 주십시오."

그러나 법정에 있던 사람들은 그에게 참회하도록 허락하지 않았다. 그 후에 그는 덕이 높은 사람들에게만 그 사건을 고백했다. 자기가 어렸을 때 동아줄에 묶여서 곳간에 들어갔다가 붙잡혀 마음 좋은 주인으로 인해 벌도 받지 않고 용서받은 일, 그가 자기를 친자식처럼 키워준 일에 대해 이야기했다. 그 이야기는 모든 사람들을 감동시켰고 그 거리의 사람들은 누구 하나도 과거에 재판 받지 않았던 죄로 그를 비난하거나 나무라는 사람이 없었다. 모든 사람들이 한결같이 그를 존경했다는 옛날 이야기를 친구와 나누며 우리는 기뻐하고 있었다.

"그렇게 마음이 착한 사람들과 함께 살고 있으니 우리는 행복하군."

"그럼."

하고 친구가 대답했다.

"안심해도 되겠지. 그러나 만일의 경우를 위해 조심은 해야겠지."

그렇게 주고받은 바로 그 이튿날 연극이 아니고서는 있을 수 없는 우연이 일어났다. 친구가 내게 와서 말했다.

"문제가 생겼네."

"무슨 일인데?"

"불쾌한 일일세."

"누가 나의 평화스러운 생활을 아주 망쳐 버렸어. 내가 한 시간 가량 외출하고 돌아와서 문에 열쇠를 집어넣었더니 문이 저절로 열리더라구? 그래서 들어가 보았더니 서랍은 빠져 있고 서랍 속의 것이 모두 흩어져 있고, 금시계 줄과 값비싼 물건들이 엉망으로 뒹굴고 있는 거야. 또 고이 보관해 둔 물품, 선친에게 물려받은 금시계, 내 장례식 비용으로 5백 루블을 넣어 둔 봉투들은 온데 간데 없이 사라졌어!"

나는 놀라서 그에게 뭐라고 말해 주어야 좋을지 몰랐다.

"정말 어떻게 된 일일까? 바로 어제 그런 이야기를 주고받았는데 이런 일이 생기다니!"

그는 큰 절망과 시련을 맞게 되었다. (어제는 선한 영혼으로 위안을 받았으나 오늘은 내 자신 속에 어떤 영혼이 있는지 보여 주라!)

나는 잠자코 앉아서 물었다.

"자네 어떻게 할 셈인가?"

"글쎄."

"어떻게 할지 아직 감이 안 잡히네, 우선 신고해야 한다고 남들은 말들 하는데 말야!"

그는 우정어린 내 의견을 듣고 싶어하는 눈치였다. 그러나 이런 경우에 뭐라고 해야 할지, 신고하라는 말은 벌써 다른 사람들이 말했고, 그밖에 또 뭐라고 조언할 수 있을지? 내가 아니라 그가 많은 재물을 분실한 것이니, 아무도 자신이 당한 모욕은 쉽게 용서가 안 되는 것이다.

"글쎄, 나로서는 뭐라고 할 말이 없네. 원한다면 내가 예전에 당했던 이와 비슷한 얘기가 도움이 될지는 모르겠네."

"어떤 얘기인지 제발 말해 주게나."

그래서 나는 나와 도둑 사이에 생겼던 이야기를 했다.

"어느 땐가 나는 털로 안감을 댄 점퍼를 맞췄네. 3백 루블이 들었는데 얼마나 무거운지 어깨를 무겁게 눌러서 나에겐 나쁜 버릇이 생겼는데 걸을 때는 늘 어깨에서 그것을 빼놓고 다녔던 거야. 그래서 결국 아랫단이 찢어지고 말았지. 성탄제 전날 아침 하녀는 내게 말했네.

"점퍼가 찢어졌습니다만 저는 양복점에서처럼 잘 꿰맬 수가 없으니 문지기 말로는 자기 옆집에 바느질을 잘하는 재단사가 있답니다. 문지기에게 시키면 저녁때에는 입으실 수 있겠는데요. '그래, 좋아' 하고 나는 승낙했지. 그러자 하녀가 코트를 문지기에게 주었네. 그래서 문지기는 얼른 그 유명한 재단사에게 가져갔지. 성탄제 전날에는 눈이 녹기 시작해서 저녁때는 오히려 모피 점퍼보다는 외투편이 맞을 것 같았네. 그래서 나는 점퍼 생각은 잊고 별로 물어보지도 않았어. 성탄제 바로 그 날 부엌에서 무슨 언쟁이 벌어지고 야단치는 소리가 들리더니 놀란 문지기가 새파랗게 질려서 성탄 축하 인사도 잊고 나의 점퍼가 없어지고 재단사도 도망을 쳤다는 거야. 그는 나더러 신고하라고 하더군. 나는 승낙하지 않았지. 그러자 문지기가 제 마음대로 신고해 버렸어.

신고는 했지만 점퍼는 나올 리가 없었어. 재단사는 어디론지 자취를 감췄고 그의 아내가 자기 아이들을 데리고 나에게 찾아왔네. 하나는 두어 살 먹었고 또 하나는 젖먹이쯤 돼 보였지.

소문을 듣자니 아주 가난뱅이였다는군. 마누라는 빼빼 말랐고 아이들은 셋방에 살고 있었는데 먹을 것조차 없는 형편이었네. 그 아내가 나의 점퍼 이야기를 하는 것을 듣자니 남편은 점퍼를 수선해서 돌려 주려고 가지고 나가서는 영 돌아오지 않았다는 거야. 몇 몇 사람들이 있음직한 곳을 찾아다녔으나 헛수고였네. 그리고는 그 일을 까맣게 잊고 있었네. 그런데 뜻밖에도 어느 날 문지기가 내게 헐레벌떡 달려 와서 입빠르게 말하지 않겠나?

"놀라지 마세요. 저는 쭉 그 세탁소를 지켜보고 있었는데 남몰래 아 내와 자식을 만나러 오는 것을 제가 붙잡아 재판관에게 넘겼습니다. 놈은 지금 재판소 문지기한테 있습니다. 곧 재판에 거는 것이 좋습니 다. ……주인님의 점퍼가 없어졌으니까요"라고 하였다.

내가 출두하자 재판관이 내게 이렇게 물었네.

"당신이 점퍼를 분실했습니까? 그것은 어떤 물건입니까? 또 값은 얼마나 나가는 것입니까?"

그래서 나는 정직하게 사실대로 대답했네.

"그 점퍼는 3백 루블 들었고 또 아직 신품이나 다름없었으나 잃어 버렸을 때는 값이 얼마나 나갈지 잘 모르겠는데요, 아마 백 루블도 채 안 됐을지도 모르겠는데요."

재판관은 재단사의 진술에 따라 유죄 판결을 받았다. 그의 진술은 이러했다.

"저는 그것을 수선해서 문지기에게 가지고 갔습니다. 돌려주고 삯 을 받을 생각이었지요. 그런데 재수 없게 문지기 집에는 아무도 없더 라구요. 그런데 저는 주인 양반의 성함도 모르고 또 댁도 몰랐습니다. 게다가 집에는 단돈 한푼도 없었습니다. 그래서 저는 점퍼를 저당 잡 히고 그 돈으로 차와 설탕과 맥주를 샀습니다. 아침이 돼서야 정신이 들어 깜짝 놀라 도망쳐 버렸습니다. 남은 돈은 몽땅 마셔 버렸습니다.

그 다음은 무엇이 어떻게 되었는지 전혀 알 수가 없습니다." 라고.

그는 어디서 돈을 써버렸는지 기억이 없고, 또 어느 전당포인지 알 수 없었던 것입니다.

"네가 보기에는 그 점퍼가 값이 얼마나 나갈 것 같았나?"

그러자 재단사는 선뜻 대답했다.

"근사한 점퍼였습니다."

"값이 얼마나 나갈 것 같았느냐니까?"

"고급품이었는뎁쇼……."

"백 루블쯤 나갈 물건인가?"

"더 나갈 겁니다."

"그러면 백 오십 루블쯤인가……."

"그쯤 되지요."

그는 사나이답게 조금도 부끄러워하지 않았다.

재판관은 언도를 내렸다. 재단사는 2개월 징역을 살게 되었고 게다가 내게 점퍼 값을 변상해야 한다는 것이었습니다. 나는 그 정도면 충분하다고 생각해 재판관에게는 그 이상 더 요구하지 않았다.

나는 집으로 돌아오고 재단사는 감옥으로 압송되었지.그리고 나서 얼마 안 가서 나는 류마티스로 고생하게 되었네. 그 때문에 아주 괴로웠고 밤마다 잠을 이루지 못할 때는 여러 생각으로 가득 차곤 했네. 머릿속에서 늘 그 재단사와 어린것을 껴안은 그의 아내의 모습이 사라지지 않았네.

내 점퍼 하나 때문에 그 사나이는 징역을 살게 되었고 그의 아내나 어린아이들은 어찌 되었을까? 나는 결코 배상금 따위는 받을 생각이 없었네. 아니 그렇다면 신고는 왜 했담?

나는 불안한 나머지 마침내 재단사의 아내가 살아 있는지, 아이들은 어찌 되었는지 알아보려고 문지기를 보냈는데 그의 대답인즉 재단사의 아내는 셋방을 내놓고 오늘 쫓겨나고 말았고, 살던 구석방의 세는 6루블이나 밀려 있다더군.

류마치스 때문에 밤마다 잠을 이룰 수 없었던 차에 그 이야기를 듣고 지쳐서 가물가물 하고 있노라니 난 데 없이 재단사가 나타나서 다리미로 소매를 다리듯이 다리미의 뾰족한 끝으로 찌르곤 했어. 나는 참다못해 얼른 문지기를 통해서 6루블을 주었네. 몸은 괜찮은데 양심이 아파 왔어. 왜냐하면 재단사를 불행하게 한 것은 나의 잔인성 때문이니까.

재단사의 아내가 6루블에 대한 인사차 왔었네. 그녀는 누더기 옷을 입고 아이들은 발가숭이로…….

나는 또 3루블을 주었네. 그러나 밤이 되면 또 재단사가 차가운 다리미를 들고 나타나는 것이야. 무슨 연유로 나 또한 이런 꼴을 당해야 하는지 한심하더군. 나는 초조해지기 시작했어. 별별 생각이 다 들더군. 나는 어찌하면 좋을까? 언제까지 이렇게 살아야 하나 괴로운 회의에 빠졌었네.

그럭저럭 부활절이 다가왔어. 재단사의 마누라에게 1루블, 2루블씩 여러 번 주었지. 그러나 부활절이 되었는데 좀더 주지 않을 수가 없었어. 그래서 나는 힘이 자라는 데까지 부조금을 더 보태주었지. 그런데 그녀는 점점 버릇이 되어 언제나 부족하다는 듯한 표정에다 내게 화까지 내곤 했어.

"우리의 은인은 우리를 곤경에 빠지게 만들었소. 나는 어린것들을 데리고 아무 일도 할 수 없으니 당신은 우리를 죽인 것이나 다름없소. 그런 당신에게 하나님이 가만히 있지는 않을 거요."

나는 어이없어 우습기도 하고 화도 나고 가엾기도 하고, 또한 부끄

럽기도 했다. 내 점퍼만 없었던들 이런 일이 일어났을까? 지금에 와
서 굶주리고 있는 냉정한 아기 엄마의 입을 다물게 하려면 먹여 살려
야 했고 그렇다고 해도 양심은 양심대로 괴롭기만 했다.

　나는 그럭저럭 재단사의 식구를 먹여 살렸다. 그러나 마음속에는
점점 고통이 더해만 갔다. 나는 어쩐지 남의 점퍼를 훔친 것보다 더
몹쓸 짓을 하고 있는 것으로 생각되었다. 아무리 발버둥쳐도 그런 생
각에서 벗어날 수는 없었다.

　내 이야기를 다 들은 친구는 내 말을 받아서
　"알겠네. 고발하지 않는 것이 좋겠어. 나도 역시 그렇게 괴로워하게
될지도 모르겠군. 남들을 놀라게 하고 싶지 않아. 도둑을 맞은 것으로
끝내야겠군."
　그 사건은 이렇게 일단락 되었다.

―N · 리에스코프

3

석가와 소크라테스 이야기

석가 釋迦

　기원 전 5세기 초의 일이었다. 인도의 히말라야 산 기슭 베나레스에서 북으로 며칠 가면 가비라라는 성에 이른다. 이 성의 성주는 정반왕 수도타나였다. 정반왕에게는 두 명의 왕비와 두 명의 누이가 있었다. 두 명의 왕비는 오랫동안 아기를 낳지 못했다. 그런데 노년이 되어서 나이 많은 왕비 마야부인(摩耶夫人)이 아들 싯달다(悉達多)를 순산했다. 왕의 기쁨은 더할 나위 없었다.

　싯달다가 나이 열 아홉 살 되었을 때 아버지는 조카 딸 뻘 되는 아름다운 야수다라와 결혼시켜 젊은 부부를 훌륭한 궁전에서 살게 했다. 그 궁전은 아름다운 정원이 있는 숲 속에 세워졌다. 젊은 싯달다의 궁전과 정원에는 인간의 감정을 매혹하게 하는 모든 것으로 가득했다. 귀여운 아들을 항상 행복하고 즐겁게 해주고 싶었던 정반왕은 싯달다의 시중을 드는 가까운 신하에게 엄명을 내려 절대로 그에게 슬픈 생각이 들게 해서는 안될 뿐 아니라 젊은 후계자 부부를 슬픈 생각으로 끌어넣을 만한 것은 일체 보이지 않도록 했다.

　싯달다는 자기 궁전에서 한 걸음도 밖으로 나가지 못했다. 궁전 안에서는 다친 것이나, 더러운 것, 늙은 것이라곤 하나도 볼 수 없었다. 싯달다의 하인들은 주인의 눈에 거슬려 불쾌한 느낌을 일으킬 만한 것들은 모조리 없애려고 애썼다. 더러운 것과 깨지고 해진 것은 모두 없애 버렸다. 나무에서는 마른 잎을 모조리 뜯어버리고, 짐승도 병들거나 늙은 것은 젊고 씩씩한 것으로 바꾸었다. 주위에서 시중드는 사람들도 모두 아름답고 젊은 사람 일색이었다. 그와 같이 하여 젊은 싯달다 주위에는 스무 살 전후의 아름답고 씩씩하며 자기처럼 건강하고 즐겁고 부유한 인간들만 있었다.

싯달다는 1년 남짓하게 이런 환경에서 살면서 비록 주위에 있는 모든 것이 아무리 훌륭했어도 결국 그런 것에 싫증이 나기 시작했다. 그리하여 그는 다른 사람들의 생활을 보고 싶은 생각이 들었다.

그래서 그는 마부를 시켜 마차 준비를 하게 하고 어느 날 아침 일찍 거리로 나섰다. 그의 눈에 띄는 모든 것 — 거리, 집, 오가는 사람들, 갖가지 차림의 남녀, 가게, 물건 등 모든 것이 그에게는 낯설고 새로웠으며 흥미를 끄는 매혹적인 것들이었다.

어떤 큰 거리에서 싯달다의 호기심 어린 눈은 여태껏 본 일이 없는 모습과 옷차림을 하고 있는 사람에게 멈췄다. 그 사람은 얼굴이 벌겋게 된 채 입을 벌리고 거친 숨을 괴롭게 쉬면서 어떤 집 담벼락에 기대어 주저앉은 채 신음하고 있었다. 싯달다는 마부에게 물었다.

"저 사람은 왜 저러는가?"

"네, 저 사람은 병이 들었습니다."

"병이란 게 무엇인가?"

"병이라 함은 인간의 몸이 나빠지는 것입니다. 그래서 저 사람은 괴로워하고 있는 것입니다."

"과연 괴로워하는 듯하구나. 그런데 왜 저 사람만이 병이 든 것이냐? 우리들에게는 병이 없느냐?"

"인간은 누구나 병이 드는 것입니다."

"그렇다면 나도 병이 들게 된단 말이냐?"

마부는 대답하지 않았다. 싯달다도 그 이상은 묻지 않았다.

한참 가고 있노라니 싯달다의 마차 쪽으로 한 늙은이가 구걸하면서 다가 왔다. 등이 굽고 불그스레한 눈에는 눈물이 가득 찬 늙어빠진 노인이었다. 바싹 마르고 떨리는 다리를 끌면서 알아듣지도 못할 소리를 몇 개 남은 긴 이빨 사이로 오물거리면서 중얼거렸다.

"이 사람도 병자인가?"

싯달다가 물었다.

"아닙니다. 이 사람은 늙은이입니다."

"늙은이가 무엇인가?"

"나이를 많이 먹은 사람입니다."

"왜 저런 몰골이 되었느냐?"

"오래 살았기 때문입니다."

"사람은 누구나 다 나이를 먹게 되는 것이냐?"

"그렇습니다. 누구나 할 것 없이 다 나이를 먹게 됩니다."

"이제 그만 돌아가자."

싯달다는 말했다. 마부는 말을 달렸다. 그런데 거리 밖에서 사람들 때문에 길이 막혔다. 그들은 들것에 사람 비슷한 것을 담아 가지고 어디론지 가고 있었다.

"저것은 무엇이냐?"

"죽은 사람입니다. 저 사람들은 송장을 불사르기 위하여 화장장으로 가는 길입니다."

"죽다니 그게 무슨 말이냐?"

"죽는다는 것은 인생이 끝나는 것입니다."

"왜 끝나느냐? 인생에 끝이 있단 말이냐?"

"사람이 죽으면 인생이 끝나는 것입니다."

싯달다는 마차에서 내려 시체를 들고 가는 사람들 곁으로 다가갔다. 송장은 유리알 같은 눈을 뜨고 이빨을 내밀고 몸은 아주 쇠약해져 있었다. 그리고 옴짝달싹도 않고 누워 있었다.

"왜 이 사람만 이렇게 되었느냐?"

"누구나 모두 이렇게 되는 것입니다. 인간은 모두 죽게 됩니다."

"인간은 누구나 다 죽는다는 말이냐?"

싯달다는 그 말을 되풀이하며 마차로 돌아갔다. 그는 고개를 푹 숙인 채 돌아왔다. 하루 종일 싯달다는 정원 한 구석에 앉아 꼼짝도 않았다. 그리고 낮에 보았던 것을 생각하고 있었다.

모든 사람이 병들고, 늙고, 마침내 죽어버린다. ── 한 시간 후에는 병이 들지 모르는 일, 한 시간마다 나이를 먹어가고, 시들고, 그리하여 힘을 잃어버리는 것, 그리고 또 한 시간 후면 죽어버릴지도 모르는 일, 마침내는 죽어버릴 것을 알고 있으면서도 어찌 인간은 태연하게 살아갈 수 있을까? 죽는다는 것을 알고 있는 이상 어떤 일을 기뻐하고, 또 살기 위하여 무엇을 할 수 있을까? '이래서는 안 되겠다.' 하고 그는 스스로에게 타일렀다. '이런 것에서 벗어날 길을 찾아야 한다. 그리고 그것을 사람들에게 알려 주어야 한다.'

싯달다는 결심했다. 그리하여 이튿날 저녁 마부를 불러 말을 준비하게 하고 성문을 열어놓도록 명했다. 집을 나가기 전에 그는 아내에게 갔다. 아내는 잠들어 있었다. 싯달다는 아내를 깨우지 않았다. 아내에게 마음속으로 작별 인사를 하고 깨지 않도록 조심스레 걸어 다시는 돌아오지 않을 결심을 하고 말을 몰아 자기 나라를 떠났다.

말이 달릴 수 있는 데까지 멀리 나라를 등지고 떠나 말에서 내린 다음 말을 놓아주었다. 그리고 걸어가다가 중을 만났다. 그에게 부탁하여 옷을 바꾸어 입고, 머리를 깎고 중생 제도(衆生濟度)의 도(道)를 구하는 방랑의 길에 올랐다.

먼저 싯달다는 바라문교(婆羅門敎)의 수도승에게 가서 가르침을 청했다. 그러나 윤회(輪廻) 사상과 욕망을 버리고 몸과 마음을 깨끗이 하는 것만 가르치는 바라문교는 그를 만족시키지 못했다. 그는 그 수도승을 떠나 깊은 산 속으로 들어가 단식과 노동으로 6년이라는 세월을 보냈다. 왜냐하면 구원이 자기 육체를 괴롭히는 데 있다는 가르침을 받았기 때문이었다. 그러나 그 길도 그를 만족시킬 수 없었다. 단식하며 몸을 혹사한 그는 끝내 움직일 수 없을 정도로 약해졌다. 그럼에도 불구하고 구원마저 찾지 못했으므로 단식과 육체를 죽이는 일은 중단하고 사색과 회죄(悔罪) 속에서 구원을 찾기로 결심했다. 그 무렵 그에게 제자가 모여들기 시작했다. 따라서 그에게는 영광이 주어지고 사람들에게서 칭송을 받게 되니 여러 가지 유혹이 나타나기 시작했다. 그는 자기가 버리고 온 것을 후회하며 아버지와 아내 곁으로 돌아가고 싶은 생각이 들기 시작했다. 그러다가 갑자기 덕성의 타락을 깨닫게 되었다. 그는 놀라 제자와 명예를 버리고 아무도 알 수 없는 곳으로 떠나 버렸다.

오랫동안 그는 마음의 갈등으로 고민했다. 그러던 어느 날 그가 보리수 밑에 앉아서 명상을 하고 있던 중 불현듯이 그의 앞에 구원의 길이 열렸다. 그 구원의 길은 다음과 같은 것이었다.

무릇 육체적인 것은 모두 일시적인 것이고, 언젠가 한번은 소멸하지 않으면 안 된다. 인간이 육체에 연연해 있을 동안은 고통과 패배와 죽음 속에 사로잡혀 헤어나지 못한다. 여기에서 벗어나려면 어찌해야 하는가? 인간이 육체적인 것에만 매달려 산다면 육신의 욕망을 버리지 못한다. 그리하여 욕망이 만족되지 않으므로 괴로워하고 육체의 죽음이 공포를 가져온다. 먼저 육체적인 추한 욕망을 버려야 한다.

그의 깨달음은 네 개의 진리에 대한 자의식으로 이루어져 있다. 첫째 진리는 모든 인간은 고통에 가득 차 있다는 것이고, 둘째 진리는 고통의 원인은 육욕에 있다는 것이고, 셋째 진리는 고통은 육욕을 없애 버리므로 피할 수 있다는 것이고, 넷째 진리는 해탈(解脫)인대 구원은 네 가지 단계에 의하여 완성된다는 것이다.

그 첫째 단계는 심령의 깨우침이고, 둘째 단계는 불순한 생각이나 복수심으로부터 해방되는 것이고, 셋째 단계는 의혹이나 원한이나 노기에서 해방되는 것이고, 넷째 단계는 자애이다. 유독 인간에 대해서뿐만 아니라 목숨이 있는 모든 생명체에 대한 사랑이다. 자기의 육욕을 죽이기 위해서는 나쁜 여러 가지 생각으로부터 마음을 깨끗하게 갖는 것으로 돌이켜야 한다. 참된 교화, 참된 자유는 오직 사랑에만 있다. 육욕을 사랑으로 바꿔야만 하며 사람은 무지나 정욕의 쇠사슬을 끊어야만 고통과 죽음을 피할 수 있다는 것이다.

위에서 말한 가르침을 이루기 위한 법칙은 열 개의 계율로 표현되어 있다.

1. 살생(殺生)하지 말고 생명을 소중히 여기라.
2. 도둑질을 하지 말고 남의 것을 탐하지 말라. 노동으로 얻은 것을 모든 사람에게 이롭게 사용하라.
3. 불순한 해독에서 깨끗한 생명을 보호하라.
4. 거짓을 말하지 말고 진실을 말하고 두려움 없는 사랑으로 살라.
5. 나쁜 소문을 마음에 두지 말고 거짓을 전하지 말라.
6. 헛되이 맹세하지 말라.
7. 부질없는 말로 시간 낭비를 말고 용건 외에는 입을 열지 말라.
8. 이욕을 좇지 말고 시기하지 말며 이웃의 행복을 기뻐하라.
9. 마음의 악을 버리고 적에게 증오심을 품지 말며 사랑으로 보라.
10. 무신앙에서 해방되어 진리를 깨닫도록 힘써라.

석가 싯달다는 이와 같은 가르침을 설법하고 전했다. 처음에는 제자들이 그를 버리고 갔으나 후에 다시 모여들었다. 석가는 바라문교 도로부터 박해를 받았으나 그의 가르침은 더욱 퍼져 갔다.

석가는 60년이라는 오랜 세월을 이곳 저곳 옮겨다니며 가르침을 설법하였다. 어떤 마을에서 다른 마을로 가는 도중에 죽음이 그에게 닥쳐왔다. 그때 그의 나이 80이었다. 그는 몸이 매우 쇠약하였으나 그래도 여전히 걸어다니면서 가르침을 그치지 않았다. 그렇게 걸어다니던 중 심한 피로를 느끼고 이렇게 말했다.

"목이 말라 괴롭다."

제자들이 그에게 물을 가져다주었다. 그 물을 조금 마시고 그곳에서 잠깐 쉬고 나서 또 걷기 시작했다. 그러나 말타 강가에서 그는 다시 발걸음을 멈추고 나무 아래 앉아서 제자들에게 말하였다.

"죽음이 다가온 것 같다. 내가 죽더라도 그대들은 내가 한 말을 모두 명심하고 있으라."

그의 애제자 아난타는 그 말을 듣고 참을 수 없어 옆으로 비켜나서 울었다. 싯달다는 곧 그를 위로하여 말하였다.

"아난타! 이제는 그만 울게, 울거나 떠들면 안 돼, 이르건 늦건 우리는 친한 모든 사람들과 이별하지 않으면 안 되는 법이다. 이 세상에 그 무엇이 영원한 것이 있는가? 나의 벗이여."

하고 그는 다른 제자들을 향하여 덧붙여 말하였다.

"내가 그대들에게 가르친 대로 살아나가라. 그대들에게 가르쳐 준 길을 걸어라. 모든 육체적인 것에는 파멸을 피할 수 없으나 진리는 파멸되지 않고 영원한 것임을 잊지 말라. 그러하니 그 속에서 구원을 찾아라."

이것이 그의 마지막 교훈이었다. 이 말을 마치고 입을 다물고 그는 이 세상에서 조용히 사라졌다.

소크라테스의 죽음과 플라톤의 변명

(플라톤의 변명에서)

소크라테스는 다음 두 가지 이유 때문에 고발당하였다.

1. 국교(國敎)를 인정하지 않은 것.
2. 국교(國敎)를 믿어서는 안 된다고 강연하여 청년들을 교사(敎唆)한 것.

소크라테스는 그 때문에 예수가 겪은 고통과 많은 선지자, 선각자, 스승들이 경험한 것과 같은 고난을 겪었던 것이다. 소크라테스는 사람들에게 그의 인식 속에 트인 삶의 이지적인 길을 가르쳤다. 그 시대의 사회생활의 기초가 되어 있던 거짓된 가르침을 부정하지 않을 수 없었던 것이다. 국가의 장로(長老)들은 대부분 소크라테스의 사상을 받아들일 수 없는 자들이었다. 그의 사상이 참된 것인 줄 알면서도 그들이 신성시하는 신에 대한 비난(非難)을 받아들일 수 없었던 것이다. 그 때문에 예정된 판결은 사형선고였다. 소크라테스는 그렇게 되리라는 것을 알고 있었다. 그러나 항변하지 않았다. 도리어 그 기회를 이용하여 장로들에게 자기가 왜 그렇게 말하였는가를 설명했고 또 자신이 살아 있으면 그와 같은 철학을 추종하는 사람들이 같은 행위를 계속하리라는 것도 예견했다. 재판관은 소크라테스의 유죄를 인정하고 그에게 사형을 언도했다. 그 언도를 듣고 소크라테스는 재판관석을 향하여 이렇게 응수했다.

"장로들이여 들으시오! 민중은 어리석게도 나를 그대들이 사형에 처한다고 믿고 있소. 민중은 나를 성자라 말하지만 나는 그들이 말하는 그러한 성자가 아니오. 민중은 그대들이 나를 처형한다고 하지만 참으로 어리석은 말이오. 만약 그대들이 기다려 준다면 나는 저절로 나이 먹어 죽을 것이오. 나에게 사형을 언도한 그대들에게 말하고 싶소. 그대들은 나에게 사형을 선고하며 내가 형장에서 달아날 수 없을 것이라고 생각하겠지만 그것은 헛수고요. 나는 방법을 알고 있으나 그 방법이 적당치 못하다고 생각하므로 그것을 택하지 않았을 뿐이오. 내가 울부짖으며 살려 달라고 애원한다면 크게 기뻐할 것도 알고 있소. 법정이나 전쟁터에서 비겁한 방법으로 죽음을 피하려 하는 것은 당당한 방법이 못 되오. 누구도 그렇게 해서는 안 되오. 어떤 위험이 있어도 살길만을 도모하지 않는다면 죽음을 피할 방법은 있는 법이오. 죽음을 피하는 것은 어렵지 않으나 악을 피하는 것이 더 어렵소. 악은 언제나 죽음보다 먼저 사람을 사로잡지만 나는 이미 쇠약하고 늙어서 죽음이 나를 사로잡고 있소. 그러나 나를 고발한 그대들은 기운이 좋고 날쌔나 그대들 이상으로 날쌘 악이 그대들을 사로잡고 있소. 그대들에 의하여 언도 받은 나는 죽음에 이르렀지만 내게 언도한 그대들은 악과 수치를 얻게 될 것이오. 악과 수치에 대한 선고는 진리가 내리는 것이오. 지금 나는 내게 내린 선고를 눈앞에 맞고 있으며 그대들은 형벌을 눈앞에 보고 있는 것이오."

그리고 이런 요지의 말을 계속했다.

— 그 외에 나를 고발한 그대들에게 이렇게 말하고 싶다. 죽음을 앞에 둔 인간은 미래를 볼 수 있다. 예언하건대 내가 죽고 나면 그대들은 곧 벌을 받게 될 것이다. 그 벌은 아마 그대들이 내게 준 형벌 이상으로 고통이 심할 것이다. 그리고 그대들에게는 생각조차 못했던 일이 생기리라. 나를 죽임으로써 내가 제지해 오던 그대들의 반대자

들을 격분시키게 되리라. 그들은 젊음으로 노령의 그대들이 그들의 공격을 받기가 쉽지는 않을 것이다. 나를 죽인다 해도 그대들의 잘못된 생활 습관은 버리지 못한다. 또 사람을 죽이면 자기도 악에 대한 죄과를 피하지 못한다. 그것을 피하려면 한 가지 방법밖에 없다. 그것은 선하게 사는 것인데 이 말은 일찍이 나를 비방하는 그대들에게 해 두고 싶었던 것이다.

　— 다음은 이 법정에서 나를 변호해 주신 분들에게 말한다. 우리가 이야기할 수 있는 마지막 기회이리라. 나는 일생을 통하여 중요한 때나 어려울 때 언제나 마음속에서 들려오는 비밀스러운 소리를 들을 수 있었다. 그것은 내게 경고를 하여 내가 불행에 처하는 것을 막아 주었다. 지금은 여러분도 보시다시피 누가 보아도 불행하다고 생각할 정도로 궁지에 몰렸다. 그러나 그 동안 내게 경고해 주던 마음의 소리도 들리지 않고 내 행위를 제지해 주지도 않는다. 이것은 무엇을 의미하는가? 나는 이렇게 생각한다. 지금 내가 당하고 있는 이 상황은 불행한 것이 아니라 다만 다음과 같은 두 가지 생각 중에서 그 어느 하나를 택하여야 할 처지에 있을 뿐이다. 즉 죽음이란 의식의 완전한 소멸이라는 주장과 그렇지 않고 영혼이 이 세상에서 다른 세상으로 옮겨간다는 주장 중 하나를 택하는 것이다. 만약 죽음이 의식의 완전한 소멸이고 꿈도 꾸지 않고 아무 것에도 시달리지 않는 단잠이라면 죽음이란 매우 행복한 것이리라. 아무 꿈도 안 꾸고 단잠을 자던 밤과, 밤새도록 오만가지 공포와 걱정과 불만 속에서 단잠을 이루지 못하고 보내던 밤을 비교해 본다면 단잠을 자던 밤 이상으로 행복한 낮이나 밤은 찾아 볼 수도 없다. 그러므로 죽음이 단잠을 이루는 밤 같은 것이라면 나는 그러한 행복을 택할 것이다. 그러나 죽음이 이 세상에서 다른 세상으로 옮겨가는 것이 사실이고 거기서 나보다 앞서 죽은 성

자나 현인을 만나서 그 사람들과 함께 사는 것이라면 그보다 더한 행복이 어디 있겠는가? 그러한 세계로 갈 수만 있다면 나는 한 번이 아니라 백 번이라도 죽기를 원한다.

　— 재판관과 변호인에게. 나는 죽음이 조금도 두려워 할 바가 아니라고 생각한다. 선한 인간은 이 세상에서나 사후에나 두려울 것이 없는 것이다. 그간 나를 비방하던 자들이 목적이 있어서 그렇게 했다 할지라도 나는 그들을 미워하거나 저주하지 않을 것이다. 이제 내 때가 왔다. 나는 죽고 여러분은 여전히 전처럼 살아갈 것이다. 누가 선한 사람이었는가는 신만이 알고 계시다.

　이러한 요지의 말이 끝나자 법관은 소크라테스에게 사형을 언도했고 그는 사약(死藥)을 마시고 조용히 제자들 앞에서 눈을 감았다. 그의 임종에 관한 이야기는 그 제자 플라톤에 의하여 회화 《페돈》 속에 상세히 적혀 있다.

—플라톤

소크라테스의 죽음

소크라테스가 죽고 얼마 안 되어 그의 제자의 한 사람이었던 에피크레스가 역시 제자였던 페돈을 만났다. 페돈은 소크라테스의 임종에 때마침 있었던 제자였다. 그래서 에페크레스는 페돈에게 그 날 일어난 모든 일을, 소크라테스가 무엇을 말하고 무엇을 하고 어떻게 죽어 갔는가를 이야기해 달라고 부탁했다.

페돈은 이렇게 이야기했다.

그 날 우리들은 모두 평상시대로 감옥과 나란히 서 있는 재판소 안으로 들어갔다. 그러자 늘 우리들을 감옥 안에 넣어주던 문지기가 나와서 지금 소크라테스의 재판이 진행되고 있으니 잠깐 기다리라고 했다. 그들은 소크라테스의 쇠사슬을 풀어주고 독을 마시라고 명령하고 있었던 것이다. 약간 시간이 흘렀다. 문지기는 다시 나와서 들어가도 좋다고 말했다. 우리가 들어가자 소크라테스 곁에는 크산티페 부인이 아이를 껴안고 있었다. 그녀는 침대 위에 소크라테스와 나란히 걸터앉아 있었다.

크산티페 부인은 우리를 보자 곧 그런 경우라면 어떤 여자라도 그러하듯이 목을 놓아 울며 투덜대기 시작했다.

"이것이 최후의 면회입니다. 이제는 서로 이야기할 수 없습니다."

소크라테스는 그녀를 달랬다. 그리고 잠깐 자리를 비켜달라고 말했다. 크산티페 부인이 나가자 소크라테스는 다리를 굽히고 두 손으로 문지르기 시작했다. 그리고 우리 쪽을 향해 말했다.

"만족이란 고통과 결부되어 있는 것이다. 이것은 놀라운 일이다. 나는 쇠사슬에 묶여 있는 것이 고통이었으나 지금 풀리고 보니 말할 수 없을 만큼 만족을 느낀다. 이것은 틀림없이 신이 인간의 마음에 두 개의 상반되는 것을 함께 두려는 생각이다. 고통과 만족을 결부시켜서 그 중 하나가 없어진다면 다른 것을 경험할 수가 없을 것이다."

소크라테스는 더 말하고 싶은 것 같았으나 문 저쪽에서 누구하고 나지막한 소리로 이야기하고 있는 것을 보자 그가 무슨 이야기를 하고 있는가 물었다.

"스승에게 독을 마시도록 하라고 명령받은 사나이가 있습니다. 그 사나이가 될 수 있으면 이야기를 삼가해 달라고 말하고 있습니다. 독사(毒死)의 선고를 받은 인간이 흥분하면 독의 효과가 약해져서 두 번 세 번 마셔야 한다고 합니다."

하고 크리튼이 대답했다.

"그래. 그렇다면 두 번 세 번이라도 마시지. 나는 너희들과 이야기할 기회를 놓칠 수는 없다. 그리고 일생 동안 성현의 길을 밟아온 인간에게는 죽음이 도리어 기쁜 것이란 것을 보여 줄 기회를 잃고 싶지 않다."

"그러나 우리를 남겨 두고 죽어버리는 것이 아닙니까? 그래도 기쁘다는 말씀입니까?"

하고 우리 중 누군가가 물었다. 소크라테스는 말했다.

"그렇기는 하다. 그러나 만약 네가 나의 입장에 있다면 일생을 통하여 방해물이었던 육체의 정욕을 억제하려고 노력해 오던 인간이 그 육체로부터 해방되는 것을 기뻐하지 않을 수 있겠는가? 죽음은 육체로부터의 해방에 지나지 않는 것이다. 내가 너희에게 누차 강조했던 완성이란 것도 알고 보면 육체와 영혼의 구별을 똑똑히 하며 영혼을 육체 밖의 자기 자신 속에 집중시키는 데 있는 것이다. 죽음은 그 때문에 가장 아름다운 자유이다. 일생 동안 언제 죽음이 다가와도 좋을 만큼 준비가 되어 있게 살아온 인간이 막상 그때가 되어 이러쿵저러쿵 불평을 하는 것은 우스운 일이 아닌가? 그러므로 나는 너희와 헤어져 너희에게 슬픈 꼴을 보게 하는 것은 차마 안됐으나 죽음을 환영하지 않을 수 없다. 죽음은 내가 일생 동안 구했던 실현에 지나지 않는 것이다. 이것이 너희를 뒤에 남겨두는 것을 슬피 생각하지 않는다고 말하는 것에 대한 나의 변명이다. 이 변명을 내가 법정에서 했던 변명보다도 믿어준다면 기쁘게 생각한다."

소크라테스는 그렇게 말하고 나서 미소를 지었다.

"그러나 그 때문에는……"

하고 게으위스가 받아서 말했다.

"육체를 떠난 후의 영혼이 먼지나 연기처럼 없어지거나 부서지는 것이 아니라는 것을 믿어야 합니다. 그런 것을 알고 그것을 믿고 있다면 모든 것은 말씀대로도 좋을 것입니다. 그러나 그것을 믿을 수 없다면 불행하지 않겠습니까?"

"네 말대로다."

하고 소크라테스는 계속했다.

"그것을 전연 믿을 수 없다고 말하는 자도 있을 것이다. 그러나 그것을 믿지 않으면 안 될 중요한 이유가 있다. 옛 가르침은 죽은 인간들의 넋은 황천에 갔다가 다시 이 세상으로 돌아와 다시 거기에서 삶을 계속한다고 가르친다. 그 가르침을 믿을 수 있건 없건 인간은 죽음으로부터 살아난다는 점을 믿을 만한 커다란 이유가 있다. 그러니 살아 있는 자는 죽음을 두려워할 필요가 없다. 죽음은 단지 새로운 삶으로의 이동에 불과하기 때문이다."

그리고 소크라테스는 우리들이 이전에도 많이 들었던 논증, 즉 우리들이 가지고 있는 모든 지식은 다만 기억에 지나지 않는다는 것을 들어서 이야기를 계속했다.

"그리고 만약 영혼이 현세 이전에 살지 않았더라면 기억이라는 것은 있을 수도 없다. 그러므로 비록 인간의 육체는 필멸적인 것일지라도 사물을 알며 기억하는 능력이 있는 이상 영혼은 육체와 더불어 멸망하는 것이 아니다. 따라서 모든 지식이 영혼의 임시적 삶에 대한 기억으로만 생각하는 것으로는 아직 충분하지 못하다. 우리 속에 육체로부터 독립한 것, 불멸의 영혼이 존재한다는 것에 대한 중요한 증거는 영혼에 대하여 가장 본연적인 것은 미·선·정의나 진리의 영원에 속하는 관념뿐 아니라 참으로 그 관념이 우리 영혼의 본질을 형성한다는 점에 있다. 그리고 그 관념이 죽음에 속하는 것이 아니므로 우리의 영혼도 마찬가지로 죽음에 속하는 것이 아니다."

소크라테스는 이야기를 멈췄다. 우리는 잠자코 있었다. 오직 데우위스와 시미리가 작은 목소리로 무엇인가 속삭이고 있었다.

"너희는 무슨 이야기를 하고 있느냐?" 하고 소크라테스가 물었다.

"만약 지금 이야기한 문제에 대하여 말한다면 너희가 생각하는 바도 이야기하라. 만약 내가 하는 말에 이해가 되지 않고 좀더 나은 설명을 알거든 숨김없이 말해다오."

"저는 숨김없이 말하겠습니다"

시미리가 입을 열었다.

"저는 지금 하신 말씀에 동의할 수 없습니다. 그리고 질문하고 싶습니다. 그러나 이런 질문을 해서 기분을 상하지나 않을까 걱정입니다."

소크라테스는 웃으면서 말했다.

"내게 어떤 일이 있더라도 나는 그것을 결코 불행이라고는 생각하지 않는다. 너희에게조차 그것이 믿어지지 않는다면 어찌 다른 사람들이 믿을 수 있겠는가? 나는 지금 여느 때나 다름없는 평화로운 상태에 있다. 쓸데없는 걱정은 말고 너희의 의문을 솔직히 말하라."

"그럼 저의 의견을 솔직히 여쭙겠습니다."

"어떤 점이 충분하지 않으냐?"

하고 소크라테스가 물었다. 시미리는 말했다.

"육체와 영혼에 대하여 말씀하신 것은 악기와 악기의 가락과의 관계와 같지 않다고 생각합니다. 악기는 그 줄만 생각하면 육체와 마찬가지로 일시적인 것이라고 할 수 있지만 악기가 내는 소리는 육체적인 것도 아니고 죽음에 속하는 것도 아닐 것입니다. 설사 악기가 부서진 후라도 어딘가 남아 있습니다. 악기의 가락은 줄에 어떤 탄력을 줌으로써 생기는 것으로 알고 있습니다. 마찬가지로 우리 영혼도 육체의 여러 요소를 어떤 관계에 둠으로써 결합되어 생겨나는 것입니다. 그러므로 악기가 그 형성하는 일부가 부서짐으로써 소리가 깨어지는 것과 같이 우리의 영혼도 육체를 형성하는 일정한 관계가 부서지면 깨지는 것이 아닐까요? 즉 각종 병이나 노쇠나 일부분에 대한 편중에 의하여 육체가 파괴되는 결과로 부서지는 것이 아닐까요?"

시미리가 말을 그쳤을 때 나중에 서로 이야기한 일이었으나 우리는 모두 불안을 느꼈다. 영혼의 불멸에 대한 소크라테스의 말을 믿는 둥 마는 둥 할 사이에 강력한 논증이 나와서 우리를 혼란시켰던 것이다. 우리는 그 문제에 관하여 이야기된 모든 것에 대하여서 뿐만 아니라 그 문제 밖의 것까지 말할 수 있는 불안을 느끼기 시작했다.

우리가 본 바와 같이 소크라테스에게는 놀라운 일이 있었다. 그때처럼 몹시 놀랐던 일은 없다. 소크라테스가 아무렇지도 않게 그 반대자에 대하여 대답할 수 있었던 것은 놀라운 일이 아닐지 모른다. 그러나 소크라테스가 시미리가 말하는 것을 친절하게 고개를 끄덕거리면서 듣고 있던 과단성과 평온은 참으로 놀라운 것이었다. 그리고 소크라테스는 시미리가 이야기한 내용을 간추려서 참으로 놀라운 기교로써 우리를 의혹으로부터 끄집어내 주었다.

나는 그때 소크라테스의 오른쪽에 앉아 있었다. 그의 침대 곁에 있던 낮은 의자에 걸터앉아 있었다. 소크라테스도 침대에 걸터앉아 있었으므로 나보다 위치가 높았다. 소크라테스는 나의 머리카락을 만지작거리는 버릇이 있었다. 그래서 그때도 나의 머리를 손으로 어루만지면서 머리카락을 감아쥐고 말했다.

"패돈, 너는 내일 이 아름다운 머리카락을 베어 버려도 괜찮겠나?"

"예."

하고 나는 대답했다.

"잠깐 기다려. 우리 내기를 걸자."

"무엇입니까?"

하고 나는 물었다.

"너는 내일 머리를 깎겠다고 약속하는 것이다. 단 내가 나의 말한 것에 훌륭히 답변할 수 없으면 말이다. 만약 할 수 없다면 내가 나의 머리를 깎아 버리겠다."

나는 웃으면서 알겠습니다 라고 대답했다. 그러자 소크라테스는 시미리를 향하여 말했다.

"좋아, 시미리, 영혼은 악기의 가락과 비슷하다. 그리고 악기의 가락은 악기에 있는 줄을 통하여 생겨나듯이 영혼도 육체의 요소와의 관계에서 존재한다. 그렇다면 조금 전에 우리가 이야기하던 일, 그리고 너도 동의하던 일, 즉 우리의 모든 지식은 우리의 선재(先在)에서 알고 있던 기억이라는 점에 모순되지 않는가? 만약 영혼이 육체보다 먼저 존재했다면 영혼이 육체와의 일정한 관계에서 나왔다고 어찌 말할 수 있겠는가? 우리가 스스로의 모든 자아가 선재에서의 기억이라는 것을 인정한다면 우리는 영혼이 육체로부터 독립된 그 스스로의 실체를 가지고 있다는 것을 인정하여야 한다. 그래서 악기의 가락과 영혼은 이러한 점이 다르다. 즉 가락은 자기 자체를 갖지 못하지만 영혼은 자기 자체의 존재를 가질 뿐만 아니라 그 자체의 인도자이기도 하다. 가락은 악기의 형태를 스스로 바꾸지 못 한다. 그리고 악기에만 의존하여 소리를 내지만 영혼은 육체의 모든 요소와 상호 협조관계에 있다. 그리고 영혼은 육체와의 관계를 당장이라도 파괴하려고 하면 할 수 있다. 왜냐하면 너도 알다시피 만약 내가 크리튼의 권유에 동의하여 이 감옥에서 탈출해 버렸다면 지금 여기에서 이렇게 형 집행을 기다리면서 너희들과 이야기를 주고받을 수 없을 것이 아니냐. 내가 크리튼의 권유에 동의하지 않은 것은 공화국의 판결에 따르는 편이 도망치는 것보다 옳은 일이라고 생각하였기 때문이다. 이것은 결국 악기의 가락이 악기의 파괴를 선언한 셈이 되지만 내 속에는 나의 불멸의 본질을 알고 있는 그 무엇이 존재하고 있는 까닭이다. 그리고 설사 내가 충분히 명확하게 설명할 수는 없다 하더라도 내 자신 속에 육체의 덮개를 넘은 자유스러운 본연적인 것이 존재하고 있음을 인정하지 않을 수 없다. 그래서 내 영혼이 불멸이라는 점을 믿지 않을 수 없다."

소크라테스는 이어서 말했다.

"만약 영혼의 불멸을 인정한다면 우리는 육체적인 삶 이상으로 영혼을 사랑하고 육체가 죽은 후에는 영혼을 지켜야 한다. 영혼 불멸로 인하여 이 세상에서 얻은 모든 영적인 짐을 다른 삶 속으로 가져가는 것이라면 그것을 어떻게 감당할 것인가. 가급적 선하고 바로 살기에

힘쓰지 않으면 안 되는 이유가 바로 그 때문이 아닐까?"

그리고 잠깐 말이 없다가 소크라테스는 다시 덧붙였다.

"그러나 이제 목욕을 해야 할 시간이 된 것 같다. 목욕한 후에 독을 마시는 편이 좋을 거야. 여자들이 시체를 씻어야 하는 수고를 덜어주기 위하여."

소크라테스가 이렇게 말했을 때 크리튼은 장차 소크라테스의 아들을 어떻게 할 것이냐고 물었다.

"크리튼! 내가 늘 말하던 대로 하면 그만이다."

소크라테스는 그렇게 대답했다.

"아무 것도 새로운 것은 없다. 자기 자신을 그리고 자기 자신의 영혼을 지키는 일이다. 그저 그렇게 함으로써만이 너희는 나를 위해서도 나의 자식을 위해서도 또 너희 자신을 위해서도 좋은 것이다. 다시 약속하지 않더라도 그렇게 해주기만 하면 된다."

크리튼이 대답했다.

"장례식은 어떻게 할까요?"

"아무렇게 해도 괜찮아."

소크라테스는 웃으면서 대답했다. 그리고 이렇게 덧붙였다.

"나는 아직도 크리튼에게 지금 너희와 이야기하는 것이 나이고 조금 후면 차가운 시체가 될 육신이 내가 아니라는 것을 믿게 할 수가 없구나."

이와 같이 말하고 소크라테스는 일어나서 목욕실로 갔다. 크리튼이 그 뒤를 따랐다. 소크라테스는 우리에게 기다리라고 했다. 그래서 우리는 서로 이야기하던 것, 우리의 기둥이며 스승이며 지도자였던 사람을 잃어야 할 불행에 대하여 이야기하면서 기다리고 있었다.

소크라테스가 목욕을 다 마쳤을 때 그의 아이들을 데려왔다. 작은 두 아이와 다 자라서 큰 사내아이가 있었다. 하녀들도 함께 왔다. 소크라테스는 아이들과 하녀에게 이야기하고 나서 우리 쪽으로 왔다. 그때는 벌써 저녁때가 가까웠다. 그러자 조금 있노라니 형무관이 들어왔다. 그리고 소크라테스에게 다가가서 말했다.

"소크라테스여, 당신은 조금도 나에게 화를 내던가 욕지거리를 하던가 고함을 치던가 하지 않았습니다. 다른 사형수들은 내가 독약을 마실 시간이 되었다고 통고하러 오면 어떠한 죄수라도 내게 화를 내고 욕지거리와 고함을 쳤습니다. 저는 지금에야 당신의 참 모습을 알게 되었습니다. 나는 당신을 이곳에 있던 사람들 중에서 가장 고귀하고 선량한 사람이라고 생각합니다. 부디 나를 나쁘게 생각하지 마시오. 당신은 당신에게 이러한 벌을 선고한 자들을 알고 있을 것입니다. 그들을 미워하시오. 저는 단지 독약을 마실 시간이 되었다고 통고하기 위하여 온 것뿐입니다. 용서해 주십시오. 그리고 될 수 있으면 쉽게 견딜 수 있도록 준비하여 주십시오."

이렇게 말하고 형리는 울음을 터뜨리면서 얼굴을 옆으로 돌린 채 나가 버렸다.

"그럼 안녕히."

하고 소크라테스는 이렇게 말했다.

"우리는 할 일을 하자."

그리고는 우리 쪽으로 얼굴을 돌리고 덧붙여 말했다.

"저 형리는 참으로 착한 사람이다. 요전에도 내게 와서 여러 가지 이야기를 했다. 그때 나는 저 형리가 아주 선량한 인간임을 알았다. 아까는 또 얼마나 마음 깊이 나의 죽음을 슬퍼해 주었던가! 어서 크리튼, 명령대로 해주게. 준비가 되었거든 독약을 가져오도록 전하게."

크리튼은 말했다.

"소크라테스 님, 아직 해는 많이 남았습니다. 훨씬 더 저물어서도 괜찮으리라고 생각합니다. 대개는 밤을 즐겁게 지내고 사랑의 만족을 즐긴 후에야 독약을 마신다고들 합니다. 서두를 필요는 없습니다. 아직 시간이 많습니다."

"무슨 소리냐? 크리튼!"

하고 소크라테스가 엄숙히 말했다.

"그런 사람들은 그렇게 하는 것이 좋다고 생각하기 때문에 그렇게 한 것이다. 그들이 그렇게 한 것은 각기 자신의 생각에서 그런 것이지만 나는 그들처럼 생각하지 않는다. 조금 독을 늦게 마신다 해도 내 눈으로 보면 그것은 우스운 꼴을 자기에게 보이는 것밖에는 아무 것도 아니다. 어서 독약을 가져오도록 전하게."

크리튼은 그 말을 듣고 문간에 서 있는 하인에게 눈짓을 했다. 하인이 나갔다. 그러자 곧 소크라테스에게 독약을 마시게 할 형리가 들어왔다.

"어떻게 하는지 잘 모르겠으니 가르쳐 주시오."

하고 소크라테스는 형리에게 물었다.

"그저 이렇게 하면 됩니다. 우선 이것을 마시고 나서 다리가 무거워질 때까지 걸어다니는 겁니다. 그러다 다리가 무거워지면 눕는 겁니다. 그때면 독약이 듣기 시작하게 된 것입니다."

하고 형리가 대답했다. 형리가 소크라테스에게 독약 사발을 내밀었다. 소크라테스는 그것을 받았다. 그리고 밝은 얼굴에 조금도 공포를 느끼지 않는 표정으로 안색이나 눈도 보통 때처럼 형리를 보면서 물었다.

"당신은 이렇게 사람에게 독약을 마시게 하는 것이 신의 마음에 어긋나는 것이라고 생각하지 않습니까?"

형리는 대답했다.

"저희는 하라고 명령받은 일을 할 뿐입니다."

"좋아."

소크라테스는 또 입을 열었다.

"어쨌든 나는 이 세상에서 저 세상으로 옮아가는 것이 지체되지 않도록 신에게 기도하여야 합니다. 이제 기도를 시작합시다."

그렇게 말하고 나서 소크라테스는 약사발을 입가에까지 가져갔다. 공포도 주저도 없이 단숨에 들이켰다. 그때까지 우리는 억지로 눈물을 참고 있었다. 소크라테스가 들이키는 것을 보았을 때 그 이상 참을 수 없었다. 나는 울지 않으려 해도 눈물이 쏟아져 외투자락에 머리를 파묻고 울었다.

나는 소크라테스의 불행이 아니라 그와 같은 스승을 잃어버리는 나 자신의 불행으로 울었던 것이다. 견디다 못해 나보다 먼저 울고 있던 크리튼은 마침내 그 자리를 물러나고 말았다. 내내 울고 있던 아포로돌은 엉엉 소리를 내어 울었다.

"너희는 그게 무슨 짓이냐?"

하고 소크라테스가 꾸짖었다.

"나는 여자들을 울리지 않으려고 여기에 들어오지 못하게 했는데……. 죽음을 장엄한 침묵으로 맞아야 한다. 조용히 하라. 사내다워라!"

우리는 이를 악물고 울음을 참았다. 소크라테스는 잠깐 동안 아무 말 없이 거닐고 있더니 이윽고 침대 곁으로 가서 다리가 무거워졌다고 했다. 그리고 바로 드러누웠다. 독약을 가져온 형리가 말한 대로였다. 소크라테스의 다리를 만져보았다. 이윽고 한쪽 다리를 누르고는 감각이 느껴지는가 어떤가를 물었다. 소크라테스는 느껴지지 않는다고 대답했다. 이윽고 형리는 다시 손으로 소크라테스의 발을 눌러 보고 이제 차가워졌다며 죽음이 오는 것을 우리에게 알렸다.

"이 냉기가 심장까지 퍼지면 그때가 최후입니다."

하고 형리가 말했다. 냉기가 배 아래까지 왔을 때 소크라테스는 갑자기 자기 몸에 덮여 있던 헝겊을 젖히고 말했다. 그것이 최후의 말이었다.

"아스크레비아에게 닭을 바치는 일을 잊지 말아다오."

그는 분명히 이와 같은 방법으로 자기를 이 세상의 삶에서 구원해 준 의술의 신에게 감사의 뜻을 표시했다.

"그렇게 하겠습니다."

하고 크리튼이 더 물었다.

"더 할 말씀은 없습니까?"

그 물음에는 대답이 없었다. 조금 있자 소크라테스는 경련하듯 몸을 움직였다. 그의 눈은 이미 움직이지 않았다.

크리튼은 소크라테스의 곁으로 가서 뜨고 있는 그의 눈을 가만히 감겨주었다.

—플라톤

신과 사람

2002년 1월 15일 1판 1쇄 발행
2002년 2월 20일 2판 1쇄 발행
저　자
톨스토이
역　자
남창현 이경숙 김정오
발행자
심　혁　창

발행처　도서출판 한글
서울특별시 마포구 아현동 371-1
☎ 363-0301 / 362-8635
FAX 362-8635
본사홈페이지 www.han-geul.co.kr
E-mail : simsazang@hanmail.net
등록 1980. 2. 20 제10-33

▲ 파본은 교환해 드립니다

정가 8,500원
ISBN 89-7073-017-0-13810